Jack Vance

Freibeuter des Alls

Ins Deutsche übertragen
von M. W. Anders

Mit Illustrationen
von Johann Peterka

BASTEI
LÜBBE

BASTEI LÜBBE TASCHENBUCH
Band 23 250

1. Auflage: Juni 2002

Vollständige Taschenbuchausgabe

Bastei Lübbe Taschenbücher
ist ein Imprint der Verlagsgruppe Lübbe

Titel der amerikanischen Originalausgabe: Vandals of the Void

Lektorat: Stefan Bauer
Titelillustration: Michael Whelan, Agentur Schlück,
30827 Garbsen
Innenillustrationen: Johann Peterka
Umschlaggestaltung: QuadroGrafik, Bensberg
Satz: Heinrich Fanslau, Communication/EDV, Düsseldorf
Druck und Verarbeitung:
Brodard & Taupin, La Flèche, Frankreich
Printed in France
ISBN 3-404-23250-X

I

Abschied von der Venus

Die Teufelszidatelle, ein vulkanischer Zylinder aus massivem, schwarzem Gabbro-Fels, ragte schroffe, jähe und erstaunliche zweitausend Fuß hoch empor und beherrschte so das Bild von Miracle Valley wie ein Baumstumpf ein Gartenstück. Der Jamatula-Fluss zog eine Schleife um den Fuß des Felszylinders; die saubere, helle Stadt Miracle Valley säumte seine Ufer. Der obere Bereich war flach, als wäre die Zitadelle tatsächlich der versteinerte Stumpf eines uralten und kolossalen Weltenbaumes.

Von der Plattform am Sockel erstreckte sich ein Drahtseil zur Landungsbrücke am Gipfel hinauf, neben der gewaltigen Masse der Zitadelle zart wie ein Spinnwebe. Eine Liftkabine kroch an dem Drahtseil empor; innen, an einem Fenster, stand Dick Murdock, den Behälter des Feldstechers und die Kamera über die Schulter gehängt.

Er blickte mit wehmütiger Intensität über das Tal hinweg, dorthin, wo sein Zuhause weiß in einer Lichtung des grünen, roten und blauen Waldes zu sehen war. Schon verschwamm die Landschaft: trübes, goldenes Licht überflutete Miracle Valley wie warmer Honig. Es war schwer, einem Gefühl des Verlustes zu entfliehen – das Heimweh hatte ihn schon überwältigt, noch bevor er außer Sichtweite von Zuhause gekommen war.

Eine Stimme sagte in sein Ohr: »Allein unterwegs, junger Mann?«

Dick wandte sich um, blickte in gelbe Augen auf, Augen mit einem stechenden Blick und in einem fremdartigen Falkengesicht weit auseinander stehend. Die Haut war dunkel und fahl; das Haar hatte eine eigenartige Senffarbe und war weich und dicht wie ein Pelz. Die Stirn war niedrig, die Nase gleich einer Sichel herabgezogen, dünn und dicht am Gesicht, an der Spitze mit einem kaum bemerkbaren Haken. Der Mund war blass, fast lippenlos, wie ein Messerschlitz.

Dick sagte mit aller Würde, die er aufbringen konnte: »Ja, ich reise allein.«

»Allein von der Erde hierher gekommen?«

Dick schüttelte den Kopf. »Ich bin auf der Venus geboren.«

»Oh!« Die Augenbrauen des Mannes hoben sich, der Rest seines Gesichtes blieb jedoch starr wie eine Maske. Er blickte zu der ewigen Wolkendecke hinauf. »Du wirst zum ersten Mal die Sonne und die Sterne sehen.«

»Zum zweiten Mal. Letztes Jahr bin ich mit meinem Vater zur meteorologischen Station hinaufgeflogen – fünfzig Meilen über den Wolken.«

Der Mann gab keinen Kommentar dazu ab, sondern stand da, als lauschte er.

Dick betrachtete ihn verstohlen, da seine Neugier, die ohnehin niemals schlummerte, angestachelt war: Was hörte er? Dick hörte nichts außer den Stimmen der anderen Insassen der Kabine.

»Wenn das so ist«, sagte der Mann gedankenabwesend, »dann muss dein Vater mit dem Forschungsinstitut für kosmische Strahlen zu tun haben.«

»Er hat es gegründet«, erwiderte Dick. »Genau in dem Jahr, in dem ich geboren wurde.«

»So, so.« Der Mann schien noch immer in sich hineinzulauschen.

Dick strengte seine Ohren an. Ein Stimmengemurmel wehte heran: »... überzogen, zu phantastisch, um ernst genommen zu werden!«

»Der Tod hat nichts Phantastisches an sich.«

»Aber was *ist* dann ein Basilisk?«

»So wie ich das verstanden habe, ein legendäres Monstrum. Wenn man ihm in die Augen gesehen hat, dann konnte man sich nicht mehr bewegen.«

»Das ist lächerlich!«

Die Stimmen wurden leiser. Dick hörte noch die Worte: »*Canopus* und *Capella*, in einem Monat...« Er erinnerte sich, dass er von dem Rätsel der *Canopus* und *Capella* gelesen hatte, zweier Schiffe, die auf dem Flug zum Mars spurlos verschwunden waren. Aber: was hatte das mit einem Basilisken zu tun?

Ein Windstoß erfasste die Kabine, schwenkte sie heftig hin und her. Das Gemurmel der Unterhaltung verwandelte sich in ein Keuchen und Ausrufen. Dick griff nach dem Geländer, stolperte und klammerte sich an den Mantel des Mannes mit dem Falkengesicht.

Der Mann zuckte zusammen, presste eine Hand auf seine Tasche und fixierte Dick mit sofort argwöhnischen gelben Augen.

Überrascht über die heftige Reaktion auf seine Berührung stammelte Dick: »Es tut mir Leid, ich wollte nicht...« Die Worte blieben ihm in der Kehle stecken.

Der Mann drehte sich zum Fenster um. Dick entfernte sich mit einem nachdenklichen Blick auf die Tasche von ihm.

Das Gerüst der Gipfelstation hing über ihnen. Die Kabine bebte, hielt an, stieß gegen die Brücke. Ein in einen blauen Trenchcoat gehüllter Beamter trat aus einem langen, niedrigen Gebäude. Er stemmte sich gegen den Wind, überquerte die Plattform, befestigte den Laufsteg am Schiff und schob die Kabinentür zurück. Ein nach Regen und nassem Gestein riechender Windstoß fauchte herein.

Vorsichtig überquerten die Passagiere den Laufsteg und drängten sich durch den Wind zu dem Betongebäude hinüber.

Dick reckte den Hals, um das Raumschiff sehen zu können, spähte zwischen den Körpern anderer Leute hindurch, schaute über Schultern, erhaschte jedoch nur einen quälend kurzen Blick. Er kam als Letzter aus der Kabine. Statt in den Schutz des Gebäudes zu rennen, blieb er schwankend stehen, und der Wind sauste an seinen Ohren vorbei und trieb ihm die Tränen in die Augen. Zweihundert Yards entfernt stand die *African Star* auf dem Felsenplateau.

Dick hatte hypothetische Bilder von Raumschiffen gesehen, die von phantasievollen Künstlern vor dem tatsächlichen Beginn der Raumfahrt gezeichnet worden waren. Die abgebildeten Formen waren gleichbleibend lang und spitz gewesen, wie Pfeile. Verblüfft über den Gegensatz zur Wirklichkeit hatte sich Dick bei seinem Vater über diese Sache ausgelassen. Dr. Murdock hatte auf eines der betreffenden Bilder geblickt. »Nun, in erster Linie, Dick, gibt es da einen Riesenunterschied zwischen einem Illustrator und einem Ingenieur. Der Illustrator zeichnet ein Schiff, damit man es anschauen kann, der Ingenieur hat die undankbare Aufgabe, ein Schiff zu bauen, mit dem man fliegen kann – eine völlig andere Sache. Der phantasiereiche Künstler gebraucht seltsamerweise sehr wenig von seiner Phantasie; er gestaltet sein Raumschiff nach dem Vorbild von Flugzeugen, Himmelsraketen, Pfeilen, Vögeln, Fischen – lauter Formen, die entweder durch Gestaltung oder Evolution mit dem geringsten Widerstand durch Luft oder Wasser gleiten. Das natürliche Element des Raumschiffes ist der Raum.« Er musterte Dick eingehend. »Welche natürliche Formen finden wir im Raum?«

Nicht ganz sicher, was von ihm erwartet wurde, hatte Dick geantwortet: »Sterne und Planeten – das sind alles Kugeln.«

»Genau. Der Ingenieur konstruiert sein Schiff so, dass es in seinem natürlichen Medium funktioniert, welches der Raum ist, nicht Luft oder Wasser. Stromlinien an einem Raumschiff – das wäre, als würden wir einem Automobil die Peitsche geben oder einem Flugzeug Federn. Das Raumschiff verlässt den Planeten langsam, und es landet langsam. Luftwiderstand zählt nicht. Die wichtigsten Eigenschaften sind Leichtigkeit und Stabilität. Selbst bei der Atomenergie versuchen wir, mit dem Gewicht vorsichtig zu sein: Jedes nutzlos in eine Konstruktion gesteckte Pfund ist ein Pfund weniger Nutzlast. Eine Kugel umschließt den größten Rauminhalt bei der geringsten Oberfläche. Allerdings veranlasst die Notwendigkeit einer stabilen Landebasis und deren Stützen für die Rückstoßdüsen den Ingenieur, den Rumpf zu verlängern.«

Als Dick die nüchterne Masse der *African Star* betrachtete, fielen ihm diese Worte seines Vaters wieder ein. Gewiss waren an der *African Star* keine schrulligen Stromlinien zu erkennen. Die Form brachte vollkommen den Zweck zum Ausdruck, dem sie dienen sollte. Er wandte sich ab und rannte, von einem starken Windstoß vorangetrieben, zur Endstation hinüber. Innen stellte er sich in die Reihe, die langsam an einem Kontrollschalter vorbeikroch. Vor ihm stand der Mann mit dem Falkengesicht.

Der Beamte war ein lebhafter kleiner Mann mit roten Augenbrauen – wie Flaschenbürsten – und hellblauen Augen. Einer nach dem anderen gingen die Passagiere an ihm vorbei, wobei der Beamte einen Blick in ihr Handgepäck warf.

»Name bitte?« Er sprach mit dem Mann vor Dick.

»A. B. Sende.«

Der Beamte hakte auf der Passagierliste einen Namen ab. »Koje 14, Mr. Sende.« Er starrte Sendes Aktentasche an. »Tragen Sie Saatgut, Insekten, Pilze, Laiche, Sporen, Eier – irgendein Produkt oder etwas auf der Venus geborenes Einheimisches, lebend oder tot, am Körper oder in ihrem Gepäck?«

»Nein.«

»Sehr gut. Aber ich werde auf alle Fälle einen Blick in Ihre Aktentasche werfen.«

Sende zögerte. Dick sah, wie sich seine Finger um den Griff zusammenzogen. »Es sind nichts als private Papiere darin.«

»Tut mir Leid, Mr. Sende. Ich muss nachsehen.«

Sende ließ die Aktentasche los. Der Beamte öffnete sie, schielte hinein, reichte sie zurück.

»Man darf nicht riskieren, neue Seuchen auf die Erde einzuschleppen, Mr. Sende.«

»Ncin. Ist das alles?«

»Das ist alles. Sie können an Bord gehen und sich in den Warteraum setzen. Wir starten, sobald wir von der *American Star* hören. Sie ist schon seit einem Tag überfällig.«

»Was sagen Sie da?« Sende sprach mit scharfer Stimme. »Seit einem Tag überfällig?«

»Exakt das habe ich gesagt. Seit einem Tag überfällig.«

Sende machte auf dem Absatz kehrt und ging rasch durch die Tür.

Der Beamte reckte seinen Hals und blickte ihm nach. »Pah!«, knurrte er. »Wird mit jeder Reise wunderlicher.« Der Blick seiner grimmigen blauen Augen konzentrierte sich auf Dick. »Na, Junge? Wie heißt du?«

Dick war ein wenig überrascht. »Dick Murdock.«

»So, so.« Der Beamte sah über Dick hinweg. »Ganz allein?«

»Ja.«

»Kann nicht schaden. Als ich so alt war wie du ...« Er sah Dick unter seinen borstigen Augenbrauen hervor scharf an. »Etwa vierzehn, stimmt's?«

»Ich bin letzte Woche fünfzehn geworden.«

»Hmm. Ein bisschen zu mager, würde ich sagen. Musst kräftiger werden. Gute, schwere körperliche Arbeit wird diesen Zweck erfüllen. Tja, als ich so alt war wie du, da hatte ich ein kleines Fischerboot. Draußen, vor dem Great-Barrier-Riff, hab' ich nach Perlen getaucht, wenn Flut war – und die Kontrollschiffe außer Sicht waren.« Er kicherte. »Nun ja, das ist lange her.« Er warf Dick einen schnellen Blick zu. »Bist du irgendwie mit Dr. Paul Murdock verwandt?«

»Er ist mein Vater.«

»Sieh einer an!«, sagte der Beamte leise, wobei er beide Hände auf den Schreibtisch legte. »Dann wirst du zu deinem Vater auf den Mond reisen?«

»Ja«, antwortete Dick. »Er ist zum Chefastronom des Mondobservatoriums ernannt worden. Im nächsten Jahr werden meine Mutter und meine Schwester wahrscheinlich nachkommen.«

»Dann verlässt du die Venus also endgültig?«

»Tja ... ich hoffe, dass ich irgendwann zurückkomme.«

»Du wirst es da draußen ziemlich öde finden, das ist nichts wie Miracle Valley.« Er beugte sich über die Liste und hakte Dicks Namen ab. »Doch vielleicht gefällt es dir ja auch. Es gibt dort unvorstellbare Landschaften – Berge, die so hoch aufragen, dass man einen steifen Hals bekommt, wenn man nach dem Gipfel Ausschau hält. Ich war in der schlechten alten Zeit dort, als die Sicherheitsbasis noch in Betrieb war. Jetzt hört man ja nicht mehr so viel vom Mond; er ist nicht mehr in Mode, weil die Leute vom Mars und von der Venus kommen und gehen und all der schöne Kram zur Erde zurückflutet ... Nun, Dick, du hast die Koje 22 mit einem schönen Bullauge, durch das du ins Nichts hinausspähen kannst.« Er fasste Dicks Reisetasche ins Auge. »Und was für eine Art Lebendmaterial könntest du bei dir tragen?«

»Nichts, wovon ich wüsste.«

»Nun, sehen wir einmal nach. Wir können es uns nicht leisten, irgendwelche Killer-Insekten auf die Erde loszulassen, ob das nun Spieltiere sind oder nicht.« Er machte Dicks Tasche auf, und seine Augenbrauen sträubten sich wie elektrisiert. »Du meine Güte, was ist denn das? Ein Bombenzieler?«

Dick lachte. »Das ist ein elektrischer Feldstecher. Er ist ein bisschen sperrig, aber wenn ich an dieser Skala hier drehe, bekomme ich jede Vergrößerung bis 200.«

»Gütiger Himmel, und was wird als Nächstes erfunden? Und dieses Dingsbums, was stellt das dar? Es sieht mir fast nach etwas aus, das direkt aus einer Klapsmühle stammt.«

Dick entgegnete würdevoll: »Das ist mein Kofferradio. Ich habe es selbst gebaut. Es funktioniert.«

Der Beamte blickte zweifelnd in die Tasche hinein. »Ich wage kaum, meine Hand da hineinzustecken, weil ich fürchte, dass etwas darüber zusammenschnappt.

»Da ist nichts Gefährliches drin. Ich nehme alles heraus, wenn Sie möchten.«

Der Beamte klappte die Tasche zu. »Mach dir keine Umstände. Ich gebe dir ein astreines Gesundheitszeugnis auf deinen Namen. Du kannst an Bord gehen oder warten.«

Dick schaute aus dem Fenster zur Silhouette des Schiffes hinüber. »Ich denke, ich werde an Bord gehen.«

»Gute Reise, und grüß deinen Vater von mir.«

»Danke.« Dick durchquerte den Warteraum, schob die Tür auf und marschierte auf das windige Landefeld der Teufelszitadelle hinaus. Mit gesenktem Kopf und unter an seinen Ohren vorbeifauchenden Windstößen ging er bis unter den Rumpf, stieg eine Laderampe hinauf und trat durch die Eingangsschleuse. Ein großer, breitschultriger Neger saß an einem Pult und las mit einem halb zerstreuten, halb ärgerlichen Stirnrunzeln in einem dicken Buch. Er trug eine ordentliche, blaugraue Uniform und eine Mütze, auf der vorne in goldenen Buchstaben BOOTSMANN stand.

Er schaute auf, legte sein Buch hin. »Name bitte?«

»Dick Murdock.«

Der Bootsmann blickte auf seine Liste und strich Dicks Namen durch. »Die Koje hat die Nummer 22, direkt hinter der Treppe zu Deck 2.«

»Danke.« Dick zögerte einen Moment. »Wie lange dauert es noch bis zum Start?«

Der Bootsmann spähte zum Himmel hinauf, dann blickte er auf seine Uhr. »Sobald die *American Star* landet, sind wir weg. Sie ist seit sechsundzwanzig Stunden überfällig.«

»Aber warum warten wir denn auf die *American Star*?«

»Sie trägt Post für die Erde an Bord – wenn sie ankommt.«

»*Wenn* sie ankommt? Warum sollte sie nicht ankommen?«

Der Bootsmann lächelte. »Ich wollte mich eigentlich nicht so festnageln lassen.«

Dick fragte beharrlich: »Gibt es denn so schlechte Nachrichten von der *American Star*?«

»Es gibt überhaupt keine Nachrichten.«

»Ist das nicht ziemlich seltsam?«

»*Seltsam* ist wohl kaum das richtige Wort dafür. Es ist geradezu alarmierend, wenn man bedenkt, dass letzten Monat zwei Schiffe verschwunden sind, die zum Mars unterwegs waren.«

»Aber warum ...? Wie ...?«

»Vielleicht sind sie von Meteoriten getroffen worden. Vielleicht...« Er unterbrach sich.

»Vielleicht – was?«

Der Bootsmann zuckte mit den Schultern. »Es geschehen seltsame Dinge. Ich verrate dir nichts Neues, wenn ich dir sage, dass der Raum ein seltsamer Ort ist.« Er schaute zum Stationsgebäude hinunter. »Ich sollte besser meinen Mund halten. Wenn mich der Kapitän so reden hört und mitkriegt, dass ich die Passagiere erschrecke, dann zieht er mir das Fell über die Ohren.«

»Ich verrate bestimmt nichts.« Dick drehte sich herum und schaute das Buch des Bootsmannes an. »Was lesen Sie denn da?«

Der Bootsmann war über den Themenwechsel offensichtlich erleichtert. »Kants *Kritik der Reinen Vernunft*. Für einen Raumfahrer ist das das beste Buch der Welt.« Er lachte über Dicks Gesichtsausdruck. »Ich werde nie damit fertig. Es ist immer so, als würde ich den Deckel zum ersten Mal aufschlagen. Und wenn ich die letzte Seite dann doch erreicht habe, kann ich wieder ganz von vorn anfangen, weil ich es noch immer nicht verstanden habe.« Er schüttelte in wehmütiger Bewunderung dieses Buches den Kopf. »Selbst angenommen, dass ich es doch noch auf normale Art und Weise kapiere, ist es nicht nutzlos geworden, weil ich in dem Fall immer noch von hinten anfangen und es Wort für Wort von hinten nach vorn lesen kann. Das macht zwei Bücher in einem, und es ergibt auf beide Arten gleich viel Sinn.«

Dick faszinierte dieser Gedanke. »Wird Ihnen das denn nicht langweilig?«

»O nein.« Der Bootsmann pochte mit seiner großen, dunklen Hand liebevoll auf den Deckel. »Es ist ein Spiel, das wir drei miteinander spielen – Kant, ich und das Buch. Ich stelle mir vor, dass der Stand ungefähr so ist: 20 für das Buch, 8 für Kant und 2 für mich.«

Dick lachte mit großem Vergnügen. »Ich bin nicht sehr sportlich. Ich würde nur Bücher lesen, die mich gewinnen lassen.«

»Ab und zu ist es eine gute Sache«, gab der Bootsmann zu, »damit ich bei Laune bleibe. Ich habe Sanskrit, Chinesisch und Russisch gelernt. Ich kann Zither, Oboe, Concertina und Mandoline spielen. Ich kenne mich mit der Physiologie von Vögeln und der Psychologie von Ameisen aus, kenne die Geographie der Venus und die Geologie des Mars. Aber sie alle geben mir zu schnell auf, und ein Raumfahrer hat eine Menge Zeit zur Verfügung.« Er klopfte wieder auf das Buch. »Das hier ist etwas, in das man sich verbeißen kann, etwas, das sich wehrt.«

»Sie sollten es mit Mathematik versuchen«, meinte Dick. »Ich habe auch ein paar Runden gegen Algebra und Geometrie hinter mir.«

Der Bootsmann überlegte. »Vielleicht wäre das eine gute Idee.« Er betrachtete das Buch kritisch. »Ich muss nämlich zugeben, dass ich den alten Meister Kant im Verdacht habe, zu schummeln. Sobald ich glaube, ihn festgenagelt zu haben, verändert er die Bedeutung von ein paar Worten, und ich muss zum 3. Kapitel zurückblättern.«

Vom Warteraum her wehte ein leises Hupsignal durch den Wind. Der Bootsmann stand auf. »Da hätten wir das Bereitschaftssignal, und dort hinten kommen Kapitän Henshaw und der Maat. Sieht so aus, als müssten wir nicht mehr länger warten.«

Kapitän Henshaw marschierte die Rampe herauf, ein kleiner, kräftiger Mann mit dichten, weißen Haaren, einem harten Mund und einem richtigen Nussknacker-Kinn. Hinter ihm kam der Maat, ein dunkelhäutiger junger Mann in makelloser Uniform. Er trug einen üppigen Lenkstangen-Schnauzer, wie Dick noch nie zuvor einen gesehen hatte.

Der Kapitän nickte Dick freundlich zu und wandte sich an den Bootsmann. »Wie sieht's aus, Henry?«

»Alle an Bord, Käpt'n. Dieser Junge hier ist der Letzte.«

»Dann machen Sie dicht. Was meldet Merrihew?«

»Die Röhren sind vorgewärmt, startbereit.«

»Gut. Start, sobald wir die Instrumente gecheckt haben.«

»Irgendwelche Nachrichten von der *American Star*, Sir?«

»Kein Pieps. Aber wir können nicht mehr länger warten.« Kapitän Henshaw wandte sich an Dick. »Ich werde dich bitten müssen, dich für ein paar Stunden in deine Koje zu begeben. Wir starten mit zwei Grav Beschleunigung. Weißt du, was das heißt?«

»Ich glaube, ja«, antwortete Dick. »Wir werden doppelt so schnell aufsteigen, wie ein Gegenstand zu Boden fallen würde.«

»Richtig. Du wirst doppelt so viel wiegen wie jetzt, und in deiner Koje bist du viel besser aufgehoben.«

Dick nickte, reichte Henry flink die Hand und ging weiter ins Schiff hinein.

Kabine 22 war ein Würfel von etwa sechs Fuß Kantenlänge. Die Koje befand sich an der Außenwand; über dem Kissen gab es ein kleines, quadratisches Bullauge. Dicks zwei Koffer, die mit rot-blau-weißen *Raumschiff African Star*-Aufklebern versehen waren, beanspruchten ein Regal rechts von ihm; linker Hand war ein Magnesium-Waschbecken in die Wand geklappt, darüber hing ein Spiegel.

Aus einem in die Wand eingebauten Lautsprecher knackte und summte es. Eine Stimme sagte: »Achtung, Mannschaft und Passagiere: Start in fünf Minuten. Die Passagiere werden gebeten, sich in ihre Kojen zu begeben.«

Dick zog seine Schuhe aus, streifte seine Jacke ab und streckte sich aus. Als an die Tür geklopft wurde, richtete er sich wieder auf. »Herein.«

Eine hübsche Stewardess schaute herein. »Start in drei Minuten, bitte bleiben Sie in Ihrer Koje.«

Sie schloss die Tür wieder. Dick hörte sie an die nächste Kabinentür klopfen, hörte sie sagen: »Start in drei Minuten.« Er legte sich wieder zurück, starr vor Aufregung. Der Wandlautsprecher summte; die Stimme sagte: »Start in einer Minute.«

Dick sah zu, wie der Sekundenzeiger auf seiner Uhr vorwärts kroch: zwanzig – zehn – fünf – drei – zwei – eins – das Schiff bebte, wurde von einem Ruck durchlaufen und stieg sanft empor. Die Koje senkte sich unter Dicks Gewicht; sein Körper fühlte sich an, als würde er in Sand eingegraben werden, und einen Augenblick lang hatte er Mühe, zu Atem zu kommen.

Eine lange Minute verstrich. Wolken färbten die Luke plötzlich weiß, brodelten vorbei. Einen Wimpernschlag später waren sie verschwunden. Sonnenlicht flutete heiß durch die quadratische Öffnung: der Himmel war pures Ultramarin, das rasch dunkler wurde, als das Schiff zu den Grenzen der Atmosphäre emporstieg. Dann färbte er sich schwarz, die Sterne leuchtete, und die Venus blieb zurück.

II

Der Weltraumfriedhof

Die Zeit verging – angenehme, monotone Stunden. Dick las Mikrofilmbücher aus der Schiffsbibliothek, sah sich den täglichen Film an, hörte die Nachrichtensendungen, bastelte an seinem Kofferradio herum. Er streifte überall auf dem Schiff herum, von der Navigationskuppel bis zu den mit purpurnem Bernstein aus dem Großen Banshee-Sumpf beladenen Frachträumen. Er unterhielt sich oft und ausführlich mit Henry, dem Bootsmann, und warf sogar einen Blick in die *Kritik der Reinen Vernunft*, die er nach ein oder zwei Stunden nachdenklichen Studiums jedoch wieder an Henry zurückgab.

»Wie ist der Punktestand?«, fragte Henry, der in der Promenade-Halle stand und das Aufspannen eines äußeren Sonnenschirms aus Aluminiumfolie überwachte, der das blendende Sonnenlicht aus eben dieser Halle fernhalten sollte.

Dick schüttelte den Kopf. »Kant ist Sieger durch k. o.«

Er beobachtete die beiden Besatzungsmitglieder, die in aufgebauschte Raumanzüge gehüllt draußen arbeiteten. Das Schiff glitt mit einer Beschleunigung von einem sechzehntel Grav dahin. Ein dünnes Kabel verband sie mit einer Sicherungsstange. Magnetische Schuhe hielten sie an der Außenhülle fest.

Dahinter war Leere. Dick reckte den Hals. Oben,

unten, rechts, links: in alle Richtungen breitete sich das Schwarz aus, das weder Farbe noch Dichte war, das Schwarz, das Nichts war, und in gewaltiger Entfernung hingen die leuchtenden Konstellationen der Sterne. Dies war die elementare Kluft, und sie rührte tief in Dicks Gemüt etwas auf. Er fröstelte. »Ich möchte nicht da draußen verloren gehen …«

»Nein«, gestand Henry, »ich auch nicht.«

Dick sah den Arbeitern eine Weile zu. »Angenommen, das Kabel reißt.«

»Sie würden zum Heck treiben und dabei Zeter und Mordio in ihre Funkgeräte brüllen.«

»Und wenn ihre Funkgeräte nicht mehr funktionieren, wenn sie niemand sieht …«

»Dann würde es ihnen wie den Menschen ergehen, die auf dem Meer in dunkler Nacht über Bord gespült werden. Sie wären verloren.«

Gebannt sah Dick zu, wie die Besatzungsmitglieder die Folie über Halterungspfosten rollten. »Ist das schon einmal passiert?«

»Ein paar Mal schon, nehme ich an … Ich habe von einem Mann gehört, der im Weltraum vergessen und zehn Stunden später wieder aufgesammelt worden ist – buchstäblich in letzter Sekunde, unmittelbar bevor sein Sauerstoffvorrat alle war.«

»Und?«

»Hat durchgedreht. Ist verrückt geworden.«

Einen Moment lang war Dick still. Dann sagte er: »Ein Mensch könnte aber doch zehn Stunden lang auf dem Meer treiben und trotzdem bei Verstand bleiben.«

Henry zuckte mit den Schultern. »Vielleicht. Wenn das Leben tatsächlich aus dem Meer kommt, wie viele glauben, dann müsste die Urerinnerung daran eigentlich noch irgendwo tief in unseren Zellen sitzen. Aber wir tragen nichts in uns, das dafür sorgt, dass wir mit dem Raum fertig werden.«

»Ich hoffe, ich muss das nie herausfinden«, sagte Dick nachdenklich. »Ich kann mir eine schönere Todesart vorstellen.«

»Es gibt keine schönen Todesarten«, widersprach Henry. »Manche sind schlimmer als andere. Zum Beispiel...« Er unterbrach sich, als Kirdy, der Maat mit dem raffinierten Schnauzbart, in die Promenade-Halle kam.

»Henry, solange Sie Ihre Männer noch da draußen haben, wäre es vielleicht nicht schlecht, auch gleich die Brückenplane aufzuspannen.«

»In Ordnung«, versetzte Henry. Er verließ die Promenade-Halle, und Dick kehrte in den Aufenthaltsraum zurück.

Da er nichts Besseres zu tun hatte, schrieb er einen Brief an seine Mutter. Seine Mitreisenden waren insgesamt gesehen ziemlich langweilig, spielten stundenlang Karten oder drängelten sich um die kleine Schiffsbar. Sende, eine denkwürdige Ausnahme, beschäftigte sich damit, in der Promenade-Halle herumzuschreiten, den Falkenkopf wie in Gedanken gesenkt, die gelben Augen kalt wie Zitronen.

Zehn Tage nach dem Start von der Venus passierten sie den Scheitelpunkt der Reise. Das Schiff drehte sich der Länge nach herum, und aus Beschleunigung wurde Verlangsamung.

Drei Tage später traf Dick auf dem Weg zur Promenade-Halle hinauf Sende und Kapitän Henshaw unter der Treppe zur Brücke. Sende stand nach vorn gebeugt da, mit funkelnden Augen; Kapitän Henshaw ragte auf wie eine Bulldogge und hatte die kantigen Kiefer zusammengebissen.

Dick hielt abrupt an. Sende warf ihm einen schnellen Blick zu und schritt davon, und Dick und der Kapitän starrten ihm nach. Kapitän Henshaw murmelte etwas Unverständliches, sah Dick an, wollte etwas sagen, überlegte es sich jedoch anders und presste die Zähne zusammen. Es entstand ein Augenblick unbehaglichen Schweigens, dann räusperte sich Kapitän Henshaw rau. »Wie gefällt dir die Reise, Dick? Ein wenig eintönig, was?«

»Nun«, sagte Dick bedächtig, »es gibt nicht viel zu tun.«

»Das ist schlimm, nicht wahr? Du magst Aufregung?«

Dick nickte. »Ich glaube, ich könnte genauso gut das Beste daraus machen und so faul sein, wie man nur faul sein kann, denn sobald ich auf dem Mond angekommen bin, ist es mit meiner Freizeit vorbei.«

»Wie das? Dort gibt es doch keine Schule.«

»Nun ...« Dick zögerte ein wenig verlegen. »Ich möchte Astronom werden, wie mein Vater, und deshalb habe ich eine Menge zu lernen, sobald ich im Observatorium bin.«

Kapitän Henshaw lachte. »Ich kann mir vorstellen, dass dir dein Vater eine ganze Menge beibringt.«

Dick lächelte gequält. »Macht er, wenn ich die Dinge nicht so schnell begreife, wie er das von mir erwartet. Vielleicht habe ich einfach nicht das richtige Zeug dazu. Manchmal glaube ich, ich wäre ein viel besserer Forscher oder Detektiv.«

Kapitän Henshaw spähte die Promenade-Halle entlang, in die Richtung, in die Sende davongegangen war. »Ich wünschte, du wärst ein Detektiv«, murmelte er. »Es gibt da ein paar Leute an Bord, über die würde ich ganz gern einen Bericht lesen.«

»Ich meine nicht Kriminaldetektiv«, korrigierte Dick. »Ich meine mehr so etwas wie einen – ach, ich bin mir nicht ganz sicher. Aber ich finde gern ganz bestimmte Dinge heraus. Mein Vater sagt, ich hätte mehr Neugier in mir, als gut für mich sei.«

Kapitän Henshaw gluckste. »Da hat er Unrecht; zu viel Neugier hat noch niemandem geschadet. Wenn ein Junge zu wenig davon hat, dann ist es an der Zeit, sich Sorgen zu machen.«

»Eigentlich«, sagte Dick treuherzig, »hätte ich ein paar Fragen, die ich Ihnen gern stellen würde.«

Der Kapitän schnitt eine Grimasse. »Sehr gut. Darauf lasse ich mich ein. Was kommt als Erstes?«

»Erstens, warum beschleunigen und bremsen wir so langsam? Könnten wir nicht mit einer höheren Beschleunigung eine viel schnellere Reise machen?«

»Das könnten wir tatsächlich. Wenn wir nach dem Verlassen der Venus eineinhalb Tage lang mit einfacher Erdgravitation beschleunigt hätten – das heißt, unsere Geschwindigkeit mit jeder Sekunde um zweiunddreißig Fuß pro Sekunde gesteigert und dann weitere eineinhalb Tage lang um einen Grav abgebremst hätten –, dann wären wir auf der Erde. Sechzig Millionen Meilen in drei Tagen. Aber in diesem Fall würden wir eine ganze Menge teuren Treibstoff verbrauchen. Wir würden bei dieser Reise draufzahlen. Deshalb reisen wir langsamer und verbrauchen weniger Energie... Wie lautet deine nächste Frage?«

»Nun«, sagte Dick zögernd, »ich frage mich die ganze Zeit, ob Sie etwas von der *American Star* gehört haben.«

Kapitän Henshaw antwortete knapp: »Nein.«

»Was meinen Sie, was ist passiert?«

Kapitän Henshaw blickte aus dem Fenster, suchte mit seinen Blicken das funkelnde Gepränge der Sternenkonstellationen ab. »Eigentlich stehen mir nicht mehr Fakten zur Verfügung als dir.«

In diesem Augenblick sprang Kirdy von der Brücke herunter und schwebte langsam wie eine Feder zur Promenade-Halle herunter. Kapitän Henshaw sagte frostig: »Eines Tages werden Sie das machen, wenn wir normale Schwerkraft haben, und dann brechen Sie sich den Hals.«

»Ich war in Eile, Sir. Wir haben ein Objekt auf dem Radarschirm, das direkt vor uns sein muss.«

»Warum haben Sie das nicht gleich gesagt?«, brüllte Kapitän Henshaw. Er sprang zur Brücke hinauf, und Kirdy folgte ihm auf den Fersen.

Dick hörte das Klicken magnetischer Schuhe; er blickte über die Schulter und sah Henry.

Henry stoppte, sah in Dicks Gesicht. »Du siehst aus, als hättest du ein Gespenst gesehen! Was ist los? Gibt es Ärger?«

Dick lachte unbehaglich. »Keine Ahnung. Es ist nur, weil sich jeder so seltsam benimmt.«

Henry gab ein nichtssagendes Geräusch von sich, ging zum Fenster und suchte den Weltraum ab.

»Sie tun das auch«, bemerkte Dick spitz. »Was suchen Sie denn?«

»Das wüsste ich selbst gern.«

»Der Maat hat eine Radar-Ortung gemeldet, und der Kapitän war mit einem Satz auf der Brücke.«

Henry fragte mit ungewöhnlicher Schärfe in der Stimme: »Jetzt gerade eben?«

»Unmittelbar bevor Sie gekommen sind. Warum ist der Kapitän bloß so aufgeregt?«

»Weil«, sagte Henry grimmig, »wir mitten im *Friedhof* sind.«

»Im *Friedhof*?« Dick starrte in den Weltraum hinaus, dann wieder auf Henry. »Was in aller Welt...«

»Genau hier sind die *Canopus* und die *Capella* verschwunden.«

»Ich dachte, sie waren unterwegs zum Mars!«

»Deshalb mussten sie trotzdem genau hier durchkommen.« Henry zeichnete eine hastige Skizze auf ein Blatt aus seinem Notizbuch. »Dieser Kreis hier – das ist der *Friedhof.* Die letzten drei Schiffe, die in diesen Kreis hineingeflogen sind, sind spurlos verschwunden.

»Die letzten *drei*?«

Henry machte ein unglückliches Gesicht. »Die *American Star* war das dritte.«

»Was mag denn da los sein?«

Henry zuckte mit den Schultern. »Das würde eine ganze Menge Leute interessieren.«

Kirdy schaute von der Brücke herunter. »Henry, der Kapitän will Sie sehen.«

Henry stürmte die Leiter hinauf. Dick wartete, und in seiner Kehle bildete sich vor lauter Spannung ein Kloß. Er ging ans Fenster, schaute in den Weltraum hinaus. Überall Sterne ... Überall diese strahlende Vielfalt ... Ein Aufprall hinter ihm. Dick wirbelte erschrocken herum. Henry war von der Brücke heruntergesprungen.

Dick öffnete den Mund, wollte eine Frage stellen. Henry schüttelte jedoch den Kopf. »Darf jetzt keine Zeit mit Reden verlieren.« Er verfiel in einen eiligen Trab und lief durch die Promenade-Halle davon. Dick rannte ihm hinterher. »Was haben sie auf dem Radarschirm eingefangen?«

»Sie glauben, dass es die *American Star* ist. Der Käpt'n hat angeordnet, die Maschinen eines Rettungsbootes warm laufen zu lassen.«

Der Lautsprecher der Promenade-Halle summte; eine Stimme sprach: »Achtung, Mannschaft und Reisende, bereiten Sie sich auf ein starkes Abbremsmanöver vor. Die Passagiere werden gebeten, sich sofort in ihre Kojen zu begeben.«

Die Durchsage wurde wiederholt. Dick stoppte unentschlossen. Henry schaute über die Schulter. »Du gehst jetzt besser in deine Koje, Dick. Wir verlangsamen gleich schrecklich abrupt.«

Dick ging widerstrebend in seine Kabine hinunter, und kaum hatte er sich ausgestreckt, als ihn das Bremsmanöver auf die Matratze presste.

Unbequeme Stunden vergingen. Dick versuchte zu schlafen, aber die Aufregung stemmte seine Lider weit auf, und seine Gedanken rannten wie aufgeregte Terrier von einer Frage zur nächsten.

Warum sollte die *American Star* hier draußen mitten im Weltraum treiben? Warum war Kapitän Henshaw nicht in der Lage, per Funk mit ihr Verbindung aufzunehmen? Bestimmt hatte er das versucht. Er musste wohl annehmen, dass irgendetwas Schwerwiegendes nicht stimmte, wenn er mitten im Flug von der Höchstgeschwindigkeit abbremste. Zehn Tage Beschleunigung, drei Tage Verlangsamung: das ergab die Wirkung von sieben Tagen Beschleunigung bei einem sechzehntel Grav oder sieben Sechzehntel eines Tages bei einem Grav, sieben Zweiunddreißigstel eines Tages oder etwa fünf Stunden bei zwei Grav. Wenn man die anfänglichen zwei Stunden bei zwei Grav dazuzählte, ergab dies eine Summe von sieben Stunden zu zwei Grav, die jetzt aufgehoben werden mussten, um die *African Star* anzuhalten. Dann mussten sie die Distanz zurücklegen, um die sie an der *American Star* vorbeigeschossen waren ... So rasten seine Gedanken.

Eine weitere Stunde verging schleppend langsam, dann ließ die Abbremsung für fünfzehn kurze Minuten nach, in denen die Stewardess mit Hilfe von Henry und zweien aus der Mannschaft den Passagieren Sandwiches und Kaffee brachten.

Der Druck stabilisierte sich wieder, und Dick fiel in einen unruhigen Schlaf. Unvermittelt wachte er dann wieder auf und merkte, dass das Gewicht von seiner Brust verschwunden war. Der Lautsprecher knackte, summte. Kapitän Henshaws Stimme sagte befehlend: »Verehrte Passagiere, bleiben Sie bitte in Ihren Kabinen. Es könnte möglich sein, dass wir von einem Moment zum nächsten stark beschleunigen müssen.«

Dick erhob sich auf die Knie und blickte durch die Luke. Schwarzer Weltraum und Sterne, und davor die Erde, die wie ein Aquamarin auf dem Samt eines Juweliers leuchtete.

Ein Kratzen, ein Aufprall vibrierte durch die Außenhülle, dann schwebte ein Raumboot von der *African Star* davon. Dick erblickte kurz Henrys ernstes, dunkles Gesicht und Kirdys erstaunlichen Schnauzer. Die Neugier war einfach zu groß. Er nahm seinen Feldstecher, öffnete die Tür, schaute in den Gang hinaus. Niemand in Sicht. Leise schlich er zum Passagier-Aufenthaltsraum, stieg zur Promenade-Halle hinauf und schaute in die Richtung in die das Rettungsboot verschwunden war.

Da war es, eine glänzende, ovale Form, die allmählich kleiner wurde. Dahinter, klein in der Ferne, hing ein Raumschiff, still, dunkel – tot.

Dick holte seinen Feldstecher hervor, stellte die Vergrößerungsanzeige auf 4, stellte scharf. Das Schiff dehnte sich aus, das Profil zeigte einen Zwilling der *African Star.* Die Luken waren gleichförmig leer, wie die Fenster eines längst verlassenen Hauses.

Dick stützte sich gegen das Glas, drehte die Stärke auf. 6 – 8 – 10 – 12 – jetzt ließ jede auch noch so geringe Bewegung oder Erschütterung das Blickfeld ungestüm tanzen. Dick stemmte sich fest. 14 – 16 – 18. Sogar sein Pulsschlag verriss das Bild.

Ein leichtes Kratzen von Schritten erklang hinter ihm. Dick fuhr herum. Sende stand hinter ihm, ein schwaches Grinsen auf dem Gesicht. »Was siehst du denn da, junger Mann?«

»Das Rettungsboot umrundet das Schiff«, antwortete Dick. »Abgesehen davon ...« Er zögerte.

»Kein Lebenszeichen, was?«

»Nein.«

»So, so.« Sein Gesichtsausdruck war der eines Mannes, der fernen Stimmen lauschte. Dann schien sein Blick aus der Unendlichkeit in die Realität zurückzukehren und konzentrierte sich wieder. »Eine ziemlich ernste Sache, könnte man sagen«, stellte er fest.

»Ja, das ist es bestimmt.«

»Sogar eine Tragödie.«

Dick blickte ihn überrascht an. »Ich nehme an, das ist es wohl.«

»Ich frage mich, wer dafür verantwortlich ist.«

»Ich habe keine Ahnung. Sie?«

Sende schürzte die Lippen, als wolle er einen Pfiff ausstoßen. »Vielleicht hast du schon einmal vom Basilisken gehört?«

Dick überlegte. »Ja, irgendwann einmal. Ich kann mich nicht recht erinnern. Wer ist das? Oder ist es ein Ding?«

Sende lachte leise. »Wenn diese Frage beantwortet werden könnte, dann hätten solche Vorfälle ein Ende...« Er nickte zu dem Wrack hinüber. Dick drehte sich um, sah hin, und als er sich wieder umdrehte, schritt Sende leichtfüßig die Promenade-Halle entlang davon.

Dick hob seinen Feldstecher wieder. Das Boot war auf dem Rückflug zum Schiff. Dick huschte in den Aufenthaltsraum hinunter, durchquerte den Speisesalon, kletterte aufs Rettungsboot-Deck hinauf.

Es gab einen metallischen Stoß, als das Rettungsboot andockte. Sofort spürte Dick die Beschleunigung unter den Füßen – etwa eine halbe Normal-Gravitation.

Die Schleuse öffnete sich, und Kirdy sprang in den Raum herein, wobei die Enden seines Schnauzers wippten. Er warf Dick einen schnellen, frostigen Blick zu, stapfte an ihm vorbei, erstieg die Leiter. Henry kam hinter ihm her, wischte sich den Schweiß von der Stirn. Er schloss die Luke, stellte den Startmechanismus neu ein.

Dick fragte: »Was habt ihr gesehen?«

Henry schüttelte den Kopf mit den kurzen Haaren. »Kirdy hat gesagt, ich soll den Mund halten.« Er schoss einen ziemlich unfreundlichen Blick Richtung Brücke ab. »Ich persönlich«, murmelte er, »sehe nicht ein, warum es darauf noch ankommen sollte. Kirdy hat da ein paar seltsame Vorstellungen, mächtig seltsame Vorstellungen.«

»Ich habe die *American Star* durch meinen Feldstecher gesehen«, teilte Dick ihm mit. »Es hat so ausgesehen, als wäre die Brücke aufgebrochen worden.«

Henry bedachte die Brücke mit einem weiteren Blick. »Kirdy bezeichnet es als Meteor-Einschlag.«

Dick lachte kurz. »Dann ist der Meteor explodiert, nachdem er in die Brücke hineingekracht ist. Alle Fragmente sind nach außen gebogen, alles – Glas und Metall. Für mich hat das eher danach ausgesehen, als wäre irgendetwas – eine Rakete, beispielsweise – in den Rumpf gefeuert worden.«

Henry straffte sich. »Ganz unter uns, das ist wohl auch passiert. Im Innern, auf der Brücke ...« Er verzog das Gesicht. »Schrecklich. In Stücke gerissene Leichen. Wir haben in die Promenade-Halle hineingesehen, und dort war es noch schlimmer. Die Luft muss mit einem einzigen großen Knall aus dem Schiff entwichen sein, und die Passagiere ... Nun, man könnte sagen, sie sind einfach aufgeplatzt.«

Dick schluckte hart. »Aber wer soll die Rakete abgefeuert haben – wenn es eine Rakete war?«

Henry schwieg.

»Ist Ihnen der Frachtraum aufgefallen?«

»Offen. Leer.«

»Räuber«, sagte Dick. »Piraten. Raumpiraten.«

Henry nickte. »Sieht ganz danach aus.«

Dick fragte: »Haben Sie schon einmal etwas vom Basilisken gehört?«

Henry blickte auf. »Was soll ich denn über den Basilisken gehört haben?«

»Ich habe Sie gefragt.«

»Es kursieren da gewisse Gerüchte«, erwiderte Henry mit leiser Stimme. »Ich habe bisher allerdings nicht sonderlich viel darauf gegeben.«

Dick wartete. Nach einer kurzen Pause sagte Henry: »Die Spekulationen gehen in die Richtung, dass der Basilisk den Weltraum beherrscht, und jedes Schiff, das vorbeizieht, für sich beansprucht.«

»Das ist grotesk.«

»Grotesk oder nicht – er hat jedenfalls schon drei Schiffe aufgesprengt, drei, von denen wir wissen, und ist mit Frachtgütern im Wert von Millionen Dollars entkommen. Er hat Hunderte von Männern und Frauen getötet, ein gnadenloser Teufel. Es fällt schwer, ihn sich als menschlich vorzustellen.«

»Und was geschieht mit den Schiffen? Hat man die *Canopus* oder die *Capella* je gefunden?«

»Nein. Ich hege die Vermutung, dass der Basilisk eine Prisenmannschaft an Bord bringt, sie zu seiner Basis abschleppt, sie repariert, Waffen installiert.«

»Aber die *American Star*…«

Henry zuckte mit den Schultern. »Ich nehme an, er hat zuerst einmal die Fracht umgeladen und in Sicherheit gebracht. Wenn er bei dieser Sache nach dem gleichen Muster verfährt wie bei der *Canopus* und der *Capella*, dann kommt er zurück, holt die *American Star* ab und verleibt sie seiner Flotte ein.«

Besorgt suchte Dick den Weltraum ab. »Vielleicht verfolgt er uns bereits.«

»Das ist durchaus möglich. Kapitän Henshaw kommt sich vor wie auf glühenden Kohlen.«

Nach einem Augenblick fragte Dick: »Woher wissen Sie denn das alles über den Basilisken?«

Henry kaute nachdenklich auf seiner Lippe herum. »Eigentlich hat es mir Kirdy gesagt.«

Dick grübelte weiter. »Aber wohin bringt der Basilisk all diese Schiffe? Es würde große Werkshallen, Maschinen, Vorratslager erfordern.«

Henry blickte in den Weltraum hinaus und in die Höhe, am roten Glanz des Mars vorbei zu dem grellen weißen Licht, das der Jupiter war. »Kirdy behauptet, dass er draußen, auf einem der Jupitermonde, eine Basis hat.«

Der Lautsprecher summte. Eine Stimme – Kirdys Stimme – sagte: »Die Passagiere können jetzt ihre Kabinen wieder verlassen. Wir werden mit der gegenwärtigen Beschleunigung weiterfliegen, bis wir wieder im Zeitplan sind.«

»Wenn ich Detektiv wäre«, murmelte Dick nachdenklich, »dann würde ich Kirdy bestimmt ein paar Fragen stellen.«

Aber sechs Stunden später war Kirdy außer Reichweite eines jeden irdischen Verhörs. Seine Leiche wurde in der Promenade-Halle unter der Brücke gefunden, mit gebrochenem Genick – sein Hinterkopf ruhte fast auf seinem Brustkorb.

Als Kapitän Henshaw von der schlaffen Gestalt zu dem Brückenschott hinaufblickte, sagte er: »Ich habe diesem jungen Dummkopf prophezeit, dass er sich eines Tages den Hals brechen wird.«

III

Gespenstische Ruinen

Eine Stimme, die wie Metall kratzte, sagte: »Was hast du denn nun vor, junger Mann?« Dick zuckte erschrocken herum. Sende stand hinter ihm. Es schien einer von Sendes Wesenszügen zu sein, immer dort aufzutauchen, wo man ihn am wenigsten erwartete, und Dick fand das nervtötend.

Er sagte: »Ich habe mir gerade überlegt, dass sich ein Mann, der von der Brücke herunterspringt, viel eher die Beine bricht, und nicht den Hals.«

Sendes ausdruckslose gelbe Augen schienen komplizierte innere Vorgänge zu verbergen. Er sagte leise: »Das ist ein interessanter Gedanke. Wie lautet deine Theorie?«

»Ich habe keine Theorie«, erwiderte Dick stockend. »Ich habe nur festgestellt . . .«

Von der Brücke kam ein ärgerliches Gemurmel, dann das Stampfen von Schritten. Kapitän Henshaw stieg die Leiter herunter, das Kinn herausfordernd vorgeschoben.

»Was gibt es jetzt für Ärger, Kapitän?«, fragte Sende träge.

»Es gibt keinen Ärger«, bellte Kapitän Henshaw. »Überhaupt keinen Ärger. Nur, dass wir mitten im *Friedhof* hängen und Gott weiß was passieren kann, und jetzt sind Radar und Funkgerät ausgefallen, und Kirdy, der Funker, ist tot. Wenn jetzt da draußen irgendetwas vorgeht, dann können wir es nicht kommen sehen – dann können wir nicht einmal Hilfe herbeirufen!«

Sende schüttelte den Kopf. »Ziemlich beunruhigend.«

»Beunruhigend!«, brüllte Kapitän Henshaw. »Das ist Sabotage! Die Instrumente waren einwandfrei in Ordnung – alles lief wie am Schnürchen!«

Dick sagte zögernd: »Ich kenne mich mit Funkgeräten ein bisschen aus.«

»Kapitän Henshaw lachte bitter. »Du lässt die Finger davon. Das Erste, was ich erfahre, ist, dass du einem Stromschlag zum Opfer gefallen bist, und dann habe ich zwei Leichen am Hals.« Er stapfte in der Promenade-Halle umher.

Dick warf Sende einen Blick zu und war überrascht, als er den Messerschlitzmund zu einem schwachen Lächeln verzerrt sah. Dick sagte trocken: »Sie scheint Kirdys Tod, oder die Aussicht, dass uns die Piraten alle töten, nicht allzu sehr zu beunruhigen.«

Sendes Grinsen verbreiterte sich. »Piraten? Wo hast du denn diese Idee aufgegabelt?«

»Nun, das ist allgemein bekannt. Der Basilisk ...«

»Aberglaube«, spottete Sende. Er deutete in den Weltraum hinaus. »Schau da hinaus – Milliarden und Abermilliarden Kubikmeilen. Wie könnte ein Pirat da hoffen, in diesem gewaltigen Bereich ein Schiff aufzuspüren?«

»Nun«, sagte Dick, »er könnte den Kurs des betreffenden Schiffes kennen. Oder er könnte den Funkverkehr des Schiffes anpeilen.« Er verstummte.

Sende nickte. »Vielleicht ist es dann gar nicht so schlecht, dass unser Funkgerät seinen Geist aufgegeben hat, was?«

Dick pflichtete widerstrebend bei. »Aber mich würde immer noch interessieren, wie sich Kirdy den Hals gebrochen hat.«

Sende sagte mit vertraulicher Stimme: »Ich werde dir ein Geheimnis verraten. Kirdy war ein starker Trinker. Wahrscheinlich ist er betrunken auf Wache gegangen und dann die Leiter heruntergefallen.«

»Nachdem er das Funkgerät und den Radar sabotiert hat, nehme ich an?«

»Das ist gut möglich. So einleuchtend wie Piraten.« Und Sende setzte seinen Weg durch die Promenade-Halle fort.

*

Drei Tage vergingen ohne weitere Zwischenfälle. Die Erde schwoll an, wurde eine große, grünblaue Kugel, mit gefiederten Wolkensträhnen überzogen. Auf der einen Seite hing der Mond, schwarz, silber, weiß und grau; mit Kratern übersät, die an Pocken erinnerten, vernarbt und schorfig, eine Welt, die sich von der Erde so sehr wie der Tod vom Leben unterschied.

Am zwanzigsten Tag nach dem Start von der Venus schwenkte die *African Star* hundert Meilen über die Mondoberfläche in eine Umlaufbahn ein, wo sie mit einer Geschwindigkeit im »Leerlauf« dahinglitt, die durch die so erzeugte Zentrifugalkraft ausreichte, die Mondschwerkraft auszugleichen. Dick stand in der Promenade-Halle und beobachtete die unheimliche und unwirtliche Oberfläche durch sein Fernglas. »Wie komme ich zum Observatorium hinunter?«, fragte er Henry. »Landet das Schiff?«

Henry lachte. »Kapitän Henshaw würde dich eher

mit einem Fallschirm abspringen lassen, bevor er den Treibstoff vergeuden würde, den man zum Landen braucht.«

»Ohne jede Luft für den Fallschirm würde ich ziemlich unsanft am Boden auftreffen.«

»Macht keinen Unterschied. Der Kapitän ist darauf aus, dass eine Reise Gewinn abwirft.«

»Aber jetzt *im Ernst* – wie komme ich hinunter?«

»Nun, es gibt auf dem Mond keine Ionosphäre, deshalb breiten sich die Funkwellen nicht – wie auf der Erde – über den Horizont hinweg aus. Aber sobald wir an einen Punkt gelangen, von dem aus wir das Observatorium sehen können, wird Kapitän Henshaw per Funk das Depeschenboot anfordern.«

»Funken? Ich dachte, das Funkgerät sei außer Betrieb.«

»Einer der Passagiere hat es repariert. Ich weiß nicht, wer. Ich hatte zu der Zeit keine Wache.«

Dick packte seinen Feldstecher in den Behälter zurück. »Ich glaube, ich hole jetzt lieber mein Gepäck.« Er stieg die Treppe zum Kabinendeck hinunter. Wenn das Schiff frei im Orbit schwebte, gab es weder Beschleunigung noch Schwerkraft, und so war er gezwungen, sich buchstäblich nach unten zu hieven.

Zehn Minuten später schloss er die Tür zur Koje 22 zum letzten Mal hinter sich, stakste in Magnetschuhen den Gang entlang und schubste seine Taschen vor sich her. Er stieg die Treppe zu dem Raum vor der Ausstiegsluke hinunter, drängte seine Taschen in eine Ecke.

Er hörte Schritte von Magnetschuhen hinter sich. Sende kam herein und stieß seine Taschen ebenfalls in die Ecke und neben die von Dick.

Dick starrte ihn verblüfft an. »Steigen Sie auch auf dem Mond aus?«, fragte er stockend.

Sendes gelbe Augen waren ausdruckslos wie Kieselsteine. »Gibt es irgendeinen Grund, warum ich das nicht tun sollte?«

»Nein«, erwiderte Dick hastig, »natürlich nicht. Aber Sie haben nie erwähnt...«

»Du auch nicht.«

»Tja – nein«, musste Dick zugeben. Er schaute verdrießlich durch das Bullauge. Sendes Anwesenheit war keine angenehme Überraschung. Dick seufzte und korrigierte sich insgeheim. Sende war ihm schließlich gleichgültig, so oder so. »Ich nehme an, Sie wollen auch zum Observatorium?«

Sende hatte ihn mit einem starren, ziemlich nichtssagenden Lächeln betrachtet. »Seit die Sicherheitsbasis geschlossen ist, kann man nirgendwo anders mehr hingehen. Der Mond ist heutzutage ein stilles Örtchen.«

»Haben Sie vor, lange zu bleiben?«, fragte Dick hoffnungsvoll.

Sende nickte. »Eine ziemlich lange Zeit.«

»Oh! Dann müssen Sie Astronom sein.«

»Nein. Weit daneben getippt. Ich bin Funker.«

Dick starrte Sende wieder einmal an. »Warum«, platzte er heraus, »haben Sie dann das Funkgerät des Schiffes nicht repariert?«

»Habe ich«, gab Sende gelassen zurück. »Gestern fertig geworden, gerade rechtzeitig, damit wir das Depeschenboot anfunken konnten.«

Er schaute aus dem Bullauge. »Und dort drüben kommt es jetzt.«

Draußen glitzerte die ovale Kuppel des kleinen Gefährts im Sonnenlicht. Vier blaue Feuerstöße zügelten schräg nach unten und hinten. Die Stichflammen aus den Düsen flackerten, wurden schwach; das Boot glitt parallel zur Umlaufbahn der *African Star* weiter nach oben und schwebte näher heran. Einen Augenblick später gab es einen leisen Aufprall, als es die Hülle berührte; einen weiteren Augenblick später trafen sich die Schotts und schlossen sich hermetisch ab. Henry schwang die Luke auf, und ein kleiner Japaner – sein Gesichtsausdruck verriet, dass er guter Laune war – sprang in das Schiff herein. Mit einem Hauch von Enttäuschung stellte Dick fest, dass sein Vater nicht an Bord war.

Der Japaner schaute von Dick zu Sende, dann wieder zu Dick. »Du bist Dick Murdock?«

»Ja.«

»Ich bin John Terenabe. Dein Vater konnte dem Schiff nicht entgegenfliegen, aber du wirst ihn in einer Stunde sehen.« Er wandte sich an Sende, nickte. »Sie müssen meine Ablösung sein.«

»Richtig. Wenn Sie der Funker sind.«

»Bin ich. Ich denke, Sie werden die Arbeit im Observatorium als sehr angenehm empfinden.« Er wich beiseite, als Dick seine Taschen durch die Luke schob. »Sie können ein solches Boot fliegen?«, fragte er Sende.

Sende nickte.

»Gut«, erklärte Terenabe. »Bisher bin ich immer zu den Schiffen heraufgeflogen, und diesen Job werden Sie zweifellos erben.«

Sende schob seine Taschen hinter denen von Dick hinein.

Kapitän Henshaw erschien, schüttelte Sende die

Hand, bevor sich dieser durch die Luke duckte und in dem Boot Platz nahm. Der Kapitän wandte ich an Dick. »Nun, Dick, benimm dich und behalte diesen Haufen Neugier irgendwie unter Kontrolle.«

Dick lachte. »Ich kann für nichts garantieren, Kapitän.«

Kapitän Henshaw streckte seine Hand aus. »Vielleicht sehen wir uns irgendwann einmal wieder, Dick.«

»Das hoffe ich.« Dick wandte sich an Henry. »Wiederseh'n, Henry.« Sie schüttelten sich die Hände, dann glitt Dick ebenfalls durch die Schleuse.

Die Luke schlug hinter ihm zu. Terenabe knallte die Bootsluke zu, hakte die Verankerungen aus.

Mit einem Klumpen in der Kehle sah Dick den großen Rumpf davontreiben. Das Schiff und das Depeschenboot zogen auf verschiedenen Kursbahnen dahin; das Schiff entschwand jenseits der Kluft, wurde ein glitzernder Punkt, war verschwunden.

Das Boot senkte sich zum Mond hinunter, die Sonne stand achtern tief über dem Horizont. Zerklüftete Berge warfen phantastische schwarze Schatten über die Mondebenen, die zahllosen Krater waren abwechselnd als helle Sicheln und als Schattenovale zu sehen.

»Nun«, sagte Sende, »was hältst du davon?«

Dick schüttelte den Kopf. »Es gibt so viel zu sehen. Ich würde sagen, dass es schön ist, nur – *schön* ist eigentlich nicht das richtige Wort dafür.«

Terenabe schaute über die Schulter zu ihm zurück. »Es ist etwas, an das man sich niemals gewöhnt, ganz gleich, wie lange man hier draußen lebt.«

Das Boot glitt tiefer, und die Erde stieg als dreiviertel volle Kugel über den Horizont.

Asien und der pazifische Ozean waren zu sehen, wobei der Nordpol unten war, als stünde die Erde auf dem Kopf.

Terenabes Stimme platzte in Dicks Gedanken hinein. »Gleich überfliegen wir die alte Sicherheitsbasis.«

Dick rutschte in seinem Sitz hin und her. »Wo?« Terenabe zeigte sie ihm.

Dick holte seinen Feldstecher heraus, stellte ihn scharf. »Ich habe schon von der Sicherheitsbasis gehört, aber ich weiß nicht mehr viel darüber.«

»Sie ist ein Überbleibsel aus der schlechten alten Zeit«, erklärte Terenabe, »als Diktatoren und Sklavenstaaten die freien Menschen der Welt bedrohten.«

»Sie war eines der ersten Werke der Vereinten Nationen, nicht wahr?«

»Nun, nicht ganz das erste. Eine der ersten entscheidenden Taten, könnte man sagen. Als die ersten Raumschiffe die Erde verließen – lange vor deiner Zeit –, haben die Vereinten Nationen beschlossen, hier oben, auf dem Mond, eine große Festung zu bauen. Darin gab es Hangars mit ferngelenkten Atomraketen, radioaktivem Staub – mit den schrecklichsten Waffen, die je ersonnen worden sind. Keine Nation, egal wie militaristisch und aggressiv, hat mehr gewagt, mit Krieg zu drohen. Die Vereinten Nationen, die nicht in der Lage gewesen sind, die Völker in Frieden miteinander zu vereinen, waren plötzlich stark genug, ihnen allen den Frieden aufzuzwingen.«

»Jetzt sieht sie nicht mehr sehr imposant aus.«

»Sie wird nicht mehr gebraucht. Die Diktatoren haben ihre Anhängerschaft verloren, die Sklavenstaaten sind zerfallen. Es gab auf der Erde keine Armeen und keine Kriegsdrohungen mehr, also wurde die Sicherheitsbasis aufgegeben. Die Mannschaft ist nach Hause gegangen, und die Waffen sind verschrottet worden. Die Kasernen und das zentrale Hauptquartier sind in einer symbolischen Geste gesprengt worden, und die Ruinen bleiben so, wie du sie siehst.«

»Das sieht nach einer ziemlichen Verschwendung aus«, meinte Dick. »Aber ich glaube, eine Festung ist eben zu nichts anderem nütze, als eine Festung zu sein.«

»Zu nichts auf der Welt«, bestätigte Terenabe. »Wenn die Diktatoren und Militaristen, die früher Kriege anzuzetteln pflegten, durch körperliche Arbeit hätten lernen müssen, was ihre Kriege kosten, dann hätte es wohl nur sehr wenige Kriege gegeben.« Er blickte auf die verlassenen Ruinen hinunter, die dort vorbeizogen: Rollbahnen, blockförmige Gebäude, Landungsbrücken, Docks, Lagerhäuser, Kasernen, die weiß und unheimlich schimmerten. »Den alten Sender benutzen wir immer noch für Nachrichtenübermittlungen – alles natürlich vollkommen automatisch. Signale vom Observatorium werden zur Station gesendet und dann zur Erde abgestrahlt.«

»Ist das nicht ziemlich umständlich?«, fragte Dick. »Angenommen, diese Einrichtung geht kaputt?«

Terenabe schüttelte den Kopf. »Die Einrichtung der Sicherheitsbasis ist so konstruiert worden, dass sie nicht kaputtgehen kann. Das System funktioniert. Es hat nie einen Grund gegeben, den Sender ins Observatorium zu verlegen, also bleibt er dort.«

Dick betrachtete die Station durch seinen Feldstecher. Mit einem unsicheren Lachen sagte er: »Sie sieht unheimlich aus – wie eine alte, verlassene Stadt.

Ich kann mir richtig vorstellen, wie an einem solchen Ort Geister herumspuken.«

Terenabe kicherte. »Du hast eine blühende Phantasie, Dick.«

Dick beugte sich vor, und seine Finger drehten an der Vergrößerungsjustierung.

»Was ist denn los?«

»Ich dachte, Sie hätten gesagt, die Station sei verlassen.«

»Ist sie auch. Es gibt zwar einen Aufseher, aber der geht nicht einmal in die Nähe der Basis.«

»Ich habe ein Licht gesehen«, erklärte Dick.

Sende, der mit zurückhaltendem und sardonischem Vergnügen zugehört hatte, sagte unvermittelt: »Lass sehen.« Er nahm den Feldstecher, blickte auf die bleichen Ruinen hinunter, die jetzt nach achtern trieben. Nach ein paar Sekundenbruchteilen sagte er: »Nein, das war nur eine Reflektion auf Glas.«

»Aber ...« Dicks Stimme versiegte. Ungeduldig wartete er darauf, dass Sende seinen Feldstecher zurückgab, damit er seine Beobachtung überprüfen konnte, doch Sende schien damit keine Eile zu haben. Er betrachtete die alte Station eingehend, dann begutachtete er das schroffe Panorama nach allen Seiten hin. Als er das Fernglas zurückreichte, lag die Station weit zurück.

Ein paar Minuten später fragte Terenabe: »Siehst du die Kraterwand da vor uns?«

»Ja. Es ist etwas oben drauf, etwas, das wie Metall glitzert.«

»Das ist das große Teleskop.« Er runzelte die Stirn – aus einem Grund, den Dick nicht verstand. »Auf der anderen Seite des Kraters liegt das Observatorium.«

IV

Das Killer-Auge

Das Boot schwebte in den Krater hinunter. In den schräg einfallenden Lichtbahnen sahen die Gebäude des Observatoriums nur wenig anders aus als die modernen Betonbauten auf der Erde oder der Venus – nur waren die Fenster kleiner und nicht so zahlreich, und alle glatten Oberflächen wölbten sich nach außen.

Dick sagte mit einem Hauch von Enttäuschung: »Ich dachte, das gesamte Observatorium würde unter einer Kuppel liegen.«

»Nein«, versetzte Terenabe. »Diese Kuppeln spielten zwar bei früheren Überlegungen eine große Rolle, aber als sich die Ingenieure schließlich an die Arbeit gemacht haben, sind ganz konventionelle Gebäude entstanden – natürlich speziell verstärkt, wegen dem Luftdruck.« Er zeigte auf das größte Gebäude, einen drei Stockwerke hohen Block. »Das ist das Verwaltungsgebäude, die Labors sind auf der Rückseite untergebracht. Das große, runde Bauwerk dort ist unser Garten; wir ziehen unser ganzes Obst und Gemüse in Wasserkultur-Tanks. Dann gibt es da noch das Wohnheim und das Kasino, das Elektrolysewerk und die Maschinenwerkstatt. Der Atommeiler und der Generator befinden sich auf der anderen Seite des alten Killers, unter der Kraterwand ...«

»Killer?«, hakte Dick nach.

Terenabe zögerte. »So nennen wir das große Teleskop. Dein Vater wird dir alles darüber erzählen.« Hastig wechselte er das Thema. »Da drüben kannst du die Straße sehen, die zur Eismine hinausführt...« Er lachte, als er den Ausdruck auf Dicks Gesicht sah. »Hört sich das so seltsam für dich an?«

Dick nickte. »Ich fürchte, ja.«

Terenabe klopfte auf die Armaturen des Boots. »Damit fliegen wir. Mit Eis.«

»Ich glaube, ich bin schwer von Begriff. Ich verstehe nicht, wie man mit Eis fliegen kann.«

Terenabe lachte. »Nun, diese Boote hier sind zu klein, um einen Atomenergie-Antrieb zu rechtfertigen. Treibstoff von der Erde hier heraufzutransportieren, ist zu teuer. Deshalb fördern wir Eis aus einer Ader, die wohl entstanden ist, als der Mond abkühlte, schmelzen es und zerlegen es in Wasserstoff und Sauerstoff, indem wir Strom durchjagen.«

»Im Elektrolysewerk. Jetzt verstehe ich.«

»Sauerstoff und Wasserstoff werden im Freien gelagert, in Tanks, wo sie sich in der absoluten Null-Kälte verflüssigen. Und das ist dann der Treibstoff, den wir jetzt verbrennen.« Terenabe schaute auf das Observatorium hinunter, das jetzt nur mehr fünfhundert Fuß unter ihnen lag. »Und ich glaube, ich sehe deinen Vater – da, in dem blauen Raumanzug.«

Die Klippen der Kraterwand stiegen am Schiff vorbei in die Höhe. Das Teleskop, vom Sonnenlicht getroffen, glänzte vor dem schwarzen Himmel.

Das Boot setzte auf. Der Mann im blauen Raumanzug eilte herbei, und durch die Helm-Sichtscheibe konnte Dick das Gesicht seines Vaters erkennen.

Terenabe winkte. »Jetzt«, sagte er, »warten wir, bis sie den Vogelkäfig herbringen. Und da kommt er schon.«

Zwei Männer rollten das seltsame Gefährt über den Kraterboden: eine auf zwei leichte Räder montierte Kugel. Sie manövrierten sie vor die Einstiegsluke und befestigten den Dichtungskranz.

Terenabe öffnete die Luke. »Okay. Gehen wir. Nehmt eure Taschen mit.«

Dick winkte seinem Vater noch einmal zu, dann trug er sein Gepäck in die Kugel. Als die Schotts wieder geschlossen waren, spürte er, wie er über die Ebene geschoben wurde.

Einen Moment später hielt die Kugel an. Wieder hörten sie das Geräusch von Siegelringen, dann schnappte die Luke auf. »Alles aussteigen«, rief Terenabe. »Da wären wir – Endstation.«

Dick trat in einen Raum hinaus, ähnlich der Halle eines kleinen, jedoch teuren Hotels. »Dies ist der Aufenthaltsraum«, erklärte Terenabe. »Und da drüben kommt dein Vater. Den Rest der Erklärungen überlasse ich ihm.«

*

Das Personal des Observatoriums umfasste sechzig Leute, angefangen bei Dr. Murdock, über ranghöhere und rangniedrigere Astronomen, Techniker, Laborassistenten, Mechaniker, Buchhalter, einen Arzt, einen Elektriker, einen Bibliothekar, einen Funker, Verpflegungs- und Wohnhauspersonal, zwei Gärtner, bis hin zu verschiedenen Arbeitern. Männer jeden Alters und jeder regionalen Herkunft waren vertreten, von Isel Bayer, dem schmächtigen alten Bibliothekar mit seiner dunklen Brille und dem weißen Haar, so flauschig wie Zuckerwatte, bis hin zu

Mervin Hutchings, einem schlaksigen Jungen mit langem, abgehärmtem Gesicht, der nur ein paar Jahre älter war als Dick.

Der zweite Direktor war Professor Frederick Dexter. Er hatte leuchtende und zwingend blickende schwarze Augen in einem recht ernsten, bleichen Gesicht und hielt den Rücken so gerade, als hätte er einen Spazierstock verschluckt. Dick vermittelte er den Eindruck großer Vitalität, die in eine starre Selbstbeherrschung gepresst war.

Nach dem zwanzigsten Händeschütteln, dem zwanzigsten »Freut mich, dich kennen zu lernen, Dick«, standen Gesichter und Namen nicht mehr länger miteinander in Verbindung. Dr. Murdock bemerkte an Dicks Reaktionen den Mangel an Begeisterung. »Bist du müde?«

Dick überlegte. »Ja, ich glaube schon.«

»Möchtest du dich ein bisschen hinlegen?«

»Es ist doch mitten am Tag, oder?«

Dr. Murdock zuckte mit den Schultern. »Tag oder Nacht bedeuten hier nicht viel. Wir schlafen alle mehr oder weniger dann, wenn wir in der Stimmung dazu sind.«

»Ich bin schon müde«, gab Dick zu, »aber gleichzeitig bin ich auch – naja, aufgeregt.«

Sein Vater blickte auf die Uhr. »Unsere Frühstückszeit ist gerade vorbei. Angenommen, du schläfst jetzt bis zwei, dann bleibt uns noch genügend Zeit, vor dem Sonnenuntergangs-Abendessen eine Runde zu machen.«

»Sonnenuntergangs-Abendessen? Was ist denn das?«

Sein Vater lächelte. »Nur eine Ausrede für ein Festmahl. Einmal im Monat geht die Sonne unter, und aus diesem Anlass leisten wir uns gebratene Hähnchen und Erdbeertörtchen mit Schlagsahne. Zwei Wochen später gibt es dann das Sonnenaufgangs-Frühstück, und zwar mit Erdbeerwaffeln und Schlagsahne. Hält Doc Mole beschäftigt.«

»Und wer ist Doc Mole?«

»Er ist der Koch – ein guter Mann, mit dem man sich besser gut stellen sollte.« Dr. Murdock lachte. »Er hat gehört, wie der junge Hutchings über sein Essen murrte, und beim letzten Sonnenuntergang hat er dann einen Flügel und einen Hals bekommen, und dann gab's echtes Geknurre. Komm mit, ich zeig' dir dein Zimmer. Wir werden in einem Raum schlafen müssen. Im Observatorium ist der Platz ziemlich knapp.«

Sie stiegen eine Metalltreppe hinauf. Auf dem Absatz der zweiten Etage hielt Dr. Murdock an. »Da hinten –« er deutete nach rechts – »ist die Bücherei und das Fotolabor, das ist Professor Dexters Spezialgebiet. Und da hinten – links – liegen die Verwaltungsbüros: Buchhaltung, Personalbüro und dergleichen. In einem so großen Laden wie diesem gibt es Unmengen von Schreibkram zu erledigen. Ich bin nur etwa die Hälfte meiner Zeit Astronom, in der anderen Hälfte bin ich eine Kombination aus Bankier, Beichtvater, Viehbändiger, Ringrichter, Seelendoktor …«

Dick lachte. Eine der bewundernswertesten Eigenschaften seines Vaters war es, so überlegte er, dass er selbst die Belästigungen mit Leichtigkeit ertrug, die andere Leute zur Raserei getrieben hätten.

»Und das da«, erklärte Dr. Murdock weiter, als er

auf eine mit einem roten Kreuz bemalte weiße Tür zeigte, »ist das Krankenrevier. Jetzt gehen wir weiter in den dritten Stock, wo es nichts Aufregendes mehr zu zeigen gibt – nur noch die Wohnquartiere.«

Mr. Murdocks Wohnung bestand aus einem Eckschlafzimmer, einem kleinen Büro und einem Bad. »Nach dem Abendessen stellen wir ein Bett für dich auf. Du kannst diese Schubladen dort und die eine Hälfte des Schrankes benutzen.«

Dick hatte inzwischen den blanken Stahlträger in einer Decke des Raumes untersucht. »Sieht nach einer schrecklich massiven Konstruktion aus.«

»Muss es auch sein. Rechne es dir selbst aus. Der Raum ist hier fünfzehn Fuß breit mal acht hoch – ergibt 120 Quadratfuß. In Quadratzoll sind das – warte mal, 144, sagen wir 150 mal 120, das macht 12 000, plus 6 000 ergibt 18 000. Rechne tausend wieder ab, sagen wir – 17 000 Quadratzoll. Wir halten den Luftdruck auf dreizehn Pfund pro Quadratzoll.« Er kritzelte etwas auf die Rückseite eines Umschlages. »Das macht einhundertzehn Tonnen, die allein auf diesen einen Abschnitt der Wand Druck ausüben. Die Ingenieure haben eine Menge sorgfältige Arbeit geleistet, als sie diese Gebäude entworfen haben – obgleich sie mit Kräften umzugehen hatten, die sie auf der Erde nie in Erwägung ziehen mussten.«

Dick blickte aus dem kleinen, runden Fenster. »Es geht nicht auf«, sagte sein Vater. »Hier auf dem Mond kann man sich nicht einfach aus dem Fenster lehnen und frische Luft schnappen.« Er sank in einen Sessel. »Wie wäre es, wenn du mir jetzt von deiner Reise erzählen würdest?«

Dick nahm ebenfalls Platz und berichtete von den

Ereignissen während der Reise. Als er damit fertig war, rieb sich sein Vater das Kinn. »Du sprichst von Sende, als hättest du etwas gegen ihn.«

Dick zögerte. »Nicht wirklich. Es gibt nichts Greifbares. Ich habe seinetwegen halt nur ein komisches Gefühl, weil es mir so vorkommt, als würde er sich in Positur setzen, eine Art Rolle spielen.«

»Er ist ein außergewöhnlich aussehender Bursche«, bemerkte Dr. Murdock nachdenklich. »Sein Gesicht verrät einem überhaupt nichts. Aber er hat die Stelle mit den höchsten Empfehlungen bekommen, und wenn er seine Arbeit gut macht, dann können wir uns durch sein Aussehen nicht beeinflussen lassen.«

»Nein, bestimmt nicht«, meinte auch Dick. »Aber ich habe da so eine Ahnung – du würdest es wahrscheinlich eine Eingebung nennen –, als ob er mehr über Kirdys Tod weiß, als er vorgibt.«

Sein Vater zuckte mit den Schultern. »Nun, wir werden ihn im Auge behalten.« Er blickte auf seine Uhr. »So, jetzt hältst du aber besser dein Schläfchen.«

Dick wachte um halb zwei wieder auf, zog sich an, lief nach unten, wo er seinen Vater traf, und gemeinsam brachen sie zu der Besichtigungstour durch das Observatorium auf.

Die vier Hauptgebäude waren durch röhrenförmige Metallgänge miteinander verbunden. Sie gingen in eine dem Uhrzeigersinn entgegengesetzte Richtung los und kamen in eine große, runde Halle, die an eine umgedrehte Untertasse erinnerte. Bogenförmige Verstrebungen und kristallene Fensterscheiben bildeten über ihren Köpfen ein geometrisches Muster; auf dem Boden darunter erstreckten sich lange, flache Tanks, in denen eine geordnete Fülle von Vegetationen gedieh.

Dr. Murdock sagte stolz: »Wir züchten alles, was du dir nur vorstellen kannst, angefangen von Kartoffeln bis hin zu Weintrauben. Unser Hauptproblem ist es, das alles aufzuessen. Auch absorbieren Pflanzen, wie du weißt, Kohlendioxyd und geben Sauerstoff ab – dieses Gewächshaus erledigt drei Viertel unserer Luft-Aufbereitung.« Er zeigte zur Decke hinauf. »Siehst du die Wasser-Abflussrinnen unter den Trägern? Der Wasserdampf, der von den Pflanzen und auch von unseren Lungen ausgedünstet wird, kondensiert an den kalten Fensterscheiben, sickert in die Abflüsse hinunter, zurück in die Wasserkulturen in den Tanks. Wir sind hier also fast autark.«

»Aber bestimmt ist für Heizung und Licht eine ganze Menge Energie nötig.«

Dr. Murdock nickte. »Ich weiß nicht, was wir ohne den Atommeiler anfangen würden. Wir könnten wohl kaum genügend Brennstoff von der Erde hier heraufschleppen, um den Betrieb aufrecht zu erhalten. Aber gehen wir weiter, es gibt noch eine Menge zu sehen. Mit dem Kasino halten wir uns nicht auf, wir gehen direkt zum Elektrolysewerk weiter.«

In der Mitte des Röhrenganges hielt er an und zeigte durch ein kleines, kreisförmiges Guckloch auf eine hohe Metallkonstruktion. »Das ist der Eisbehälter, und darunter der Eiswagen.«

Dick fragte: »Und was sind das für große, glänzende Kegel?«

»Reflektoren. Wir schmelzen das Eis durch Sonnenenergie; die Reflektoren konzentrieren das Sonnenlicht. Hier auf dem Mond, ohne Luft, Staub und

Wolken, dic als Filter fungieren, ist dieses Licht ziemlich stark. Man kann sich ihm nicht mit bloßem Kopf aussetzen.« Er überdachte seine Worte, kicherte. »Man darf nicht einmal im Dunkeln mit bloßem Kopf hinausgehen, es sei denn, man ist lebensmüde. Aber was ich sagen wollte – man muss seine Augen und Haut abschirmen, sonst hätte man den schlimmsten Sonnenbrand, die schlimmste Sonnenblindheit, die man sich nur vorstellen kann.« Plötzlich wurde er wieder ernst.

»Das Sonnenlicht ist hier oben sehr gefährlich.«

Sie gingen weiter, in das Elektrolysewerk. Fasziniert beobachtete Dick, wie in U-förmigen Wandrinnen Wasser in Sauerstoff und Wasserstoff aufgelöst wurde. Kaum entstanden, wurden die Gase abgepumpt, erst zur Verflüssigung in die Außenkälte, dann in die Vorratstanks.

»Jetzt«, sagte Dr. Murdock, »zurück ins Verwaltungsgebäude, dort ziehen wir die Raumanzüge an, und dann gehen wir hinaus, zum großen Teleskop.«

Dick erinnerte sich an den Begriff, den Terenabe gebraucht hatte. »Warum nennt ihr es den ›Killer‹?«

Dr. Murdock verzog das Gesicht. »Es ist dir also schon zu Ohren gekommen. Nun, immer mit der Ruhe, ich werde dir alles darüber erzählen, sobald wir da oben angekommen sind.«

Er blickte aus dem Fenster. »Hallo, der alte Sam Baxter ist wieder bei uns. Siehst du das Ding dort?«

Als Dick zum Fenster kam, sah er ein zehn Fuß langes und vier Fuß breites wacklig aussehendes Gestell. Ausleger erstreckten sich über beide Enden; das Gefährt ähnelte dem Buchstaben I, wobei der senkrechte Strich die Plattform und die beiden Haarstriche die Ausleger darstellten. Jeder dieser Ausleger endete mit einer verbeulten und verrosteten Düse an einem Universalgelenk. Zwei Bänke waren auf der Plattform befestigt: darunter waren zwei große Tanks angebracht. Vorn gab es eine robuste Kontrolltafel, die mit Klapp- und Griffschaltern dicht besetzt war.

»Was ist denn das?«, entfuhr es Dick.

»Das Floß des Irren Sam.« Er warf Dick einen Seitenblick zu. »Eigentlich sollte ich ihn nicht Irrer Sam nennen, aber ich höre das so oft, dass es Teil seines Namens geworden ist.«

»Wer ist denn dieser Irre Sam?«

»Nun, theoretisch ist er Aufseher in der alten Sicherheitsbasis, aber ich bezweifle, dass er je einen Fuß dort hineinsetzt. Er scheint seine Zeit damit zu verbringen, sich mit diesem Floß da auf dem Mond herumzutreiben, hier ein wenig zu schürfen, dort ein wenig zu graben. Ich sollte dich wohl besser warnen – komm ihm nicht in die Quere, er ist ein zänkischer alter Kauz und hält an einem alten Groll fest, als wäre das einer seiner Zähne.«

»Aber warum nennt man ihn ›Irrer‹?«, wollte Dick wissen.

»Oh.« Sein Vater machte eine nichtssagende Geste. »Er hängt dem Glauben an, dass auf dem Mond eine Eingeborenen-Rasse existiert, und dass sie in tiefen Höhlen lebt, wo es noch Luft und ein wenig gespeicherte Wärme gibt.«

»Und du glaubst ihm nicht?«

Dr. Murdock lächelte. »Ich habe bisher kein Indiz zu Gesicht bekommen, das seine Behauptungen unter Beweis stellt. Ich fürchte, ich bin ein wenig skeptisch.«

Sie erreichten das Hauptgebäude. »Hier entlang«, wies Dr. Murdock an. »Wir ziehen uns die Raumanzüge an.«

»Hey, Doc«, ertönte da eine laute Stimme, misstönend wie das Kreischen eines Papageis.

Dr. Murdock blieb abrupt stehen, zog eine Grimasse und blinzelte Dick zu, dann drehte er sich langsam um. »Hallo, Sam. Wie geht's?«

Ein kleiner Mann mit pergamentartiger brauner Haut und einem großen Kopf kam ihnen schwankend entgegen. Er hüpfte mit grotesken Sprüngen von der einen Seite heran, bewegte sich ruckartig, wankte von links nach rechts. Als er dann zu einem abrupten Stillstand kam, stand er da und starrte mit listigen Augen zuerst Dr. Murdock und schließlich Dick an. Er sprach, wobei er die Pausen zwischen den einzelnen Worten mit abgehackten kleinen Gesten ausfüllte. »Nicht besonders glücklich, mich zu sehen, was? Fürchten wohl, dass ich ein paar Ihrer hübschen Schulbuch-Theorien umstoße? Gut, das ist schon in Ordnung. Ich sage immer, ein Mensch hat ein Recht auf seine eigenen Ansichten, und wenn das gewissen Leuten nicht gefällt, dann können die meinetwegen im Aristillus-Krater verschwinden ... Und wer ist der junge Sprössling da? He, Bürschchen, hast du keine Zunge?«

»Erlauben Sie mir, meinen Sohn vorzustellen«, sagte Dr. Murdock steif. »Sam Baxter – Dick.«

»Angenehm«, wollte Dick höflich sagen, aber sein neuer Bekannter unterbrach ihn, noch bevor er die erste Silbe herausgebracht hatte.

»Nenn mich nur Irrer Sam, Junge, alle andern tun das auch, und ich fasse es als Kompliment auf. Denn ich weiß, was ich weiß, und ich sehe, was ich sehe, und wenn es niemand anders weiß und sieht – nun, umso besser ... Also, wie heiße ich?«

Dick zögerte eine unbehagliche Sekunde lang. »Also gut, Irrer Sam, wenn Sie möchten, aber ich will mir meine eigene Meinung über Ihren Verstand bilden. Vielleicht haben Sie ja Recht – und alle anderen nicht.«

Der Irre Sam brach in ohrenbetäubendes schnatterndes Gelächter aus. »Junge, du hast die ersten vernünftigen Worte gesagt, die ich gehört habe, seit Hektor ein junger Hund war.« Er wandte sich wieder an Dr. Murdock. »Jetzt aber was anderes, Doc, ich hab' angenommen, Sie würden diesem Lobscouse oder wie immer der heißen mag, sagen, er soll mir den Treibstoff bereithalten, den ich brauche.«

Dr. Murdock schlug sich gegen die Stirn. »Sam, das habe ich glatt vergessen. Ich werde es ihm beim Abendessen sagen. Sie bleiben natürlich.«

»Natürlich. Wo sollte ich wohl sonst hingehen? Ins Ritz-Carlton um die Ecke? Oder vielleicht zum Savoy-Grill draußen im Mare Serenitas?«

Vor sich hinbrummend hüpfte er davon. Dr. Murdock, der ihm nachblickte, schüttelte betrübt den Kopf. Er drehte sich zu Dick um. »Also los – wir müssen uns beeilen.«

Zehn Minuten später überquerten sie, in Raumanzüge gekleidet, den Kraterboden – schwarzes Glas, tief und klar wie Meerwasser. Hinter ihnen ragten die Gebäude des Observatoriums auf – scharf umrissen und im vollen, stechenden Licht der Sonne glänzend. Nach dem goldenen Dunst und den sanften Fernen der Venus fiel es Dick schwer, sich an die kompromisslose Ödnis der Mondlandschaft zu gewöh-

nen. Zwanzig Meilen entfernte Umrisse, Formen, Schatten und Einzelheiten waren so schmerzhaft deutlich zu erkennen wie diejenigen direkt unter seinen Füßen. Es herrschte eine verwirrende Kompliziertheit, eine eigenartige Verkürzung der Distanz, als würde jede normale Perspektive fehlen.

Vor ihnen ragte die Kraterwand auf: graue, bleiche und schwarze Klippen, zersplitternde Prismen, deren Bruchflächen wie Spiegelflächen schimmerten, steiler und schroffer als jede der großen Venus-Bergketten. Die Spitze eines niedrigen Steilüberhanges war weggesprengt worden, und die daraufhin geebnete Fläche bildete nun das Fundament des Teleskopes. Kompliziert wie Spitzenklöppelwerk ragte es in den schwarzen Himmel, helles Metall glitzerte im Sonnenlicht, und bei all seiner Kompliziertheit schien es doch irgendwie viel realer als die Mondberge. Der Parabolspiegel selbst hing am unteren Ende der Gitterröhre; fast oben, an der Spitze, war der Beobachterkäfig angebracht, zwergenhaft klein im Verhältnis zum Spiegel.

Dr. Murdock blickte durch Dicks Helm-Sichtscheibe, seine Lippen bewegten sich auf eigenartige Weise. Plötzlich begriff Dick, dass sein Vater sprach, und natürlich konnte er ihn nicht hören, weil zwischen ihnen das Vakuum lag. Dr. Murdock trat herbei, berührte einen Schalter an Dicks Gürtel. Ein Summen erklang in Dicks Ohren – das Helm-Funkgerät erwärmte sich. Er hörte die Stimme seines Vaters aus dem Nichts herbeiwehen und normale Lautstärke erreichen.

»Der Weg hinauf zum *Auge* ist nicht gerade gut ausgebaut. Bei dieser geringen Schwerkraft ist es leichter, zu springen, als zu gehen. Aber sei vorsichtig – schieß nicht über den Ziel hinaus.«

Er machte sich als Erster an den Aufstieg, in mühelosen Sprüngen setzte er hinauf. Gleich darauf standen sie neben dem Teleskop.

Dick inspizierte die makellose Fläche des Spiegels mit ehrfürchtiger Bewunderung. Er kam ihm so groß wie die Grundfläche eines Hauses vor. »Wie hat man dieses große Ding nur gebaut und dann hier heraufgebracht, ohne es zu zerbrechen? Es muss doch gut dreißig Fuß Durchmesser haben.«

Sein Vater lachte. »Sechsunddreißig Fuß. Und der Spiegel wurde exakt hier, an Ort und Stelle, gebaut.«

»Aber wie in aller Welt...?«

»Die Ingenieure haben einen sehr genialen Kunstgriff getan: Der Spiegel besteht in Wirklichkeit aus massivem Quecksilber. In flüssigem Zustand ist es in die Randeinfassung gegossen worden, die man daraufhin sehr langsam rotieren ließ. Die Zentrifugalkraft hat das Quecksilber in einer perfekten, gleichmäßigen Wölbung nach außen gegen den Rand der Einfassung gepresst. Im nächsten Augenblick ist das Quecksilber dann gefroren, in der Gussform erstarrt.«

»Man könnte also einen so großen Spiegel bauen, wie man nur will – jede nur erdenkliche Größe!«, staunte Dick.

Dr. Murdock nickte. »Theoretisch, ja. Die Vibrationen auszuschalten – das ist der schwierigste Teil, weil das geringste Zittern den Spiegel verzerrt. Jedes auch nur noch minimale Kratzen oder Ziehen muss eliminiert werden; das Quecksilber ist sogar vor Staub abgeschirmt. Die Umrandung dreht sich auf einem Kolben von nur einem Zoll Durchmesser in einem Ölbecken; das Drehmoment wird magnetisch ausgelöst. Als Resultat haben wir das gewaltigste Instrument, das menschlicher Erfindungsgeist ersinnen kann. Und hier draußen haben wir natürlich perfekte Sicht.«

»Dann gibt es eigentlich keine Grenzen dafür, wie weit ihr jetzt sehen könnt, oder?«

Dr. Murdock lächelte sehnsüchtig und schüttelte den Kopf. »Doch, doch, natürlich sind uns Grenzen gesetzt, allerdings von einer anderen Art. In den alten Zeiten auf der Erde mussten wir mit Luftströmungen, Dunst, reflektiertem atmosphärischem Licht, dem Gewicht des Spiegels fertig werden. Hier draußen wiegt der Spiegel nur ein Siebzehntel von dem, was er auf der Erde wiegen würde. Luft kann unsere Sicht nicht verzerren, weil es hier keine Luft gibt; jedes Objekt steht fast zwei Wochen lang über dem Horizont, was uns eine fast unebgrenzte Zeit für Fotografien lässt. Doch hier oben und jetzt ist die Genauigkeit und Feinheit unserer Sicht durch die Genauigkeit des Antriebs begrenzt, der das Teleskop über den Himmel schwenkt, der es einem Stern folgen lässt, durch die Körnung unserer fotografischen Platten und durch kosmischen Dunst – die verstreuten Moleküle draußen im Raum. Dennoch haben wir bereits hundertmal weiter hinausgeschaut, als das mit den besten Erdteleskopen möglich war.«

Dick betrachtete das Gerät mit ungeheurem Respekt. »Aber warum nennt man es den ›Killer‹?«

Dr. Murdock schien ein wenig unbehaglich zumute. »Mein Vorgänger als Chefastronom war ein gewisser Dr. Vrosnek, ein großer Wissenschaftler. Das Teleskop hat ihn getötet – ein grotesker Unfal, und wir hoffen«, sagte er mit gedämpfter Stimme, »dass so etwas nie wieder geschehen wird.« Er zeigte auf eine metallene Wandung: »Das ist der Sonnenschirm. Immer, wenn ein Mann im Käfig arbeitet, wird dieser Schirm so justiert, dass er den Spiegel vor der Sonne beschattet. Wird das Teleskop nämlich durch einen Fehler oder eine Nachlässigkeit ohne den Schirm auf die Sonne gerichtet, so verbrennt das Sonnenlicht, das sich im Innern des Käfigs konzentriert, den Beobachter und alle seine Instrumente zu einem Häufchen Asche. Und das ist es leider, was Dr. Vrosnek zugestoßen ist. Durch ein eigenartiges Versehen ...« Er wiederholte diese Worte nachdenklich: »... durch ein eigenartiges Versehen hat er es unterlassen, den Sonnenschirm zu benutzen – er ist verbrannt.«

Dick schüttelte sich. »Hoffentlich ist es schnell gegangen, dass er keine Schmerzen leiden musste.«

»Ja, Gott sei Dank.«

»Und dann bist du zum Chefastronom ernannt worden?«

»Ja. Das war vielleicht ein wenig unfair – Professor Dexter gegenüber, der schließlich an Ort und Stelle war, aber die Kuratoren haben mich ernannt. Und deshalb ...«, er streckte die Hände aus, »sind wir hier.«

Dicks Gedanken waren zu den Vorfällen während der Reise zurückgeschwirrt. »Könnte man es von hier aus sehen, wenn ein Raumschiff von der Erde startet?«

»Mühelos. Wir könnten seine Flugbahn bis hin zur Venus verfolgen.«

»Den Piraten käme ein solches Teleskop sehr gelegen.«

Dr. Murdock war mehrere Minuten lang still. Schließlich sagte er: »Es steht außer Zweifel, dass sie sich nicht auf den Zufall verlassen können, wenn sie ihre Opfer finden wollen. Der Weltraum ist zu groß. Ich kann mir nur zwei Möglichkeiten vorstellen, wie sie vorgehen. Sie könnten einen Verbündeten an Bord des Schiffes haben, das sie auszuplündern beabsichtigen – entweder als Passagier oder als Besatzungsmitglied. Oder sie könnten es arrangieren, dass sie Zugang zu einem Teleskop wie diesem hier bekommen.«

Dick schaute voll Unbehagen vom Teleskop zu den Gebäuden des Observatoriums hinunter und dann hinaus in die einsamen Weiten der Mondlandschaft. »Sie könnten sogar jederzeit ihre Männer hinter dem Kraterbuckel landen, uns alle umbringen und die Kontrolle über das Observatorium übernehmen.«

Dr. Murdock lachte. »Ich nehme an, das wäre möglich.«

Die Kopfhörer knackten; eine andere Stimme meldete sich. »Dr. Murdock, wir haben ein fremdes Schiff gesichtet – es scheint bewaffnet zu sein, und es hält genau auf das Observatorium zu!«

V

Piratenfieber

Dr. Murdock und Dick drehten sich gleichzeitig um und suchten den Himmel ab. Mit wild pochendem Herzen hob Dick die Hand und streckte den Zeigefinger aus. »Sieh nur ...«

Dr. Murdock starrte nach oben. Schweigend beobachteten sie das fremde Schiff. Es war kleiner als die Trans-All-Passagierschiffe, jedoch verhältnismäßig länger. Eine seltsam weit geschwungene Brücke vor dem stumpfen Bug verlieh ihm das Aussehen eines schwerfälligen, aber gefährlichen Hammerhais.

Dick sah seinen Vater zusammenzucken, als wecke er sich aus einer Art Bann auf. »Wenn das tatsächlich ein Piratenschiff ist, dann sind wir erledigt.« Er setzte sich in Bewegung, eilte den Abhang hinunter. »Wir können uns nicht verteidigen. Hier oben gibt es nichts Gefährlicheres als Doc Moles Metzgermesser.«

Dick zögerte noch einen Moment und schielte zum Rumpf des Schiffes hinauf, der sich jetzt durch das Sonnenlicht tiefer senkte. Einzelheiten waren nur schwer auszumachen. Dann drehte sich das Schiff leicht, und Dick erblickte ein blaues Hoheitszeichen. Sein Herz machte einen erleichterten Sprung. »Es ist ein UN-Schiff«, schrie er auf. »Ich sehe das Wappen.«

Dr. Murdock hielt an, spähte zum Schiff hinauf. »Ja, jetzt sehe ich es auch.« Er knurrte: »Fällt denen nichts Besseres ein, als uns so zu erschrecken!«

Das Schiff landete auf dem schwarz glasierten Kraterboden. Die Luke schwang auf, und drei Männer in Raumanzügen sprangen auf den Boden.

Dr. Murdock ging hinüber, um sie zu begrüßen. Dick folgte ihm ein paar Fuß entfernt, während ihm der Gedanke durch den Sinn geisterte, dass eigentlich jeder, ob nun Pirat oder nicht, ein UN-Emblem auf sein Schiff malen konnte. Der Mann an der Spitze des Trios hatte ein ruhiges, schlichtes Gesicht, und er sprach auch mit einer ruhigen und schlichten Stimme, die genau zu seinem Gesicht passte. Dicks Verdacht zerfaserte. Kein Pirat würde so nüchtern sprechen; Piraten waren schon von Natur aus dramatisch und bombastisch. »Ich bin Commander Joseph Franchetti. Ich würde gern mit Dr. Murdock sprechen.«

»Ich bin Dr. Murdock.« Dicks Vater betrachtete das Schiff ein wenig mürrisch. »Sie hätten uns vorwarnen können. Wir alle leiden unter Piratenfieber... Mit dem Schreck, den Sie uns da eingejagt haben, haben Sie unser aller Leben um ein Jahr verkürzt.«

Franchetti grinste. »Tut mir Leid, aber wir sind hier, um über die Piraten zu sprechen, und ich möchte unseren Standort nicht im ganzen Sonnensystem verbreitet wissen.«

Dr. Murdock nickte. »Also gut, kommen Sie mit hinein, und wir werden in Ruhe miteinander reden. Wir wollten gerade zu Abend essen, vielleicht schließen Sie sich uns an?«

»Mit Vergnügen. Bin froh über eine Abwechslung von unserm Flottenfraß.«

Dr. Murdock blickte von Franchettis graublauem Uniform-Kragen, der unter dem Helm kaum zu sehen war, zum Schiff hinüber. »Flotte?«

Franchetti begutachtete sein Schiff ebenfalls. »Nicht allzu imposant, nicht wahr? Dies ist die UN-Raumflotte – die eine Hälfte davon. Die Korvette *Theseus.* Die Korvette *Achilles* ist die andere Hälfte. Aber weitere sind in Fertigung.«

Sie wandten sich dem Verwaltungsgebäude zu, und Franchettis beide Begleiter folgten ihm dicht auf den Fersen. Dick betrachtete sie neugierig. Mit ihren langen, vorwitzigen Nasen, den aufmerksamen schwarzen Augen, den knochigen Kinnpartien sahen sie sich ähnlich genug, um Brüder sein zu können.

Im Innern des Verwaltungsgebäudes, nachdem sie die Raumanzüge abgelegt hatten, stellte Franchetti seine Begleiter vor. »Mr. Millbank und Mr. Chain von der Dreiwelten-Versicherungsgesellschaft.« Er musterte sie mit einem Schimmer von Humor. »Sie sind sehr, sehr in Sorge wegen der Verluste, die ihre Gesellschaft durch die Piraten erlitten hat.«

»Mein Sohn Dick«, sagte Dr. Murdock seinerseits, »und das hier ist Professor Dexter. Schlage vor, wir nehmen unser Abendessen hier im Aufenthaltsraum ein, wo wir ein wenig offener reden können als im Kasino.« Er ging zum Telefon und gab dem Steward die entsprechenden Anweisungen.

Commander Franchetti blickte sich anerkennend im Aufenthaltsraum um. »Nett haben Sie's hier, Doktor. Tiefe Ledersofas, Fensterbänke voller Geranien – fast wie zu Hause.«

Dr. Murdock lachte. »Wir sind rein zweckmäßig eingerichtet. Es ist notwendig, irgendwo sitzen zu können, also haben wir Sofas. Und die Geranien sind nicht nur dekorativ, sie geben auch eine ganze Menge Sauerstoff ab.«

Zwei Stewards in weißen Jacketts stellten einen Tisch auf. Während sie auf das Abendessen warteten, sagte Dr. Murdock: »Dick ist den Piraten vermutlich näher gewesen als irgendein anderer von uns.«

»Wie das?«, fragte Franchetti, und Millbank und Chain betrachteten Dick mit wachsendem Interesse.

»Er ist mit der *African Star* von der Venus gekommen. Unterwegs sind sie, wie Sie wahrscheinlich bereits wissen, auf das Wrack der *American Star* gestoßen.«

»So, so. Du hast dich wohl nicht besonders wohl gefühlt in deiner Haut, was Dick?«

»Ich habe mich überhaupt nicht wohl gefühlt, nachdem ich die Trümmer gesehen habe, in die sie die Brücke verwandelt haben.«

»Fünfundachtzig Männer und Frauen sind in diesem einen Schiff getötet worden«, überlegte Franchetti halblaut. »Wenn man die neunzig von der *Canopus* und die zweiundsiebzig von der *Capella* hinzurechnet, dann ergibt das fast zweihundertfünfzig Personen, die auf die allerkaltblütigste Art und Weise ermordet worden sind. Der Basilisk –« Franchetti hob dieses Wort schmerzlich hervor – »ist ein Teufel mit Säure in den Adern.«

»Er hat unsere Gesellschaft schon Millionen gekostet«, sagte Millbank mit heftigem Bedauern. »Abscheulich, eine schreckliche Person.« Und Chain nickte in uneingeschränkter Zustimmung.

Professor Dexter sagte: »Der Name ›Basilisk‹ soll wohl eine gewisse Symbolträchtigkeit haben – allerdings ist mir diese völlig unverständlich.«

Dicks Vater rieb sich das Kinn. »Vielleicht, weil er ein solches Entsetzen verbreitet – nein, das hinkt ein wenig.«

Professor Dexter schüttelte den Kopf. »Der Basilisk – grotesk! Grotesk, dass wir hier sitzen und über Piraten diskutieren können, als würde es sich um Verkehrssünder handeln!«

»Im Grunde genommen«, gab Franchetti zu, »scheint es wirklich ein wenig bizarr. Etwa fünfhundert Jahre aus der Mode – genau wie Galeonen und die spanischen Hoheitsgewässer.«

»Wenn man die ganze Sache mit einer gewissen Distanz betrachtet«, sagte Professor Dexter, »dann haben wir heute Bedingungen, die fast identisch sind mit denen, die im 16. und 17. Jahrhundert die Piraten hervorgebracht haben: ungeschützte Schiffe, die wertvolle Fracht transportieren, schlechte Nachrichtenverbindungen, keine angemessene Polizeistreitmacht. Unter denselben Bedingungen und entsprechend der menschlichen Natur ist es fast unvermeidlich, dass das Resultat dasselbe ist.«

»Was wird denn für angemessenen Polizeischutz getan, Commander?«, fragte Dr. Murdock.

Franchetti schüttelte grimmig den Kopf. »Zu wenig. Die *Theseus* ist erst zwei Wochen im Dienst, und die *Achilles* wird erst ab nächster Woche patrouillieren. Ein schwerer Kreuzer, der vermutlich mühelos mit den Piraten fertig wird, ist mittlerweile in Bau, kann aber erst in einem Jahr in Betrieb gestellt werden.«

»Und in der Zwischenzeit?«

»In der Zwischenzeit – gehen die Raumschiffe ihre Risiken ein, oder sie bleiben im Hafen.«

»Aber sie können nicht im Hafen bleiben – dann wären die Venus und der Mars isoliert!«

Franchetti zuckte die Schultern. »Genau damit rechnet der Basilisk; daraus schlägt er Kapital.«

»Wenn ich mich richtig erinnere«, sagte Professor Dexter, »ist es genau das, was in der alten Karibik geschehen ist. Und als auf dem Meer keine lohnende Beute mehr zu holen war, haben die Piraten die Küstenschiffe überfallen, und das Gemetzel wurde noch schlimmer als auf See.«

Dick hatte ein plötzlich lebhaftes Bild vor Augen: brüllende, bestialische Männer in den ruhigen Straßen von Miracle Valley – brandschatzend, mordend, Frauen davonschleppend... Wer konnte sie aufhalten? Wer konnte sie auch nur davon abhalten, das Observatorium zu überfallen und sie alle miteinander umzubringen? Er fröstelte. Franchetti bemerkte es. »Ein wenig mulmig, was, Dick?«

»Ich hätte nicht gedacht, dass menschliche Wesen heutzutage noch so grausam sein können.«

Sein Vater sagte mit bitterer Stimme, in der ihn Dick selten sprechen gehört hatte: »Gib der menschlichen Rasse Zeit, Dick. Sie ist noch sehr jung, der Barbarei noch sehr nahe.«

Millbank räusperte sich, um die Unterhaltung in die richtigen Bahnen zurückzulenken. »Natürlich sind wir sehr besorgt, Dr. Murdock. Es gibt über zwanzig Schiffe, die interplanetarischen Handel betreiben, die meisten davon sind durch uns versichert. Wenn der Basilisk –« er sprach das Wort aus, als wäre es etwas Anstößiges – »noch sehr viel mehr zerstört, dann wird unsere Gesellschaft in ernsthafte Verlegenheit geraten.«

»Selbstverständlich verstehe ich Ihre Position«, erwiderte Dr. Murdock, »aber warum sind Sie zu uns hierher ins Observatorium gekommen?«

»Weil Sie eine der wenigen Einrichtungen betreiben, die uns helfen könnten, die Mörder aufzuspüren.«

»Ich nehme an, Sie sprechen von unserem Teleskop.«

»Genau.«

»Mein Sohn und ich«, fuhr Dr. Murdock nachdenklich fort, »haben erst vor einer Stunde die Tatsache erörtert, dass die Piraten entweder einen Verbündeten an Bord des Schiffes haben müssten, das sie zu plündern beabsichtigen, oder aber anderweitig in der Lage sein müssten, die Flugbahn des Schiffes ausreichend lange zu beobachten, um seine genaue Geschwindigkeit, Flugrichtung und Beschleunigung berechnen zu können. Ich kenne nur einen einzigen Ort, wo man das alles tun könnte – das Observatorium.«

»Genau. Und aus diesem Grund müssten wir den Basilisken von hier aus bis zu seiner Basis verfolgen können, wenn wir ihn je erblicken sollten.«

»Dem stimme ich zu, aber wie können wir ihn aufspüren?«

»Sie könnten ein besonderes Augenmerk auf jene Schiffe richten, die durch den *Friedhof* fliegen... Sollte der Basilisk angreifen, haben Sie ihn anständig mitten in der Linse.«

Dr. Murdock runzelte skeptisch die Stirn. »Nun, ich weiß nicht. Was meinen Sie, Dexter?«

Professor Dexter zuckte mit den Schultern. »Es ist den Versuch wert, aber als Aktionsstrategie... Nun, ich würde die Erfolgsaussichten bei etwa zehn Prozent einstufen.«

»Ich verstehe nicht...«, begann Millbank.

»Erstens steht der Mond nur die Hälfte eines jeden Monats in direkter Sichtrichtung zum *Friedhof.* Zweitens haben wir keinen Grund anzunehmen, der Basilisk würde sich nur auf den *Friedhof* beschränken. Wenn er auch nur ein bisschen Intelligenz in seinem Schädel hat, dann wird er sein Angriffsfeld variieren. Und drittens, wenn auch vielleicht von geringerer Bedeutung, würde es vonnöten sein, dass wir die volle Kapazität unseres Teleskops der Beobachtung von Raumschiffen widmen, und dies zu einer Zeit, da wir mitten in den Arbeiten zu einem sehr dringend zu erledigenden Programm sind.«

Dr. Murdock lachte über den Ausdruck auf den Gesichtern der Versicherungsagenten. »Professor Dexter liebt das Teleskop mehr als seine Frau.«

»Wenn ich eine Frau hätte«, bemerkte Professor Dexter trocken.

Ein kurzes Schweigen entstand; der Steward servierte das Abendessen.

»Jetzt aber für eine Weile genug vom Basilisken«, sagte Dr. Murdock. »Wir feiern den Sonnenuntergang, und ich nehme doch an, Doc Mole hat uns mit gebratenem Hähnchen, Kartoffelbrei und Westernsoße bedacht.«

Beim Kaffee wandte sich Commander Franchetti an Dick. »Fühlst du dich hier draußen nicht einsam, ohne einen gleichaltrigen Freund?«

Dick dachte nach. »Ich glaube nicht. Nicht, wenn es mit der Aufregung so weitergeht.«

»Ich nehme an, du hast vor, Astronom zu werden, wie dein Vater?«

Dick lachte. »Das fragt mich jeder. Ich weiß noch nicht. Sterne und Planeten interessieren mich schon sehr, aber ich glaube, ich würde sie lieber besuchen, als sie anschauen.«

»Also, Dick«, sagte Dr. Murdock, »dann schlage ich vor, du befrachtest das alte Floß des Irren Sam mit Rasierklingen und Schlangenöl und Patent-Kartoffelschälern und verdienst dir deinen Lebensunterhalt als Händler.«

»Da gibt es immer noch die Raumflotte«, gab Franchetti zu bedenken. »Obwohl wir im Moment auf jede freie Stelle zwanzigtausend Bewerbungen haben.«

»Ich denke, die Raumflotte würde mir gefallen«, sagte Dick. Er blickte Commander Franchetti an. »Meinen Sie ...«

Franchetti lachte, schüttelte den Kopf. »Fürchte nein, Dick. Melde dich in fünf Jahren bei mir.«

Professor Dexter sagte: »Abgesehen davon könnte Dick noch immer Pirat werden. Es scheint lohnend genug. Und bislang eine ziemlich sichere Sache.«

Franchetti lachte wieder, ein wenig schmerzlich. »Wir hoffen, dass sie nicht mehr allzu lange sicher sein wird.«

»Ich habe über etwas nachgedacht«, sagte Dick.

»Und das wäre?«

»Woher hat der Basilisk sein erstes Schiff bekommen?«

Franchetti zuckte mit den Schultern. »Ich habe keine Ahnung. Ich wünschte, ich hätte sie. Als die *Canopus* nicht einlief, haben wir zum ersten Mal vom Basilisken gehört. Wahrscheinlich hatte er seine Männer unter den Passagieren.«

»Und dann?«

»Und dann hat er offenbar seine Kanonen an Bord

gebracht und montiert, und jetzt fungiert sie als sein Flaggschiff. Das ist meine Vermutung.«

Dr. Murdock hatte die ganze Zeit über mit seinem Löffel gespielt und gedankenabwesend zugehört. »Wir vergleichen den Basilisken mit den alten Piraten«, sagte er jetzt langsam, »vergleichen den Weltraum mit den spanischen Hoheitsgewässern. Das ist eine gute Parallele. Aber wo die alten Piraten die karibischen Inseln als Basen hatten, ist der Basilisk doch ziemlich eingeschränkt.«

Franchetti kratzte an der Wange. »Nun – in gewissem Sinne schon. Da sind die Venus, die Erde, der Mond und der Mars. Selbst auf der Erde könnte er abgelegene Regionen finden, wo er sich verstecken könnte.«

Professor Dexter sagte: »Es gibt noch den Merkur, wenn der auch unwahrscheinlich ist, die Asteroiden und die Jupitermonde. Ziemlich weit draußen, aber auch wenn der Basilisk nur mit einer Beschleunigung von einem Grav fliegt, könnte er innerhalb von vier oder fünf Tagen jeden Punkt im Sonnensystem erreichen.«

»Und verbraucht eine Menge Plutonium«, sagte Franchetti zweifelnd. »Plutonium ist teuer. Ich nehme eher an, er steckt hier irgendwo in der Nähe.«

»Vielleicht sind seine Beweggründe nicht ausschließlich auf Profit ausgerichtet. Obwohl«, fuhr Dexter fort, »ich sicher bin, dass ich mir nicht vorstellen kann, welche anderen Beweggründe er haben könnte.«

Dr. Murdock sagte: »Es ist ziemlich vielsagend, dass die Angriffe ausnahmslos im *Friedhof* stattgefunden haben.«

»Wie – vielsagend?«

»Wenn er seine Basis auf dem Merkur hätte, dann müssten wir damit rechnen, dass die Überfälle näher bei der Venus oder sogar beim Mars stattfinden, weil der Merkurs zur Zeit auf derselben Seite der Sonne steht. Aber der *Friedhof* liegt ziemlich nahe bei der Erde und beim Mond.«

»Natürlich haben wir den Mond in Erwägung gezogen«, räumte Franchetti ein, »aber im Vergleich zu Venus, Mars oder sogar zur Erde gilt es hier doch einige Nachteile zu bedenken. Der Mond hat keine Atmosphäre, und jedes Bauwerk würde fast sofort bemerkt werden.«

»Es gibt Höhlen«, erinnerte Dr. Murdock.

Professor Dexter sagte: »Wenn Sie irgendetwas über den Mond wissen möchten, dann brauchen Sie nur einen Mann zu fragen: Das ist Sam Baxter. Man nennt ihn den Irren Sam, aber sollte es irgendwo auf dem Mond eine geheime Planetenbasis geben, dann würde er das wissen.«

»Und er könnte sogar selbst der Basilisk sein«, sagte Dr. Murdock lachend. »Aber ich werde den alten Sam hereinrufen, eine Überprüfung schadet nichts.«

Der Irre Sam wurde ausgerufen und schob ein paar Augenblicke später argwöhnisch seinen Kopf um die Ecke des Aufenthaltsraumes. »Nun, was haben Sie mit mir vor?«

»Setzen Sie sich, Sam«, sagte Dr. Murdock. »Trinken Sie eine Tasse Kaffee mit uns. Dies ist Commander Franchetti – er möchte Ihnen ein paar Fragen stellen.«

Der Irre Sam setzte sich auf die Kante eines Sessels und kauerte sich zusammen, als sei er bereit, jederzeit aufzuspringen. »Also schießen Sie los, aber wenn es um Gold oder Diamanten oder Mondrubine geht, dann können Sie sich Ihren Atem sparen, weil ich nämlich kein Wort sagen werde. Es gibt genug solches Gewäsch auf der Erde, dem muss man nicht noch mehr hinzufügen.«

»Nein, nein«, wehrte Dr. Murdock hastig ab. »Commander Franchetti ist daran interessiert, die Piraten aufzuspüren. Er hatte die Idee, dass sie ihre Basis irgendwo auf dem Mond haben könnten.«

Der Irre Sam wandte Franchetti seinen blassen, grauen Blick zu. »Nun, Commander, Sie können sich abregen. Ich kenne den Mond, wie ich meine Hand kenne. Mit verbundenen Augen könnten Sie mich irgendwo hinbringen, mich in einen Krater schmeißen, und wenn ich mich dann umsehen würde, dann könnte ich Ihnen trotzdem sagen, wo ich bin. Also – machen Sie sich das klar. Außer uns hier im Observatorium gibt es nichts Lebendiges auf dem Mond – außer ein paar von den Eingeborenen, und die sind keine Piraten.«

»Eingeborene?«

»Jawoll! Eingeborene. Sie leben ganz tief unten, in den Höhlen und kommen nie herauf – es sei denn, wenn's dunkel ist, und dann sind sie scheu wie Kaninchen. Sie haben große, goldene Augen, so groß wie Orangen, und sie tragen komische Hüte. Ich stehe ziemlich gut mit ihnen; ich hab' mit ihnen geredet, und sie haben mir gesagt: ›Sam, du kümmerst dich um deinen Kram, und wir kümmern uns um unsern, und dann kommen wir ganz prima miteinander aus. Geh nur keinen von diesen wertlosen Edelsteinen schürfen ...‹«

Hinter Sams Rücken schüttelte Dexter vielsagend den Kopf.

»Nun, genug davon, Sam«, unterbrach ihn Dr. Murdock. »Solange die Eingeborenen keine Piraten sind ...«

»Piraten – puh!« Er spie das Wort aus, drehte sich abrupt um und ruckte sein Gesicht bis auf eine Handbreit an Dicks Gesicht heran. »Und was hältst du davon, Junge?«

Dick sagte ein wenig unbehaglich: »Nun, ich habe Sie sagen hören, es gibt Eingeborene, und ich habe ein paar andere Leute sagen hören, es gibt keine. Ich würde gern selbst nachsehen.«

Der Irre Sam schlug ihm auf den Rücken. »Das ist ein vernünftiges Wort.« Er blickte auf Dexter. »Viel vernünftiger als das Gerede, das ich von einigen von euch Intellektuellen zu hören bekomme. Nun«, er wandte sich wieder an Dick, »morgen werden wir beide, du und ich, einen Ausflug machen, und vielleicht schürfen wir ein bisschen.«

»Werden wir die Eingeborenen sehen?«, fragte Dick mit einem Gemisch aus Zweifel und Interesse.

Der Irre Sam blickte ihn von der Seite her an. »Vielleicht. Wahrscheinlich aber nicht. Es ist noch etwas früh für sie heraufzuwandern.« Er stand auf, wandte sich wieder an Dr. Murdock. »Wenn das alles war, haue ich mich jetzt in meine Falle.«

Er ging. Franchetti ließ einen tiefen, humorvollen Seufzer hören. »Er ist ziemlich direkt.«

»Vor allem aber ist er nicht ganz so bescheuert, wie er sich anhört«, sagte Dr. Murdock. »Und er ist ehrlich. Wenn es hier Piraten geben würde, dann würde er das wissen und es Ihnen sagen.«

»Und sein Gerede von den Eingeborenen ... Was halten Sie davon?«

Dr. Murdock lächelte. »Ich fürchte, ich habe noch keine gesehen. Fast vermute ich, dass Sam schlechte Träume hat. So oder so – in den Zeugenstand möchte ich jedenfalls nicht berufen werden.« Er sah Dick an. »Sam scheint einen Narren an dir gefressen zu haben. Viele Leute würden ihre Augenzähne dafür geben, einmal von Sam zum Schürfen mitgenommen zu werden. Er kennt den Vornamen eines jeden Kristalls von hier bis zum Kopernikus und auf dem ganzen langen Weg wieder zurück.«

»Lass dir von ihm ein paar Eingeborene zeigen«, sagte Commander Franchetti. »Noch besser – bring ein paar mit.«

VI

Der Mond-Schatz

Nach der Uhr war es Morgen; die Sonne war jedoch nirgends zu sehen, und das Licht, das auf das Observatorium herunterschien, kam von der Halbkugel der Erde. Beton leuchtete mit dem saftigen Schimmer einer Perle, das Lava-Glas des Kraterbodens lag ausgebreitet wie ein dunkler See vor ihnen. Das große Teleskop, ein finsterer Umriss über der Kraterwand, ragte wie ein unfreundlicher Wachtposten auf, scheinbar durch eine Laune des Erdenlichts auf Ausmaße von doppelter Normalgröße angewachsen.

Dick, der wartete, während der Irre Sam zusätzlichen Treibstoff an Bord seines Floßes hievte, fröstelte in seinem Raumanzug.

Der Irre Sam pochte auf Dicks Helm. Erschrocken fuhr Dick herum. »Jetzt pass gut auf, Junge«, stieß Sam hervor.

»Ja, natürlich«, sagte Dick verwirrt. »Aber was soll ich denn tun?«

»Spring auf, wir sind bereit loszuflitzen. Du sitzt auf der Bank hier und hältst dich gut fest, denn der alte Bronco Bert nimmt die Zügel zwischen die Zähne.«

Dick kletterte an Bord. Der Irre Sam ließ einen weiten Blick über den Himmel schweifen – wie ein Bauer, der nach dem Wetter sieht, dann stieg er ebenfalls auf.

Dr. Murdock stand am Fenster und winkte; Dick winkte zurück. Das Floß ruckelte und stieg in steilem Flug auf. Dick musste sich festklammern, wenn ihm sein Leben lieb war.

»Rutsch nach rechts 'rüber, Junge«, schrie der Irre Sam. »Zwei Zoll – wir müssen unser Gleichgewicht halten.« Er öffnete ein Ventil. »Das ist keiner von diesen Trans-All-Kreuzern mit ihren weiten Tragflächen, keines dieser Dinger, die alles Denken für dich besorgen. Den alten Bert hier, den musst du in die Reihe peitschen. Hüüüa, jetzt, Bert, benimm dich!«

Der Irre Sam bediente seine Kontrollen, und Dick sah voller Interesse zu. Sie waren einfach und eindeutig: ein Mischungsmesser, ein Hauptzufuhr-Ventil, kleine Sperrventile, die jede der vier Düsen regelten, und ein Steuerknüppel.

»Gleichgewicht, Gleichgewicht«, murmelte der Irre Sam, wobei er erst den einen und dann einen anderen der Ventilgriffe betätigte. »Jedes Mal, wenn ich starte, ist es anders.« Plötzlich brüllte er: »Nicht wackeln, Junge! So oft du einen Satz machst, muss ich an diesen Ventilen drehen.«

Dick saß starr und steif wie eine Statue, und das Floß glitt über die Mondlandschaft dahin. Es war, als fahre man in einem schlecht konstruierten Ruderboot; man hatte dasselbe Gefühl von subtiler Anspannung und unbestimmter Instabilität. Als Dick seinen Kopf zur Seite drehte und über Sams Schulter spähte, begriff er die Kontrollen endlich. Wenn man den Steuerknüppel nach vorn schob, wurden die Düsen nach hinten gedreht, was einen Schub nach vorn erbrachte. Wollte Sam daraufhin den Stützverlust ausgleichen, musste er das Hauptventil aufdrehen, sodass die ersten paar Augenblicke des Fluges eine Folge von ziemlich erschreckenden Stößen, Absenkungen und Beschleunigungsmanövern waren.

Schließlich bekam der Irre Sam sein störrisches Gefährt ins Gleichgewicht, und sie glitten zügig über die Lavarinnen des Mondmeeres dahin.

Die Lautsprecher neben Dicks Ohren prasselten, und als dann die Stimme des Irren Sam laut wurde, klang sie fast jovial: »Na, Junge, wie gefällt dir das?«

Dick überblickte ein Meer aus krustigem schwarzem Fels mit Rändern aus silbernem Erdenlicht, wie ein weißer Spitzenbesatz auf einer Million schwarzer Pettycoats. »Ich würde ungern zu Fuß nach Hause gehen.«

»Tja«, gluckste der Irre Sam. »Da wärst du lange unterwegs. Siehst du die Öffnung da unten?«

Sie schwebten über einem zweihundert Fuß breiten Spalt hinweg, der sich gerade wie ein weißer Lichtstrahl über das Mondmeer erstreckte. »Nun, das ist der Baxter-Spalt. So nenne ich ihn jedenfalls. Er ist tausend Fuß tief, und unten, auf seinem Grund, gibt es seltsame Erscheinungen ... Wenn ich sie dir beschreiben würde, dann würdest du mir sowieso nicht glauben, also tu' ich's erst gar nicht.«

»Nein, wirklich«, protestierte Dick, »ich ...«

Der Irre Sam unterbrach ihn. »Alles zu seiner Zeit, Junge. Es gibt 'ne Menge Mond zu sehen, und wir werden es uns leicht machen – die einfachen Dinge zuerst. Du willst doch nicht so werden wie ich, oder?«

Dick war unfähig, diesem Gedankengang zu folgen und ließ ein paar höfliche, aber unverbindliche Laute hören. Der Irre Sam jedoch ließ sich dadurch nicht täuschen. Er lachte – ein kurzes, sardonisches Gackern. »Nun, ich bin so geworden – ein wenig nervös, könnte man sagen –, weil ich an Orten herumschleiche, an die mich niemand eingeladen hat. Und mittlerweile ist mir das so in Fleisch und Blut übergegangen, dass ich's nicht mehr sein lassen könnte, selbst wenn ich's wollte – aber ich will's ja nicht. An jedem beliebigen Tag könnte ich mir einen Beutel schnappen, und schon nach zwei Stunden käme ich dann mit Smaragden, groß wie grüne Kutschlaternen, Saphiren und Rubinen so groß wie Netzmelonen – und lupenrein! – zurück!« Sams Stimme wurde ehrfurchtsvoll. »Junge, solange du keinen Mondrubin in der Sonne hast glühen sehen, hast du kein Rot gesehen!« Er seufzte. »Aber nein, das ist 'ne schlechte Währung. Und meine alten Knochen könnten der Erdschwerkraft sowieso nicht mehr standhalten.«

Er zeigte nach vorn. »Jetzt kommen wir zur Baxter-Spitze, wie ich sie nenne. Der große, schwarze Gipfel da. Das ist die höchste Felsspitze auf diesem Teil des Mondes. Unten, nahe beim Fuß, gibt's eine Grotte, die ganz mit Platin-Nadeln besetzt ist, sodass sie aussieht wie ein umgekrempeltes Stachelschwein. Baxters Platin-Palast nenne ich die«, fügte er nachdenklich hinzu.

Dick spähte zum Horizont. Nach rechts breitete sich die durcheinander gewühlte schwarze Lava aus; zur Linken erhob sich eine Reihe kleiner Krater, und davor ragte die Baxter-Spitze auf. »Kommen wir in die Nähe der Sicherheitsbasis?«

»Nein!«, antwortete der Irre Sam knapp.

»Ich würde Sie gern begleiten, wenn Sie das nächste Mal hingehen.« Er wartete, aber der Irre Sam gab keine Antwort. »Sie sind der Aufseher, nicht wahr?«

»Ja«, stieß Sam aus. »Ich bin der Aufseher, und ich passe auf, dass ich meine Nase im Gesicht behalte.«

Dick rätselte insgeheim an dieser Bemerkung herum. Der Irre Sam beantwortete seine unausgesprochene Frage jedoch: »Ich meine, niemand hatte ein Recht, unsere Hangars zu sprengen und die alten Höhlen weiter hinunter voranzutreiben, wie man das eben gemacht hat. Man hat die Eingeborenen gestört; sie in ihr Versteck zurückgetrieben, und jetzt fangen sie gerade erst wieder an, sich heraufzuwagen. Sie wollen nicht belästigt werden, und ich will auch nicht belästigt werden.

Ich lasse sie in Ruhe, und sie lassen mich in Ruhe. Das reicht jetzt aber. Ich werde dir die Eingeborenen nicht zeigen, weil du sie mit diesem komischen Apparat, den du da mit dir herumschleppst, fotografieren würdest und die Bilder dann reihum zeigen würdest, und das Erste, was dir in den Sinn käme, wäre, dass es Komitees und Expeditionen mit tausend Intellektuellen wie diesem Professor Dexter geben müsse, die hierher kommen und den ganzen Mond abklappern, und ich könnte dann den alten Bert hier genauso gut in den Raum hinaufschießen lassen, und dann wäre der ganze Kram erledigt... Aber genug jetzt. Wir überfliegen jetzt den *Rand.*«

»Den *Rand*?«

»Den *Rand* der sichtbaren Fläche des Mondes. Wir kommen auf die Seite 'rüber, die von der Erde aus nie zu sehen ist. Sieh' mal, da vor uns, das ist der Große Baxter-Krater, der größte und steilste auf dem ganzen Mond.«

Eine Zeit lang glitten sie schweigend dahin, und bald darauf tauchte der Rand der Sonne über dem

Horizont auf und warf zehn Meilen lange, schwarze Schatten. Unten zogen die schwarzen Albträume der Mondberge vorüber – Felsnadeln, die an Reihen von umgedrehten Eiszapfen erinnerten, Buchten wie in Schwarz des Raumes gehaltene Spiegel.

Von Zeit zu Zeit beugte der Irre Sam den Kopf, um seinen Treibstoffanzeiger zu begutachten, und schließlich sagte er: »Wir haben ein Drittel unseres Treibstoffs verbraucht, also denken wir besser dran, anzuhalten. Nun – woll'n mal sehen, wo wir sind ...« Er blickte sich um, studierte die Landschaft. »Logo, da drüben ist die Baxter-Mesa, und ganz da hinten, in der Ferne, siehst du das Sam-Baxter-Gebirge. Direkt unterhalb der Mesa liegt ein viel versprechendes Stück Land, das ich mir noch nicht allzu genau angesehen habe. Wer weiß? Dort könnten wir möglicherweise was Lohnendes finden.« Er bediente die Ventile, zog am Steuerknüppel, und das Floß wurde langsamer und ließ sich in einer Folge von Rucken und plötzlichen Bremsmanövern nieder.

Unterhalb der Mesa erstreckte sich ein zwanzig Fuß breiter Vorsprung, von einem Riss eingefasst, der unwillkürlich an eine schwarze Wunde des Mondes erinnerte. Dick packte vor Aufregung und Angst den Rand des Floßes. Der Irre Sam hatte offenbar vor, auf diesem Vorsprung zu landen. Wenn er irgendetwas falsch berechnete, wenn die Düsen spotzten und das Floß einen nicht einkalkulierten Schlenker zur Seite machte, dann konnten sie gegen den Rand des Abgrunds stoßen, umkippen und in unergründliche Tiefen fallen.

Das Floß landete vier Fuß hinter dem Abgrund ins Nichts. Dick blieb eine ganze Weile sitzen, damit sich sein Herzschlag wieder beruhigen konnte. Er lockerte

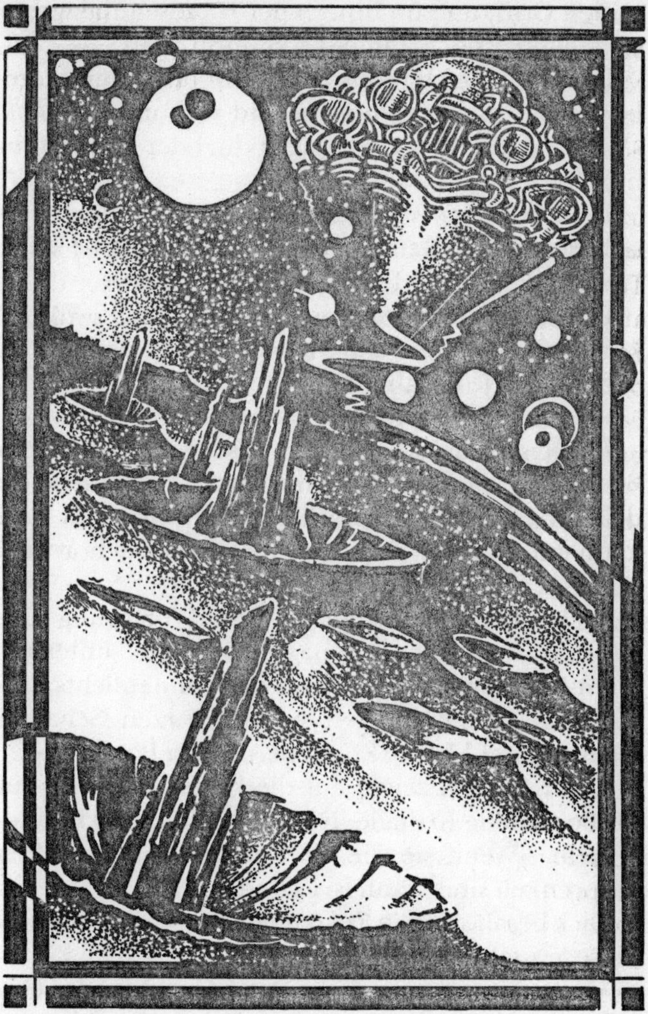

seinen Griff, und im Innern der Handschuhe waren seine Finger noch immer verkrampft.

Der Irre Sam, der flink auf den Boden hinuntergehüpft war, drehte den Kopf und rief unwirsch aus: »Was ist denn, Junge – kommst du, oder kommst du nicht?«

Dick kletterte vom Floß hinunter und lugte vorsichtig über den Rand des Abgrunds. »Ich habe keine Lust, in Baxters Bodenloses Loch zu fallen.«

Der Irre Sam starrte ihn argwöhnisch an. »Woher kennst du den Namen dieser Schlucht? Wüsste nicht, dass ich ihn je erwähnt hätte.«

»Ich habe nur geraten«, erklärte Dick.

Der Irre Sam schnaubte. »Also gut, jetzt nimm deine Spitzhacke und komm endlich. Ich sehe da drüben eine viel versprechende Porphyr-Ader und kann mich nicht erinnern, die vorher schon mal bemerkt zu haben.«

Dick schaute zweifelnd über den Vorsprung. Die Felsenzinnen des Sam-Baxter-Gebirges unterbrachen den horizontalen Glanz des Sonnenlichts: trügerische Ansammlungen von schwarzen Schatten lagen auf der Ebene. Er fragte: »Was ist Porphyr?«

Der Irre Sam zeigte auf die steile Felswand, auf große, dunkle Kristalle in einem hellgrauen Grundgestein. »Wenn sie wie ein Leopard mit Kristallen gesprenkelt sind, dann ist es Porphyr.«

Dick besah sich die Felswand ganz genau. »Sind all diese Kristalle wertvoll?«

»Nee. Nur gewöhnliche alte Hornblende und Glimmer – das meiste von dem Zeug. Aber hin und wieder ...« Er beugte sich plötzlich vor wie ein Falke, der ein Kaninchen sichtet, hüpfte den Vorsprung entlang, klopfte mit seiner Spitzhacke hierhin und dorthin. Er brach einen Felsbrocken los, klopfte ein wenig weiter, sehr behutsam, und hielt schließlich einen etwa einen Zoll dicken und sechs Zoll langen Gegenstand hoch. »Hin und wieder erbeutet man etwas wie dies hier.«

Dick nahm den Kristall, einen sechsseitigen Stift, der wie in verschiedenen Farbschichten gefrorenes Eis aussah: rosarot, gelb, wasserklar, grün. »Ich habe keine Ahnung, was das ist.«

Der Irre Sam gluckste. »Auf der Erde heißt es Turmalin. Ich schätze, es schadet nichts, wenn wir's hier draußen auch Turmalin nennen. Dass ist ein kleiner. Ich habe Kristalle losgeschlagen, die waren so lang wie mein Arm und haben in allen Regenbogenfarben geleuchtet.«

Dick wandte sich dem Porphyr mit neuem Interesse zu und klopfte gegen die Felswand, wie er es beim Irren Sam gesehen hatte.

»Nein, nein«, brummte Sam verdrießlich. »Versuch nicht, ein Loch in den Berg zu hauen ... Klopf nur ganz leicht auf die Spaltungslinien. Stein ist wie Holz – in manche Richtungen teilt er sich leicht, in andere schwer.«

Dick ging an der Porphyrwand entlang, klopfte, pochte, und wurde bald darauf mit drei oder vier Kristallen belohnt, von denen einer sogar größer war als der, den Sam gefunden hatte.

Eine harte, schwarze Gesteinsschicht krümmte sich durch den Porphyr nach unten. An der Schnittfläche bemerkte er, dass der Porphyr fleckig, weich, fast wie alter Kitt aussah. Mit dem scharfen Ende seiner Spitzhacke stemmte er an einem Brocken des umgewandelten Porphyrs herum. Er löste sich, fiel auf den Vorsprung herunter – durch die geringe Mondschwerkraft langsam wie ein Ballon. Dick wollte zum Floß zurückkehren, klopfte aber zuerst – damit es Glück brachte – auf den Brocken. Er brach auf wie ein Ei. Farbiges Feuer, ein Blitz reinen Purpurs, stach in Dicks Augen. Langsam, voller Staunen und Ehrfurcht, beugte er sich vor, hob das Juwel auf, einen vollkommenen, vielflächigen Kristall, zweimal so groß wie sein Daumennagel und in einem Purpur leuchtend, der so kräftig und intensiv war wie ein tyrischer Farbstoff.

Durch wechselnde Schattenmengen und grellen Glanz rannte er zum Floß zurück. Der Irre Sam war nirgends zu sehen.

Er zögerte, spähte nach rechts und nach links den Vorsprung entlang, brannte darauf, Sam seinen Fund zeigen zu können, und war ganz versessen darauf, zu der weichen Gesteinsader zurückzukehren. Aber Sam war um eine Vorsprungbiegung verschwunden. Dick wollte das purpurne Juwel in seine Tasche stecken, zögerte jedoch, als er die Turmalin-Kristalle spürte. Sein Blick fiel auf Sams Werkzeugkasten, bis zu ihrer Rückkehr ins Observatorium ein praktischer Behälter zum Aufbewahren seiner Funde. Er hob den Deckel. Der Kasten war nahezu leer, enthielt nur ein paar Schraubenschlüssel und ein Notizbuch, das achtlos daraufgeworfen worden war und aufgeschlagen dalag. Dick wollte seine Turmaline gerade auf das Papier legen, als ihm die Überschrift ins Auge stach. Sie lautete: »Lageplan und Legende der Baxter-Höhlen, nur für privaten Gebrauch.«

Dick spürte einen heißen Klumpen Neugier in sich pochen. Er beugte den Kopf über die Seite. Eine Reihe von Rechtecken waren in Gestalt eines *L* angeordnet. Darüber lag ein Muster aus roten und blauen Linien ausgebreitet, offenbar mit Buntstiften gezeichnet.

Hinter ihm gab es eine Erschütterung – eine Hand griff nach vorn, knallte den Deckel des Werkzeugkastens zu. Dick drehte sich um und blickte in das wütende Gesicht des Irren Sam.

»Neugieriger Bursche, genau wie alle anderen«, knurrte Sam. »Man kann dich nicht aus den Augen lassen, ohne dass du schnüffelst und 'rumspionierst und ...«

»Das habe ich nicht getan«, schrie Dick. »Ich habe den Kasten aufgemacht, weil ...«

»Mir egal!«, brüllte Sam. »Das macht keinen Unterschied. Steig auf's Floß, wir kehren zum Observatorium zurück und Schluss damit!«

Mit finsterer Miene nahm Dick seinen Platz auf der Bank ein. Sam hatte es als erwiesen betrachtet, dass er spionierte – Dicks Stolz ließ nicht zu, dass er sich auch nur mit einem einzigen Wort verteidigte. Er rammte den purpurnen Edelstein in seine Tasche und hielt sich an der Bank fest.

Die Düsen spien stummes blaues Feuer aus, das Floß erhob sich von dem Felsvorsprung, schwenkte erschreckend Richtung Abgrund herum, und Dicks Herz klopfte hoch im Hals.

Sam drehte das Hauptventil auf, zog den Steuerknüppel zurück, und das Floß stieg zur Baxter-Mesa auf.

Auf halbem Weg zum Observatorium zurück sagte sam, der starr geradeaus schaute, plötzlich: »Vielleicht hast du ein voll gekritzeltes Stück Papier in dem Werkzeugkasten gesehen.«

»Ja«, sagte Dick knapp. »Ich habe ein Stück Papier gesehen.«

»Nun«, brummte Sam, »das war nur 'ne dumme Idee von mir. Hat absolut nichts zu bedeuten, verstehst du? Überhaupt nichts.« Er legte eine Pause ein, aber Dick gab keine Antwort.

»Nun«, fragte Sam besorgt, »hast du mich verstanden?«

»Ja, ich habe Sie verstanden.«

»Aber du sagst nichts.«

Dick zuckte mit den Schultern. »Es gibt nichts zu sagen. Sie haben mich beschuldigt, ich würde spionieren, und dann sagen Sie als Nächstes, es würde nichts zu sehen geben.«

»Das stimmt – ganz und gar nichts gibt's zu sehen. Und genauso wenig«, Sams Stimme nahm jetzt einen tieferen, härteren Tonfall an, »zahlt es sich aus, auf dem Mond naseweis und zu neugierig zu sein. Kapiert?« Er drehte seinen Kopf erschreckend weit herum – wie ein Papagei.

Dick sah lange Sekunden in das verkniffene, sandfarbene Gesicht. In den Tiefen der hellgrauen Augen schien er ein phosphoreszierendes Flackern winziger elektrischer Funken wahrnehmen zu können. Ein unbehaglicher Schauer rieselte sein Rückgrat hinauf, wie Eiswasser, das eine Röhre füllt.

Mit drohender Stimme sagte Sam: »Hast du mich verstanden, Junge?«

»Ja«, erwiderte Dick. »Ich habe verstanden, was Sie meinen.« Und im Stillen sagte er zu sich selbst: Aber das bedeutet nicht, dass ich mir davon Angst einjagen lasse.

VII

Das perfekte Verbrechen

Dr. Murdock kam in den Aufenthaltsraum, warf die wollenen Handschuhe, die er unter denen des Raumanzuges getragen hatte, in einen Schrank. Als er sich umdrehte, sah er Dick still an einem Fenster sitzen. Er durchquerte den Raum und zog sich einen Stuhl heran. »Ich habe dich nicht so bald zurückerwartet.«

Dick sagte ein wenig unbehaglich: »Es war Sams Idee, nicht meine.«

Dr. Murdock neigte den Kopf zur Seite, betrachtete Dick aus den Augenwinkeln heraus. »Wie bist du mit Sam klargekommen?«

Dick zuckte mit den Schultern. »Sehr gut, größtenteils.« Er machte eine Pause. Dr. Murdock wartete geduldig, da er aus langer Erfahrung wusste, dass Dick die eigentliche Geschichte über kurz oder lang schon zur Sprache bringen würde.

Dick griff in seine Tasche. »Wir haben eine Menge gesehen«, sagte er. »Fast alles ist nach Sam benannt.«

Dr. Murdock lachte. »Ich habe von Sams Neigungen, sich selbst unsterblich zu machen, gehört. Und – hast du etwas gefunden?«

Dick gab ihm den purpurnen Kristall. Dr. Murdock beugte sich vor, pfiff. »Was in aller Welt ist das denn?«

»Keine Ahnung.«

»Ich habe noch nie etwas Ähnliches gesehen. Weiß Sam auch nicht, was es ist?«

»Sam hat es nicht gesehen.« Und Dick beschrieb, wie er das Juwel gefunden hatte, berichtete von dem Werkzeugkasten-Vorfall. »Deshalb hatte ich gar keine Gelegenheit, ihm den Kristall zu zeigen – oder was immer er ist.«

»Rubine sind rot, Saphire blau, Smaragde grün«, überlegte Dr. Murdock, »aber bis auf Amethysten, die sehr blass sind, kenne ich keine purpurnen Steine. Und ganz bestimmt nichts derart Feuriges und kräftig Leuchtendes wie dies hier.« Er rieb ihn an seinem Ärmel sauber. »Nächste Woche muss ich für ein paar Tage zur Erde 'runter. Dich kann ich dieses Mal zwar nicht mitnehmen, aber ich nehme diesen Edelstein hier mit und lasse ihn schätzen. Es könnte ein einzigartiger Stein sein, und wenn er das ist, dann wirst du demnächst über ein sehr hübsches Bankkonto verfügen.«

»Wenn er wirklich so wertvoll ist«, sagte Dick voller Begeisterung, »dann könnten wir vielleicht noch ein paar holen. Ich glaube, ich könnte diesen Vorsprung wiederfinden.«

»Langsam, langsam, du wartest jetzt erst einmal ab, bis ich von der Erde zurück bin. Dann sehen wir uns noch einmal bei Baxters Bodenlosem Loch um.«

Dick schaute durch das Fenster zur großen Halbkugel der Erde hinauf. »Wann gehst du?«, fragte er ziemlich wehmütig.

»In etwa einer Woche. Heute Morgen ist ein Funktelegramm vom Kuratorium angekommen. Ich werde sehr in Eile sein und sehr beschäftigt, sonst hätte ich dich auf jeden Fall mitgenommen. Ich werde die *Australia Star* nehmen, die von der Venus kommt.«

»*Wenn* sie kommt«, sagte Dick düster.

Dr. Murdock sah überrascht und nachdenklich aus. Nach einer Weile sagte er: »Ich hatte den Basilisken fast vergessen. Er kommt mir vor wie ein böser Traum. Aber ich glaube, die *Australian Star* wird sicher ankommen. Sämtliche Schiffe haben – wie mir Commander Franchetti erklärt hat – den Befehl erhalten, ab dem Zeitpunkt, an dem sie den Hafen verlassen, Funkstille zu halten und auf neuen Routen abseits der normalen Flugbahnen zu reisen.«

»Ich würde dich gern begleiten«, sagte Dick.

Dr. Murdock lächelte. »Nächstes Mal, und dann werden wir einen ganzen Monat bleiben. Mach dir keine Sorgen, die Erde wird's noch sehr lange geben. Und jetzt muss ich losgehen und Professor Dexter am *Auge* ablösen. Wir stellen von der Corvus-Region einen neuen Satz Platten her.« Er stand auf. »Möchtest du mitkommen? Wenn du Astronom werden willst, dann musst du lernen, wie man mit einem Teleskop umgeht.«

Dick erhob sich. Sie gingen in den Umkleideraum, schlüpften in Raumanzüge und machten sich über den Kraterboden hinweg auf den Weg.

*

Die nächste Woche verging ereignislos und für Dick sehr schnell. Er erkundete die Wände des Kraters in der Nähe des Observatoriums, wobei er einen Geologenhammer bei sich trug. Er klopfte und hämmerte auf Formationen herum, die viel versprechend aussahen, fand jedoch nichts Aufregenderes als große, glänzende Pyrit-Würfel.

Einen Teil jedes Tages verbrachte er im Teleskop und ungefähr eine Stunde in der Bücherei. Der größte Teil des vorrätigen Materials bestand aus Foto-Platten: Hunderttausende schwarzer Quadrate, jedes mit Sternen gesprenkelt. Freizeitlektüre für das Observatoriumspersonal war nur in kleinen Beständen auf Lager. Hier fand sich auch der zehnbändige Neue Universelle Sternenindex, dem der Bibliothekar Isel Bayer zwölf Jahre seines Lebens gewidmet hatte, und der, wie er Dick erklärte, keinesfalls vollständig war. »Jedes Mal, wenn eine neue Platte Dexters Dunkelkammer verlässt, bedeutet das für mich weitere drei Tage Arbeit. Pass auf.« Er ging zu seinem Schreibtisch hinüber und hob zwei Platten hoch, die er Dick reichte. »Auf beiden ist derselbe Himmelsabschnitt zu sehen, im gleichen Maßstab. Siehst du einen Unterschied?«

Dick betrachtete die Platten eingehend. »Auf dieser hier, die mit AX bezeichnet ist, sieht man viel mehr Sterne.«

Isel Bayer nickte, und seine flauschigen weißen Haare schwankten wie Straußenfedern. Selbst im gedämpften Licht der Bibliothek trug er seine dunkle Brille. »Das ist eine von den neuen Corvus-Platten. Diese andere hier ist mit der Harvard-Kamera aufgenommen worden, einem Hundertzollreflektor des Harvard-Universitäts-Satelliten. Logischerweise dokumentiert unser Teleskop, das über zehnmal so viel Licht sammelt, wesentlich mehr Sterne. Meine Aufgabe ist es, sie aufzuspüren und mit ihren genauen Positionen zu verzeichnen.«

Dick verglich die beiden Platten, blickte von einer zur anderen. »Dieses AX-Foto ist in Farbe; ich sehe rot und blau und grün.«

»Sehr blass natürlich nur«, erwiderte Isel Bayer. Er hatte eine Baritonstimme, außergewöhnlich kräftig und volltönend und für seinen dürren Körper ziemlich ungewöhnlich. »Auf jeden Fall haben wir recht bald herausgefunden, dass die alten Verzeichnisse unangemessen sind, und ich habe diesen neuen Index nach einem völlig neuen und zweckmäßigen Prinzip aufgebaut.«

In der nächsten halben Stunde erklärte er dieses System dem nervös herumzappelnden Dick, dessen Interesse nicht besonders groß war. Aber Isel Bayers Stimme intonierte pausenlos, stieg an und senkte sich dramatisch wie die eines Sängers. Schließlich sprang Dick auf, nachdem er auf seine Uhr geschaut hatte. »Ich muss mich mit meinem Vater treffen. Wir gehen zum Teleskop hinauf.«

Hinter den dunklen Gläsern schienen Isel Bayers Augen zu blitzen. Es konnte Belustigung oder Ärger sein. Wie auch immer – es machte Dick wenig aus. Er stellte fest, dass er Isel Bayer nicht besonders mochte. Seine Strohpuppengestalt, die Wolke seiner silbernen Haare und die dröhnende Unterhaltung waren Facetten des gelehrten Bibliothekar. Aber die dunklen Brillengläser schienen eine zweite Persönlichkeit zu tarnen, die mehr zu dieser gewissen spinnenhaften Kraft passte, die Dick in den langen, weißen Fingern bemerkte.

Dick lief in den Aufenthaltsraum hinunter, wo er Hutchings, den jungen Buchhalter, vorfand. »Wenn du deinen Vater suchst«, sagte Hutchings mürrisch,

»der ist schon hinausgegangen – gerade eben. Er möchte, dass du gleich nachkommst.«

»Danke.« Dick zog eilig seinen Raumanzug an, stülpte sich den Helm über den Kopf und ließ ihn einrasten und schloss einen neuen Sauerstofftornister an. Er stapfte in die Schleusenkammer, schloss das Schott, setzte die Pumpe in Gang, die die Luft heraussaugte. Einen Augenblick später schwang das Außenschott automatisch auf, und Dick trat auf den Kraterboden hinaus.

Einen Moment lang blieb er stehen. Ganz gleich, wie oft er bisher schon den Schutz des Gebäudes verlassen hatte – er hatte sich jedenfalls noch immer nicht an das plötzliche Gefühl der Nacktheit vor den Sternen gewöhnt. Auf der Venus erlaubte die immerwährend vorhandene Wolkendecke nicht einmal einen winzigkleinen Ausblick in den Weltraum. Hier schien ihn der Mond wie auf einem Präsentierteller dem prüfenden Blick des Himmels entgegenzuhalten. Und das Antlitz des Raumes wirkte noch härter, strahlender und mächtiger als das Antlitz des Mondes.

Dick schüttelte dieses Gefühl ab und lief mit den weiten Sprüngen, die die schwache Mondschwerkraft ermöglichte, um das Verwaltungsgebäude herum.

Er sah seinen Vater völlig bewegungslos neben der Kraterwand stehen. Dick zögerte, verlangsamte sein Tempo, hielt schließlich an. Da war etwas Eigenartiges an der Haltung seines Vaters, etwas Unnatürliches und Angespanntes.

Dick rannte los. Dr. Murdock wandte den Kopf, sah ihn kommen, machte aber keine Bewegung.

Dick kam neben ihm an. »Was ist los?«

Dr. Murdock gab nicht sofort eine Antwort. In

plötzlicher Bestürzung blickte Dick durch die Helm-Sichtscheibe ins Gesicht seines Vaters hinauf.

»Mit mir ist alles in Ordnung«, beruhigte ihn Dr. Murdock mit fester Stimme. »Es ist alles okay. Es ist nur wegen dem, was hätte passieren können, wenn ich mich nicht umgedreht hätte, um nachzusehen, ob du kommst.«

Dick schaute sich in dem Krater um. Soweit er sehen konnte, war nichts Aufregendes in Sicht. »Aber was ist denn passiert?«

Dr. Murdock blickte zum Himmel hinauf. »Soweit ich das beurteilen kann, hat ein Meteor meinen Kopf um etwa zwei Zoll verfehlt.« Er nickte zu einem grauen Gesteinsbrocken hin, der ein paar Fuß entfernt auf dem Kraterboden lag. »Wenn ich mich nicht zufällig gerade umgedreht hätte...« Seine Stimme versagte.

Dick suchte besorgt den Himmel ab, ließ seine Blicke an den Kraterwänden entlanglaufen, dann starrte er wieder auf den Felsbrocken. »Er kann keine sehr hohe Geschwindigkeit gehabt haben, sonst wäre er zersplittert.«

»Er hat jedenfalls schnell genug... Wenn er getroffen hätte, dann hätte er meinen Helm zertrümmert.«

»Aber Meteore bewegen sich normalerweise mit mehreren Meilen in der Stunde«, protestierte Dick.

»Ich bin nicht daran interessiert, wie schnell dieses Ding war«, stieß Dr. Murdock hervor. »Ich bin nur froh, dass es mich nicht getroffen hat.« Er blies seinen Atem aus. »Puhhh... Eine Wahrscheinlichkeit eins zu hundert Millionen, und ich bin zufällig da hineinmarschiert.« Er schüttelte schnell und nervös den Kopf. »Das war wirklich ganz knapp.«

»Und mir kommt es sehr seltsam vor«, erklärte Dick.

Sein Vater blickte ihn eigenartig an. »Was meinst du mit ›seltsam‹?«

»Nun – wenn dich jemand umbringen und ohne Verdacht entkommen wollte, dann konnte er sich nichts Gescheiteres einfallen lassen, als dich mit einem falschen Meteor zu köpfen.«

Dr. Murdock lachte unsicher. »Ich fürchte, du kombinierst auf Mord. Aber warum sollte mich jemand umbringen wollen?«

»Es gibt auch niemand, der einen Grund hatte, Dr. Vrosnek umzubringen, und trotzdem ist er durch einen grotesken Unfall gestorben.«

Dr. Murdock war plötzlich sehr still. Dick stapfte los und wollte sich den Meteor ansehen. »Hier ist er doch bestimmt nicht aufgetroffen?«

»Nein.« Dr. Murdock zeigte ihm die Stelle. »Er ist hier entlanggesaust und dann abgeprallt.«

Dick beugte sich über das Glas. »Welcher Abdruck?«

»Welcher Abdruck?«, wiederholte sein Vater verwundert.

»Es gibt drei Abdrücke, etwa sechs Fuß auseinander – und der Stein hat nur vier Zoll Durchmesser.«

Gemeinsam untersuchten sie die Abdrücke – zerstoßene weiße Stellen mit Linien, die wie die Lichtstrahlen eines Sternes nach außen verliefen. Dr. Murdock erhob sich langsam wieder. »Das ist wirklich eigenartig«, sagte er unsicher. »Ein Meteor könnte keine drei Abdrücke verursachen. Einer jedoch ist durchaus vorstellbar – gewiss ein skuriller Unfall, wenn er mich getroffen hätte. Zwei an derselben

Stelle – das fällt ziemlich schwer zu glauben. Und drei erst!« Er wandte sich um und suchte die Kraterwand ab, wie es Dick vorhin getan hatte.

Dick fragte plötzlich: »Wo hast du gestanden, als der Stein heruntergekommen ist?«

»Nun – etwa genau hier.« Dr. Murdock machte einen Schritt nach vorn. »Er ist nahe genug gekommen, um meinen Helm zu streifen.«

Dick beugte sich dicht über den Abdruck und blickte nach oben, am Kopf seines Vaters vorbei. »Von hier sieht es so aus, als sei er von der Kraterwand gekommen, genau rechts von dem hohen, weißen Steilhang da.« Er zeigte auf einen hundert Yards entfernten Felshöcker.

Sein Vater sagte nachdenklich: »Angenommen – nur um der Entgegnung willen – jemand hätte es wirklich auf mich abgesehen. Wie konnte er auf solch eine Entfernung sicher sein, mich zu treffen? Bei der geringen Schwerkraft könnte er den Stein gewiss so weit werfen, aber kein Mensch könnte ihn mit einer solchen Kraft werfen, dass er mehr als eine Beule in meinen Helm schlägt ... selbst wenn er in der Lage wäre, mich auf hundert Yards zu treffen.«

Dick zeigte auf die Abdrücke. »Irgendwie hat er seine Steine so hier herunterbekommen, dass sie nicht mehr als einen Fuß voneinander entfernt aufgetroffen sind.«

»Das klingt nach einer Art Katapult.« Dr. Murdock betrachtete das weiße Felsenplateau.

Dick sagte: »Ich werde hinauflaufen und nachsehen.« Er drehte sich um.

»Nein ... Du bleibst besser hier. Wenn da oben irgendjemand gewesen sein sollte, dann hat er uns gesehen und sein Katapult und sich selbst inzwischen in Sicherheit gebracht.«

Zögernd kehrte Dick um. »Irgendjemand hier auf dem Mond ist sehr gerissen.« Und er blickte an der Kraterwand empor. »Wenn dich dieser Stein getroffen hätte, dann wäre es das perfekte Verbrechen gewesen.«

Sein Vater sagte kühl: »Vermutlich hast du Recht. ›Dr. Murdock erleidet bedauerlichen Unfall!‹ Alles kommt mir so völlig unwirklich vor.«

»Die Piraten sind auch unwirklich.«

»Aber warum sollten mich die Piraten ermorden wollen? Was würde ihnen das nützen? Überhaupt nichts.«

»Vielleicht hoffen sie, einen ihrer eigenen Leute als nächsten Chefastronom etablieren zu können.«

Dr. Murdock schüttelte den Kopf. »Unmöglich. Als Nächster wäre Dexter an der Reihe, dann Isel Bayer. Ich kann mir keine unwahrscheinlicheren Piraten vorstellen als Dexter oder Bayer.«

Dick, der an Bayers dunkle Brille denken musste, war sich da nicht so sicher. Andererseits – hatte er Bayer nicht soeben in der Bibliothek zurückgelassen? War es möglich, dass er in einen Raumanzug gestiegen war, das Observatorium umrundet, dann die Kraterwand erstiegen und – wie auch immer – einen Stein auf Dr. Murdock geschleudert hatte ... und das alles, bevor er, Dick, das Gebäude verlassen hatte? Vor Dicks geistigem Auge erschien plötzlich die Vision, wie Isel Bayers lange Reiher-Beine gleich einer auf- und zuschnappenden Schere hastig über den Kraterboden ruckten; diese Vision war so widersinnig, dass er beinahe lachte.

»Ich schlage vor«, sagte Dr. Murdock mit gedämpfter Stimme, »wir lassen von dieser ganzen Angelegenheit nichts verlauten. Wenn wirklich jemand darauf aus ist, mich zu erledigen – es scheint grotesk, das auch nur auszusprechen –, dann weiß er, dass er versagt hat. Wenn es doch ein Unfall war ...« Dieser Gedanke schien ihn zu ermutigen – »... was es wahrscheinlich auch war, dann ist es sinnlos, wenn wir für Aufregung sorgen.«

Gemächlich stiegen sie zum Teleskop hinauf. Auf halbem Wege dorthin sagte Dick: »Wenn dieselbe Person, die versucht hat, dich zu töten, auch Dr. Vrosnek ermordet hätte – wie hätte sie das angestellt?«

»Dr. Vrosnek zu ermorden, meinst du?«

»Ja. Wie könnte er Dr. Vrosnek ermordet haben?«

Dr. Murdock hatte den Großteil seiner Fassung wiedergewonnen und damit seine anfängliche Skepsis. »In erster Linie, Dick, haben wir keinerlei Beweise ...«

»Wie erklärst du dir die drei Abdrücke und die Tatsache, dass der Meteor von der Kraterwand heruntergekommen ist? Und dass er beim Aufprall nicht in tausend Stücke zersprungen ist?«

»Ein Meteor kann aus jeder Richtung und mit fast jeder erdenklichen Geschwindigkeit kommen. Und was die Abdrücke betrifft – darauf kann ich mir wirklich keinen Reim machen.«

»Also«, sagte Dick verzweifelt, »dann nimm nur einmal an, dass Dr. Vrosnek von irgendjemandem vorsätzlich getötet worden ist. Wie hätte er es getan?«

Dr. Murdock schüttelte sich. »Ich kann mir nicht vorstellen, dass jemand eine so teuflische Tat begehen würde.«

»Aber nimm nur einmal an, jemand hätte.«

Dr. Murdock ließ sich diesen Gedanken zögernd durch den Kopf gehen. »Zuerst müsste der Mörder die Röhre Richtung Sterne schwenken, dann den Schirm wegnehmen.«

»Hätte Dr. Vrosnek die Bewegung der Röhre nicht bemerkt?«

»Nein, nicht wenn er in diesem Moment eine Zeitaufnahme gemacht hat. Nachdem der Himmelsantrieb in Gang gesetzt war, konnte er sich leicht mit schriftlichen Arbeiten beschäftigen … Das Nächste, was ihm zu Bewusstsein gekommen wäre, wäre eine Feuerflut gewesen, und einen Sekundenbruchteil später …« Er schüttelte den Kopf. »Aber ich glaube noch immer nicht, dass das schlüssig ist. Aus folgendem Grunde. Es gibt zwei Kontrollvorrichtungen, eine im Käfig und eine im unteren Büro. Aber wenn die Käfigkontrollen in Betrieb sind, sind die Bürokontrollen automatisch aus dem Stromkreis ausgeschaltet.«

»Und wie ist das mit dem Sonnenschirm?«

»Also, vermutlich könnte diese Einrichtung leicht vom Büro abgetrennt werden, aber damit wäre kein Schaden angerichtet, sofern die Röhre nicht direkt auf die Sonne einjustiert ist.«

»Hat Dr. Vrosnek einen Himmelsbereich nahe der Sonne beobachtet, als er getötet wurde?«

Dr. Murdock blieb neben dem unteren Büro stehen und sah Dick seltsam an. »Ich glaube, du entwickelst dich eher zu einem Detektiv als zu einem Astronom … Ich weiß nichts über Dr. Vrosneks Arbeit. Niemand hat je davon gesprochen.«

»Sehen wir uns die Büro-Kontrollen an.«

Dr. Murdock zuckte mit den Schultern. »Das kann nicht schaden.«

Sie betraten das innere Büro durch eine Luftschleuse, entriegelten ihre Helme und klappten sie zurück. Dr. Murdock ging an eine Wandtafel, öffnete sie und offenbarte damit eine Reihe von Skalen und Schaltern. Er deutete hierhin und dorthin. »Das ist der Rechtsanstiegs-Einsteller, dies die Deklination. Wenn du diese hier richtig eingestellt hast, schwenken die Servo-Motoren das Teleskop automatisch auf die vorgegebene Position. Wenn diese Taste hier gedrückt ist, wird die Himmelsbewegung fortlaufend beobachtet. Wenn aber die Kontrollen im Käfig in Betrieb sind, dann öffnet sich ein Kontakt hinter diesem Plastikdeckel hier.«

Dick betrachtete die Köpfe der Maschinenschrauben sehr lange und eingehend. Sein Vater sah ihm mit einer Spur von Belustigung zu. »Was siehst du?«

»Ich glaube, sie sind ein wenig verkratzt. Liegt irgendwo in der Nähe ein Schraubenzieher?«

Dr. Murdock zog eine Schublade heraus und reichte ihm einen, noch immer mit einem Ausdruck milder, nachsichtiger Belustigung auf dem Gesicht.

Dick schraubte die Abdeckplatte los. »Sind es diese Kontakte dort?«

»Genau.«

»Wenn sie also jemand zusammenschieben oder überbrücken würde, dann könnte er die Kontrollen hier unten benutzen.«

»Richtig.«

Dick blinzelte, spähte. »Sieh dir die Kontaktflächen an.«

Plötzlich interessiert, blickte Dr. Murdock die Kupferflächen an. »Verkratzt.« Er rieb sich das Kinn.

»Als wäre etwas dazwischengekeilt gewesen, eine

Messerklinge zum Beispiel, oder eine Feile oder ein Schraubenzieher.«

Dr. Murdock ließ ein zweifelndes Geräusch hören. »Nun, es wäre möglich, aber andererseits haben wir nichts Greifbares. Andererseits hat es auch keinen Sinn, in Zweckoptimismus zu machen. Wenn ich auf der Erde bin, werde ich mit dem UN-Kriminalamt Verbindung aufnehmen und um einen Sonder-Untersuchungsbeamten bitten. In der Zwischenzeit …« Er sah Dick besorgt an – »musst du sehr vorsichtig sein. Und hör mit deinen Ermittlungen auf. Wenn diese …« Er zögerte – »Unfälle mehr als nur Unfälle sind, und derjenige, der dafür verantwortlich zeichnet, zu dem Schluss kommt, dass du ihm lästig bist, dann könntest du dich in beträchtlicher Gefahr befinden.«

VIII

Die verschlüsselte Botschaft

Dick beobachtete, wie das von A. B. Sende gesteuerte Depeschenschiff über dem dunklen Mondmeer zu einem Punkt zusammenschmolz – die blauen Feuer aus den Düsen hinter sich herziehend, wie ein Floh das mit seinen Beinen machte. Wenn Sende ein Verbrecher ist, dachte Dick besorgt, dann findet er leicht einen Weg, meinen Vater zu ermorden, solange sie auf der *Australian Star* waren. Aber wenn Sende der Mörder war – wie hatte er es dann geschafft, Dr. Vrosnek zu töten, wo er doch erst vor ein paar Tagen auf dem Mond angekommen war?

Dicks Gedanken schweiften zu Isel Bayer ab. Plötzlich kam ihm in den Sinn, dass sich Bayer und Sende auf seltsame Art und Weise irgendwie ähnlich waren. Aber er konnte nicht sagen, was für ein identisches Merkmal sie hatten. Möglicherweise war es etwas an ihrer Haltung oder an der Art, wie sie den Kopf hielten, oder die Schlankheit, die beiden gemein war. Als Dick Sendes quittengelbe Augen einfielen, fragte er sich vergeblich, was hinter Isel Bayers dunkler Brille lag. Er blickte sich um, aber Dexter und Bayer, die beide gekommen waren, um Dr. Murdock zu verabschieden, waren bereits wieder ins Innere des Verwaltungsgebäudes zurückgegangen.

Das Depeschenboot war verschwunden. Hundert Meilen über dem Mond würde es in eine Umlaufbahn einschwenken und mit einer Geschwindigkeit kreuzen, die gerade noch ausreichte, der Mond-Schwerkraft zu widerstehen. Dann würde bald die *Australian Star* aus dem schwarzen Weltraum-Ozean herunterschweben, man würde den Kontakt herstellen, Boot und Schiff würden sich zusammenkoppeln.

Dick ging ins Verwaltungsgebäude zurück, wobei er sich einsam und ein wenig verloren fühlte. Er bewegte sich langsam, denn er hatte kein Verlangen nach Unterhaltung oder Gesellschaft. Unvermittelt blieb er auf der Stelle stehen und schaute zum Teleskop hinüber. Fast gegen seinen eigenen Willen brachten ihn seine Beine dorthin, wo sein Vater dem Pseudo-Meteor entgangen war. Er bückte sich neugierig über die Stelle, wo der Stein aufgetroffen war, doch zu seinem Erstaunen waren die Abdrücke verschwunden.

Dick richtete sich wieder auf, blickte sich im Krater um. Fraglos war dies hier die Stelle, an der sein Vater gestanden war; er hatte sie durch ein paar zusammenstrebende Wellenlinien, die er in das schwarze Glas gekratzt hatte, markiert. Aber wo waren die sternenförmigen Risse im Glas?

Da spürte er ein Kribbeln in seinem Genick, als seien Augen auf ihn gerichtet. Er warf einen schnellen Blick zum Verwaltungsgebäude zurück: An einem der Fenster flimmerte etwas. Ein Gesicht?

Unbehaglich wandte er sich wieder der Untersuchung des schwarzen Glases zu. Eine grobe Vertiefung im Obsidian stach ihm ins Auge, nahe der Stelle, an der er die drei Abdrücke in Erinnerung hatte. War jemand hierher gekommen und hatte das Indiz weggesprengt? Er wich plötzlich zurück, weil er daran denken musste, dass sein Kopf genau im Ziel war, wenn seines Vaters Feind jetzt am Katapult stand.

Als er jedoch zu der Klippe aus weißem Feldspat hinaufblickte, kam er zu dem Schluss, dass seine Fantasie mit ihm durchging. Was für eine Vorrichtung auch immer den Stein geschleudert haben mochte, sie musste schon längst abgebaut worden sein.

Wieder spähte Dick zu den Gebäuden des Observatoriums hinüber. Sie schimmerten im sanften, hellen Licht der Erde, die jetzt als volle Kugel am Himmel stand. Der Kraterboden breitete sich hinter dem Observatorium weiter aus, unbewegt wie ein finsterer Spiegel, der sich zehn Meilen bis zur gegenüberliegenden Felswand dehnte.

Niemand war in Sicht. Momentan würde sich niemand im Teleskop aufhalten. Dick überprüfte seinen Sauerstofftornister: Die Luft reichte noch für weitere vier Stunden.

Er hoffte, dass er von niemandem beobachtet wurde und rannte schnell, in Sprüngen von zwanzig und dreißig Fuß, zu dem weißen Steilfelsen hinüber. Dort angekommen, schnellte er die Klippe hinauf, indem er wie eine Bergziege von einem Halt zum anderen sprang. Ein paar Augenblicke später stand er auf dem runden Grat des Steilfelsens. Vorsichtig blickte er in die Runde, doch soweit er feststellen konnte, war seine Expedition hierher von niemandem bemerkt worden.

Er zog sich ein wenig zurück, überblickte die Oberfläche des Steilfelsens und die Kraterwand dahinter. Ein wildes Fleckenmuster aus Silber, Schwarz, Grau präsentierte sich ihm – Formen, Flächen, Kanten mit verrückten Winkeln, wie ein sehr schlecht abstraktes Gemälde. Es kostete ihn eine echte Anstrengung, dieses Gewirr von Formen in eine Perspektive zu bringen. Er bemerkte eine Reihe von rasiermesserscharfen Graten, die sich von der Hauptwand herabsenkten und drei dunkle, kleine Täler bildeten, alle mehr oder weniger vom Erdenlicht abgeschirmt. Dick starrte zu der Stelle am Kraterboden hinunter, wo der Stein aufgetroffen war, dann wandte er sich wieder den kleinen, dunklen Senken zu. In der ersten davon könnte ein Mensch recht gut sein Katapult ein paar Testschüsse zur Überprüfung seiner Zielgenauigkeit abgefeuert und dann gewartet haben, bis Dr. Murdock in die Schusslinie kam – alles völlig ungesehen.

Dick marschierte vorsichtig in die Schlucht hinüber. Einen Moment lang konnte er nichts sehen, dann gewöhnten sich seine Augen an das reflektierte Erdenlicht, das hereinsickerte und ein paar Felsbrocken und Grate trübe umriss.

Unbehaglich schaute er sich um. Falls es in der dunklen Vertiefung Spuren des Katapultes gab, so war er ohne Licht nicht in der Lage, sie zu sehen. Ein neuer Gedanke zuckte ihm durch den Sinn und ließ ihn auf der Stelle erstarren: Es war durchaus möglich, dass ihn eine teuflische Vorrichtung erwartete – ein herabstürzender Stein, eine Tretmine, eine Selbstschussanlage. Behutsam zog sich Dick wieder aus der Vertiefung zurück, denn das Gefühl drohender Gefahr war so stark geworden, dass er es trotz Vakuum fast riechen konnte.

Vor der großen, leuchtenden Scheibe der Erde erschien ein schwarzer Umriss. Dicks Herz stand still.

Die Gestalt hielt an, der Kopf drehte sich, blickte in das Tal. Dick, der in seinem Anzug feuchtkalt schwitzte, ging langsam in die Hocke, hob einen

Stein auf. Diese Bewegung lenkte die Aufmerksamkeit des Neuankömmlings auf sich. Ruckartig drehte sich der Kopf im Innern des Helms herum. Der Lautsprecher in Dicks Helm summte. »Bist du das da vorn, Dick?«

Dick erkannte die Stimme – es war Hutchings, der junge Buchhalter mit dem verkniffenen Gesicht. Er atmete tief ein. »Ja, ich bin's.«

»Was machst du denn hier oben? Warum schnüffelst du in diesen Felsen herum?«

Dick trat vor. »Warum interessiert Sie das denn so?«

Hutchings schniefte. »Dein Vater hat es zu meiner Sache gemacht. Er hat mir aufgetragen, dich im Auge zu behalten, dich nicht zu weit allein weggehen zu lassen. Obwohl – ich habe keine Ahnung, was das für einen Unterschied macht.«

»Also vergessen Sie's. Ich will nicht, dass Sie hinter mir herlaufen.«

»Ich habe meine Anweisungen.« Diese Anweisungen waren ein paar hastige Worte gewesen, von Dr. Murdock über die Schulter hinweg geäußert. Hutchings hatte sie finster entgegengenommen, aber jetzt, als er Dicks Widerwillen bemerkte, eröffnete sich ihm die Aussicht auf eine ganz neue Art der Unterhaltung. Wenn er Dr. Murdocks Anweisungen bis auf das i-Tüpfelchen genau befolgte, konnte er sich einen Spaß daraus machen, diesen Kleinen da jede Menge zu schikanieren und gleichzeitig jedem, der ihn zur Rechenschaft zog, eine Miene der Rechtschaffenheit präsentieren.

Hutchings hatte ein schmales Affengesicht mit schwarzen Augenbrauen und einem ständig mürrisch verzogenen Mund. Er hatte seinen Job einer fernen Verwandtschaft mit dem verstorbenen Dr. Vrosnek zu verdanken. Er war mit der Erwartung auf den Mond gekommen, eimerweise Diamanten und Mondrubine einsammeln zu können. Ein paar halbherzig unternommene Schürfausflüge hatten ihm jedoch nichts als schwarzen Fels und düstere Schatten gezeigt. Die Observatoriums-Routine langweilte ihn, und die Aussicht, Dick quälen zu können, wirkte auf ihn so, wie ein Schluck kühles Wasser auf einen durstigen Mann wirken musste.

»Jawoll«, sagte Hutchings, der sich am Anblick von Dicks ärgerlichem Gesicht weidete, »dein Vater hat mir aufgetragen, dich im Auge zu behalten und darauf zu achten, dass du dich nicht verirrst oder zu weit vom Observatorium wegwanderst. Und genau das werde ich tun.«

Dick war so wütend, dass es ihm den Atem verschlug. Er drehte sich um und marschierte den Abhang wieder hinunter. Jetzt überlegte er sich eine List, um Hutchings zu ärgern. Wenn Hutchings vorhatte, ihn im Auge zu behalten, dann würde er mit diesem Auftrag eine Menge Arbeit haben. Dick machte einen plötzlichen Sprung, der ihn dreißig Fuß weit den Hang hinauftrug. Und noch einen und noch einen. Er duckte sich hinter einen Vorsprung aus schwarzem Fels, tauchte zur Seite, ließ sich auf alle Viere nieder, krabbelte einen Geröllhang hinauf und kam oben auf einem sägezahnartigen Kamm heraus.

Hutchings war nirgends in Sicht, aber seine Stimme drang durch das Funkgerät an Dicks Ohren: ein Schwall ärgerlicher Rufe und gemurmelter Drohungen. Dick lachte zufrieden. Eine neue Idee kam ihm in den Sinn. Er suchte die Kraterwand ab; kam dann, nachdem er über eine Reihe von Vorsprüngen geklettert war, am Horizont heraus. Er rief ins Mikrophon: »Wo sind Sie denn, Hutchings? Ich dachte, Sie wollen mich im Auge behalten?«

Hutchings tauchte zweihundert Yards tiefer auf und suchte ärgerlich zwischen den Felsen herum.

»Hier oben bin ich«, rief Dick, »und ich klettere auf der anderen Seite hinunter. Wenn Sie mich im Auge behalten wollen, dann werden Sie sich ein bisschen schneller bewegen müssen.«

»Wenn ich dich einhole, du heimtückisches kleines Großmaul, dann wirst du dir wünschen, du wärst auf der Venus geblieben, wo du hingehörst!« Zornig stapfte Hutchings den Abhang herauf.

Dick flankte über den Grat hinweg, lief hundert Yards weit auf einem bequemen Plateau entlang, sprang wieder auf den Grat hinauf, spähte an der Kraterwand hinunter.

Hutchings war zu sehen, wie er den Hang hinaufkletterte, wobei er sich mit unbehofenen, taumelnden Sprüngen voranbewegte. Dick gluckste, da er Hutchings Kreuzzug mittlerweile genoss. Hutchings hörte dieses Glucksen und rief: »Ich werde dir die Ohren langziehen, wenn ich dich erwische!«

Dick rutschte vorsichtig in den Schatten einer hohen Felszinne hinunter, und als Hutchings über den Grat verschwand, ließ er sich so schnell er konnte die Kraterwand hinuntergleiten, erreichte den glasierten Boden und rannte mit Fünfzig-Fuß-Sätzen zum Observatorium zurück. Er erreichte das Verwaltungsgebäude und tauchte in die Schleusenkammer hinein.

Hutchings war nirgends in Sicht und suchte ihn

vermutlich noch immer – er stieß auf der anderen Seite der Kraterwand Drohungen aus.

Mit großer Zufriedenheit zog Dick seinen Raumanzug aus, hängte ihn in den Schrank und ging in sein Zimmer und duschte und zog sich um.

Zwei Stunden später kehrte Hutchings zurück. Dick saß allein im Aufenthaltsraum und las. Hutchings stürmte herein, das Gesicht kalkweiß vor Wut; ohne ein Wort zu sagen, durchquerte er den Aufenthaltsraum.

Dick sprang auf, zog die Hand mit dem Buch zurück, bereit, es zu werfen. Hutchings war klein, aber drahtig, und wenn es zu einem Kampf kam, dann konnte er es mit Dick mehr als mühelos aufnehmen. Dick wusste, dass er nicht nur seine Kraft, sondern auch seinen Verstand gebrauchen musste, wollte er einer Tracht Prügel entgehen.

Er huschte hinter einen Sessel. »Komm her, du erbärmlicher kleiner Feigling«, keuchte Hutchings.

Zur Antwort schlug ihm Dick das Buch über den Kopf.

Hutchings brüllte, hob den Sessel hoch, warf ihn nach Dick, der im nächsten Augenblick stolperte und fiel. Und dann war Hutchings über ihm und trat bösartig zu. Schmerz zuckte durch Dicks Rippen. Er rollte herum, packte einen von Hutchings Füßen, gerade als ihn der andere an der Wange erwischte. Sterne blendeten ihn, seine Zähne knirschten aufeinander. Er zerrte an dem Fuß. Hutchings taumelte, zappelte mit beiden Händen in der Luft herum und stürzte nach hinten. Dick warf sich auf ihn, schlug mit beiden Fäusten zu. Er traf ein Kinn und ein Auge. Hutchings brüllte.

»He, he«, sagte eine ärgerliche Stimme. »Was geht denn hier vor?« Professor Dexter trennte sie.

Hutchings Haltung veränderte sich schlagartig. »Ich schütze mich nur, Doktor. Nur weil er der Sohn des Chefastronomen ist, glaubt er, er kann sich aufführen, wie er will ...«

»Das stimmt überhaupt nicht!«, schrie Dick.

Atemlos fuhr Hutchings fort: »Dr. Murdock hat mich gebeten, auf ihn aufzupassen, dafür zu sorgen, dass er nicht in Schwierigkeiten kommt. Ich habe meine Anweisungen befolgt, aber das hat Dick nicht gefallen, und als ich ins Gebäude hereingekommen bin, hat er dieses Buch nach mir geworfen!«

»Das ist nicht wahr!«, protestierte Dick heftig. »Er ist zuerst auf mich losgegangen ... Er war sauer, weil ich ihm entwischt und wieder hereingekommen bin.«

Professor Dexter gestattete einem ziemlich verärgerten Lächeln, über sein Gesicht zu huschen. »Ganz gleich, was der Grund für dieses Theater ist, ich will nichts mehr davon hören. Habt ihr mich verstanden – ihr beide?«

»Je weniger ich von ihm sehe, desto besser«, knurrte Dick.

»Ich soll auf ihn aufpassen«, sagte Hutchings boshaft.

Professor Dexter musterte ihn forschend und mit Widerwillen. »Und wer macht Ihre Arbeit, während Sie Dick beobachten?«

»Ich bin völlig auf dem Laufenden, und außerdem befolge ich nur meine Anweisungen.«

»Mein Vater hat ihm bestimmt nicht gesagt, er soll mir wie ein Schoßhund auf den Fersen bleiben«, erklärte Dick. »Da kenne ich ihn besser.«

Professor Dexter sagte ungeduldig: »Nun, er wird ja in ein paar Tagen zurück sein, und dann könnt ihr euch mit ihm direkt auseinander setzen – so oder so. In der Zwischenzeit keine weiteren Schlägereien. Hutchings, Sie kümmern sich jetzt wohl besser um Ihr Auge.«

Nachdem Hutchings gegangen war, wandte sich Professor Dexter an Dick. »Ich will kein Tyrann sein, Dick, aber ich halte es für besser, wenn du nicht mehr allein hinausgehst, bis dein Vater zurückkommt. Einem Menschen, der allein draußen herumwandert, können allerhand Dinge zustoßen: Sein Sauerstofftornister kann sich losreißen; er kann sich mit einem Fuß in einem Spalt verfangen; er könnte sogar in einen der Abgründe fallen. Es ist gefährlich, und obgleich ich keinen Zweifel daran habe, dass Hutchings die Anweisungen deines Vaters überzieht, ist es theoretisch ein guter Gedanke, dass niemand allein auf dem Mond herumspazieren soll.«

Dick nickte. Er war gleichermaßen ärgerlich und enttäuscht, aber er konnte die Gerechtigkeit von Professor Dexters Entscheidung nicht anzweifeln. »Wie Sie meinen.« Er hob sein Buch auf, stellte den Sessel wieder auf die Füße – wobei er den Schmerz in seiner Rippengegend tapfer ignorierte –, setzte sich und vertiefe sich wieder in seine Lektüre.

Das Abendessen war für Dick ziemlich ungemütlich, und für Hutchings wahrscheinlich noch mehr, der hinsichtlich seines blauen Auges eine beträchtliche Hänselei zu ertragen hatte.

Gleich anschließend ging Dick in sein Zimmer, wo er aus Mangel an einer besseren Beschäftigung begann, an seinem Kofferradio herumzuspielen – eine sinnlose Beschäftigung, weil es auf dem Mond nur eine Sendefrequenz gab, das offizielle Observatoriumsband, das für Nachrichtensendungen und wichtige Mitteilungen reserviert war. Folglich war Dick, als er die Wellenlänge durchging, erstaunt, eine Stimme aus dem Lautsprecher zu hören, die eine Liste von Zahlen und Buchstaben ablas.

Hastig überprüfte er den Senderwähler, fand jedoch keinen Fehler. Inzwischen fuhr die Stimme fort – eine Stimme, die Dick zugleich vertraut und fremdartig vorkam; so sehr er sich auch anstrengte, er konnte sie nicht identifizieren. Auf einen plötzlichen Impuls hin griff er nach Bleistift und Papier und begann, die Zahlen und Buchstaben in der Reihenfolge mitzuschreiben, in der sie gesprochen wurden: »RGA66953 CMP55248 TWZ72221 BJO48438 ...« Die Stimme sprach drei oder vier Minuten lang weiter, brach dann abrupt ab.

Dick saß da und starrte das kleine Gerät an, unter seinen Nackenhärchen im Genick kribbelte es. Da war etwas Unheimliches und Beängstigendes an dieser Stimme, die sprach, wo keine Stimme hätte sprechen sollen. Sende war der Funker; war es Sendes Stimme? Dick konnte es beim besten Willen nicht definitiv sagen. Allerdings befand sich hier im Observatorium die einzige Sendestation des Mondes – das wusste er ganz sicher. Wenn er nach unten raste, konnte er den geheimnisvollen Funker vielleicht noch auf frischer Tat ertappen.

Er stürzte aus seinem Zimmer, die Treppe hinunter, den Röhrengang entlang, zur Funkbaracke. Die Tür war verschlossen. Er klopfte an. Keine Antwort. Er wartete zwei oder drei Augenblicke, dann schlenderte er zweifelnd den Korridor entlang zurück.

Feste Hände packten seine Schultern. Dick wand sich, erstarrte. Langsam drehte er sich um, weil er davor Angst hatte, was er sehen könnte.

Sendes glitzernde, goldene Augen starrten aus einer Entfernung von nur sechs Zoll in die seinen; die Hakennase berührte die seine fast. »Hallo, junger Mann«, kam Sendes harte, trockene Stimme. »Und was machst du hier unten?«

Dick erwiderte seinen Blick. Seine Augen schienen größer zu werden, schrecklich in die seinen zu starren. Er blinzelte; es waren gelbe Augen von normaler Größe. »Ich ... ich bin heruntergekommen, weil ich ... nachsehen wollte, ob Sie schon zurückgekommen sind«, sagte er stockend. »Ich wollte wissen, ob mein Vater richtig weggekommen ist.«

Sende gab keine Antwort. Dick wich vor ihm zurück, drehte sich um und rannte den Korridor entlang. Er stieg die Treppe hinauf, klopfte an Professor Dexters Tür.

»Herein«, ertönte Dexters schneidende Stimme.

Dick platzte ins Zimmer. »Nun, Dick?«

Dexter saß an seinem Schreibtisch und trug einen schwarzen Satin-Bademantel; mit seinen schwarzen Haaren, den dunklen Augen und dem ernsten, bleichen Gesicht sah er aus wie ein besonders intelligenter römischer Senator.

»Nun, Dick?«, sagte Dexter noch einmal.

Ohne jede Einleitung kam Dick sofort zur Sache. »Ich habe gerade zufällig eine Stimme gehört, die diese Zahlen gelesen hat. Das ist mir seltsam vorgekommen ... Ich habe geglaubt, es hätte etwas mit den Piraten zu tun ... Deshalb bin ich in die Funkerbaracke hinuntergerannt. Sie war verschlossen, aber direkt davor bin ich Sende begegnet. Ich bin nicht sicher, aber es hat sich irgendwie nach seiner Stimme angehört. Ein wenig tiefer und voller vielleicht.«

Professor Dexter musterte Dick ziemlich eingehend, während er mit den Fingern auf seinen Schreibtisch klopfte. »Zahlen und Buchstaben, sagst du?«

»Ja. Es hat sich wie eine Chiffre oder eine Art Code angehört.«

Dexter schüttelte den Kopf. »Ich verstehe das nicht ... Was hat Sende gesagt?«

»Nichts. Ich weiß nicht sicher, ob er die Baracke nun gerade verlassen hat oder nicht.«

Dexter machte eine abrupte Handbewegung. »Ich werde morgen hineinschauen. Heute Abend können wir nichts mehr tun. Sende weiß vielleicht etwas von der Sache, und wenn das so ist, dann werde ich es herausfinden.« Er grübelte herum, seine Finger pochten weiter auf die Tischplatte. »Ich denke, du behältst deine Entdeckung besser für dich, wenigstens, bis dein Vater wieder da ist. Er trägt die Verantwortung.« Er stand auf. »Heute Abend gibt es nichts mehr, was wir tun könnten, und so schlage ich dir vor, du siehst zu, dass du zu deinem Schlaf kommst.«

Dick kehrte zögernd in sein Zimmer zurück, obwohl es, wie Professor Dexter ja gesagt hatte, wirklich nichts mehr gab, was an diesem Abend noch hätte getan werden können. Er zog sich langsam aus und legte sich ins Bett. Unvermittelt fiel ihm ein, dass er etwas Wichtiges vergessen hatte; er verschloss die Tür und kehrte ins Bett zurück. Bald verfiel er in einen unruhigen Schlummer ... und wurde irgendwann durch ein leises Geräusch geweckt. Er riss die Augen auf, starrte auf den Türknauf. War es seine

Einbildung, oder drehte sich der Knauf wirklich langsam wieder in die Normalstellung zurück? Er setzte sich auf, starrte die Tür an, aber weder das Geräusch noch die Bewegung wiederholten sich. Steif und wund von seinem Kampf mit Hutchings, angespannt von seiner Wache, sank er lange Minuten später in die Kissen zurück.

Später wusste er nicht mehr, wie lange er noch wach gelegen war. Ihm war nicht bewusst, dass er einschlief, aber als er das nächste Mal erwachte und auf seine Uhr schaute, war es bereits acht Uhr und Zeit zum Frühstück; er hatte zu lange geschlafen.

Er wusch sein Gesicht, zog sich an und eilte ins Kasino hinunter. Hutchings, der in sich zusammengesunken in einer Ecke saß, warf ihm aus seinem verfärbten Auge einen bösen Blick zu. Dick ignorierte ihn und nahm Platz.

Croft und Matucevitch, fest angestellte Astronomen, saßen ihm gegenüber. Dick war in Gedanken versunken, war sich ihrer gemurmelten Unterhaltung gar nicht bewusst, bis Croft ihn anstieß. »Du bist doch auf der *African Star* von der Venus herübergekommen, nicht wahr, Dick?«

»Ja, was ist damit?«

Croft blickte ihn sonderbar an. »›Was ist damit?‹ fragt er. Wo bist du bloß den ganzen Morgen gewesen?«

»Ich habe verschlafen. Was ist mit der *African Star* passiert?«

Matucevitch sagte knapp: »Sie hat es hinter sich.«

Dick saß wie erstarrt. »Der Basilisk?«

Croft nickte. »Wir haben das SOS aufgefangen. Nur ein paar Worte, wie Sende sagt. Etwas wie ›Von Piratenschiff angegriffen. Hilfe ...‹ Und das war alles.«

IX
Blut auf dem Mond

Dick kehrte in sein Zimmer zurück, legte sich mit hinter dem Kopf verschränkten Armen auf das Bett. Er dachte an die vertrauten Gesichter an Bord der *African Star*: Capitän Henshaw, Henry, den belesenen Bootsmann, die hübsche Stewardess. Sie alle waren tot, schrecklich getötet durch die Explosion ihrer eigenen Körper. Verhasst, abscheulich, schändlich – der Basilisk! Kummer und Wut erwürgten Dick fast. Er ballte seine Finger zur Faust; wenn er doch nur eine Pistole hätte – und der Basilisk ihm gegenüber im Zimmer sitzen würde! Der Basilisk! Dick sprach dieses eine Wort immer wieder vor sich hin, wobei er seinen Hass beinahe genoss. Aber da war mehr als Hass – da war auch Angst. Der Basilisk schien plötzlich realer, mächtiger und schrecklicher als je zuvor. Eine Gestalt, die wie eine große Wolke über dem Observatorium aufragte.

Er musste ein Irrer sein, dachte Dick, wenn er überhaupt ein menschliches Wesen ist. Er dachte über die Persönlichkeit des Basilisken nach: Da war Verschlagenheit – rücksichtslose, eiskalte Grausamkeit, so stark ausgeprägt, dass man sich unwillkürlich fragte, ob ein menschliches Wesen zu solch unmenschlichen Taten überhaupt fähig war. Man *wollte* es einfach nicht glauben. Und wie leicht fiel einem da der Gedanke, dass es vielleicht Außerirdische waren, die ... Auch Dick fiel auf diese verführerische Möglichkeit herein – wenigstens für eine Weile. Er überlegte: ist es tatsächlich so völlig ausgeschlossen, dass es fremde Wesen sind? Gewiss gab es doch zwischen den Millionen und Milliarden Sternen auch noch andere intelligente Rassen ... Warum sollten solche Wesen nicht auch näher am Sonnensystem zu Hause sein? Er dachte an die Mondeingeborenen des Irren Sam. War es möglich, dass der Irre Sam Recht hatte und sich die gesamte Phalanx irdischer Wissenschaftler irrte? Aber es waren noch weit seltsamere Dinge geschehen. Die Stimme, die die heimliche Botschaft über Funk gesprochen hatte, war unverwechselbar menschlich gewesen; zweifelsohne waren also menschliche Wesen mit dem Basilisken verbündet, ganz gleich, ob er selbst nun ein Mensch war oder nicht.

Dick erhob sich, ging an sein Radio, schaltete es ein. Stille. Nicht einmal ein Ätherrauschen. Er nahm das Papier, auf dem er die Buchstaben und Zahlen der Sendung des vorigen Abends notiert hatte. Gewiss war es eine Art Geheimsprache und konnte von einem erfahrenen Kryptologen leicht entschlüsselt werden.

Er betrachtete die Zeichen vom Standpunkt eines solchen Experten aus. Er wusste, dass der häufigste Buchstabe in der englischen Sprache das *E* war. Wenn die Geheimsprache also nach einem einfachen Austauschprinzip funktionierte, dann konnte er damit rechnen, festzustellen, dass ein ganz bestimmter Buchstabe mit beträchtlich größerer Häufigkeit vorkam als die anderen.

Er setzte sich an den Tisch und listete jedes Zeichen mit der Häufigkeit seines Vorkommens in der Nachricht auf, und gelangte so zu folgender Tabelle.

A-7	I-8	Q-3	0-22	8-24
B-5	J-6	R-8	1-26	9-27
C-4	K-5	S-4	2-29	
D-7	L-6	T-6	3-25	
E-7	M-7	U-5	4-20	
F-9	N-6	V-7	5-21	
G-5	O-8	W-6	6-26	
H-6	P-4	X-8	7-25	

Als er diese Tabelle betrachtete, war er verwirrter als zuvor. Im Durchschnitt kamen die Zahlen drei- oder viermal so oft vor wie die Buchstaben. Y und Z kamen überhaupt nicht vor. Es fiel plötzlich schwer, zu glauben, die Geheimsprache fuße auf einem einfachen Ersatzprinzip. Es sei denn – ein Buchstabe in der Klarbotschaft wäre in der Geheimbotschaft durch mehr als ein Zeichen dargestellt worden.

Dick kaute auf seinem Bleistift. Irgendwie schien das nicht der Fall zu sein; die Einheiten hatten einen zu regelmäßigen Zahlenumfang. Er machte eine zweite Tabelle.

2	kommt vor 29 mal	F	kommt vor 9 mal
9	kommt vor 27 mal	I, O, R, X	kommt vor 8 mal
1 + 6	kommt vor 26 mal	A, D, E, M, V	kommt vor 7 mal
3 + 7	kommt vor 25 mal	H, J, L, N, T, W	kommt vor 6 mal
8	kommt vor 24 mal	B, G, K, U	kommt vor 5 mal
0	kommt vor 22 mal	C, P, S	kommt vor 4 mal
5	kommt vor 21 mal	Q	kommt vor 3 mal
4	kommt vor 20 mal		

Kaum ein typisches Muster in der Buchstabenhäufigkeit, dachte er. Die Auflösung der Geheimsprache erforderte zweifellos eine andere Methode. Er betrachtete wieder die ursprüngliche Botschaft und kam sich beinahe sofort ein wenig lächerlich vor. Das Muster der Geheimsprache war ganz eindeutig: drei Buchstaben, gefolgt von fünf Zahlen. Insgesamt gab es 147 Buchstaben und 245 Zahlen, sodass es selbst bei einer Zufallsauswahl von Buchstaben einen Durchschnitt von 24 Vorkommen pro Ziffer und 6 Vorkommen pro Buchstaben geben musste.

Also schien klar, dass jede Gruppierung von drei Buchstaben und fünf Zahlen einen separaten Block darstellte, von denen es insgesamt – Dick zählte – neunundvierzig gab.

Neunundvierzig Worte oder neunundvierzig Buchstaben? Es war durchaus möglich, dass jede Gruppierung auf ein Wort in einem Standardwerk wie beispielsweise dem *NEUEN EINE-WELTWÖRTERBUCH* verwies. Irgendetwas kitzelte tief in Dicks Gehirn. Er starrte die erste Gruppierung an: RGA66953. Wo hatte er solch eine Anordnung von Buchstaben und Zahlen schon einmal gesehen? Es war erst vor kurzem gewesen. Er hatte einen plötzlichen Eindruck von dunklen Schatten, gedämpftem Licht, einer kräftigen, volltönenden Stimme. Dick sprang auf. Isel Bayer und sein Sternenindex!

In neuer Erregung überprüfte er seine Zahlenliste noch einmal sorgfältig. Wenn seine Vermutung stimmte, dann stellte jede der neunundvierzig Gruppen einen Stern dar. Langsam setzte er sich wieder hin, fühlte sich unzulänglich und wünschte, sein Vater wäre im Observatorium. Er sah auf seine Uhr und den Kalender. Noch fast vier Tage bis zur Rückkehr seines Vaters.

Dick machte eine ordentliche Abschrift der Botschaft und steckte sie in seine Tasche. Er stand zwei oder drei Augenblicke unschlüssig in der Mitte des Raumes und überlegte, ob er Professor Dexter um Hilfe bitten sollte oder nicht.

Er zuckte mit den Schultern. Es gab keinen Grund, weshalb das nötig sein sollte. Isel Bayer schien sein Interesse am Sternenindex als selbstverständlich erachtet zu haben, und er würde vermutlich nichts Seltsames dabei finden, wenn Dick jetzt darum bat, die Bände selbst betrachten zu dürfen.

Dick ging in die Bibliothek hinunter, aber zu seiner Überraschung weigerte sich Bayer rundheraus, den Sternenindex aus den Händen zu geben. Während er seine dünnen, weißen Finger in seinen Wust flauschiger, weißer Haare harkte, sagte er verdrießlich: »In diesen Index ist zu viel Arbeit eingeflossen, als dass ich ihn jedem Tom, Dick und Harry herausgeben würde, der danach fragt. Wenn du einen triftigen und wissenschaftlichen Grund vorbringen kannst, weshalb du ihn anforderst, dann habe ich nichts dagegen einzuwenden. Aber wenn du ihn einfach nur aus bloßer Neugier durchblättern willst – nein. Für diese Art der Verwendung gibt es bessere Bücher.«

»Aber ich habe einen triftigen Grund«, protestierte Dick.

Isel Bayer richtete die Scheiben der dunklen Brille voll auf ihn. »Und was könnte das für ein Grund sein?«

Dick stotterte und stammelte, konnte aber keinen plausiblen Vorwand dafür finden, weshalb er die Bücher anzusehen wünschte.

»Wenn du Fragen hinsichtlich irgendwelcher Sterne hast«, sagte Bayer in beißendem Ton, »brauchst du nur zu fragen. Ich versichere dir, ich habe ein fundiertes Wissen, was dieses Thema betrifft.«

Dick erhob sich. »Wenn ich Professor Dexters Einverständnis bekomme ...«

Bayer nickte. »Dann habe ich keine Wahl. Solange dein Vater abwesend ist, hat Professor Dexter die Leitung.« Sein Tonfall ließ darauf schließen, dass, soweit es ihn betraf, Professor Dexter die Leitung auch beibehalten könnte.

Dick überquerte den Flur zu Dexters Büro und klopfte an. Dexters trockene Stimme rief: »Herein.« Als Dick eintrat, wandte er sich in seinem Sessel um. »Nun, Dick?«

»Professor Dexter, ich würde gerne den Sternenindex studieren, aber Professor Bayer weigert sich, das zuzulassen, sofern ich nicht Ihre Erlaubnis bekomme.«

Dexter betrachtete ihn nachdenklich. »Ich sehe nicht ein, welchen Schaden du dem Sternenindex zufügen könntest.«

»Nein, ich habe auch nicht vor, irgendwelchen Schaden anzurichten.«

»Kannst du Professor Bayer dein Problem nicht darlegen? Er wäre geschmeichelt und würde bestimmt gerne helfen.«

»Nein«, erwiderte Dick verzweifelt. »Das will ich nicht. Es ist eine ziemlich private Angelegenheit. Eigentlich versuche ich, diese Botschaft zu entschlüsseln – diejenige, die ich gestern Abend gehört habe.«

»Oh!« Professor Dexter klopfte sich mit dem rechten Zeigefinger gegen die Zähne. »Ich verstehe ...

Du möchtest die Art deiner Nachforschungen geheim halten.«

»Ja, genau das ist es.«

»Nun, völlig richtig.« Er griff nach dem Telefon. »Ich sehe keinen Grund, warum du keinen Zugang zum Sternenindex haben solltest.« Er nickte Dick zu. »Geh nur in die Bücherei zurück. Ich werde die Angelegenheit mit Professor Bayer regeln.«

»Sie werden nicht verraten, was ich mache?«, fragte Dick.

»Nein, kein Wort.«

Als Dick in die Bibliothek zurückkam, sah er Sende vor dem Schreibtisch stehen, den Kopf wie eine in der Schwebe gehaltene Axt zu Professor Bayer hinuntergesenkt.

Bayer sagte ins Telefon: »Völlig in Ordnung, Professor; sicher, völlig in Ordnung.« Er drehte sich zu Dick herum, und seine Haltung war buchstäblich verwandelt.

»Gut, gut, Dick, Professor Dexter hält es für eine gute Idee von dir, dass du den Sternenindex studieren willst, und ich bin sicher, ich habe keinen Grund, dir dies zu verbieten. Welchen Band möchtest du haben?«

»Alle – bitte.«

»Du darfst die Bibliothek nicht mit ihnen verlassen, das verstehst du.«

»Ich werde an dem Tisch da hinten arbeiten.«

Professor Bayer schloss ein Schränkchen auf und trat beiseite, während Dick den Index, immer drei Bände auf einmal, zu dem Tisch im Hintergrund des Raumes trug.

»Noch etwas, Dick?«

»Nun – ich hätte noch gern einen Satz Sternenkarten.«

»Sie sind im Index enthalten.«

»Danke.« Im Bewusstsein von Sendes stechendem Blick ging Dick an den Tisch, breitete seine Notizen aus und fing an zu arbeiten.

Sende wechselte ein paar gemurmelte Sätze mit Bayer und verließ die Bücherei.

Die Anlage des Indexes war Dick rasch klar. Nach einem kurzen Augenblick entdeckte er den Stern, der der ersten Gruppe von Buchstaben und Zahlen auf seiner Liste entsprach. Anders als die gewaltige Mehrzahl der verzeichneten Sterne trug dieser Stern eine Hilfsbezeichnung: Rho Ophiuchi. Dick blätterte den Index nach dem nächsten Stern durch, der sich als Iota Sagittarii herausstellte. Der dritte Stern war kein geringerer als Alpha Lyrae oder Wega.

In der Gewissheit, dass er jetzt einer wirklich bedeutsamen Entdeckung auf der Spur war, widmete er sich seiner Aufgabe mit vollständigem Vertieftsein. Eine Gruppe nach der anderen wurde zu einem Stern, und jeder trug in Klammern einen Namen aus der älteren Nomenklatur. Neunundvierzig Buchstabengruppen wurden zu neunundvierzig Sternen.

Dick schloss den letzten Band des Indexes mit einem tiefen Seufzer der Zufriedenheit. Ein Reflex auf Isel Bayers dunkler Brille zog seine Aufmerksamkeit auf sich. Er schaute auf, starrte ein wenig trotzig durch den Raum. Bayers Kopf drehte sich leicht, aber Dick hatte trotzdem das Gefühl, dass die Augen hinter dem Schutz der Gläser jede seiner Bewegungen beobachteten. Mit einem unguten Gefühl machte er sich wieder an die Arbeit, wobei er Bayer jedoch im Auge behielt.

Dann schlug er den Index zur Hauptsternkarte auf und machte die verschiedenen Sterne ausfindig, weil er hoffte, so eine Art Muster zu entdecken, aber die Ergebnisse waren nicht überzeugend.

Er lehnte sich in seinem Sessel zurück. Neunundvierzig Sterne. Irgendwie waren sie mit dem Schicksal der *African Star* verknüpft.

Die Lösung durchzuckte ihn mit einem grellen Blitz. Wie hatte er nur so begriffsstutzig sein können, dass er es nicht sofort bemerkt hatte? Die griechischen Buchstaben bildeten die Botschaft: Rho Ophiuchi bedeutete *R*; Iota Sagittarii war *I;* Alpha Lyrae war *A;* Keppa Ursae war *K*.

Eilig übertrug Dick die gesamte Botschaft, nur bei Theta Orionis und Theta Gemini zögerte er, bevor er beide mit *Th* verzeichnete, und dann noch einmal bei Phi Argo Navis, für den er *F* schrieb.

Die vollständige Botschaft lautete:

RIKANSTARDEPONETHIRTYMONAKTOGFOUR-OURSIXTEENTHGKORSA.

Zuerst kam ihm die entschlüsselte Botschaft so verwirrend vor wie das Original. Aber bestimmte Worte waren klar: »star«, »one«, »thirty«, »four«, »our«, »sixteenth«.

Er trennte die bekannten Wörter auseinander, und die Botschaft wurde zu: RIKAN STAR DEP ONE THIRTY MONAK TOG FOUR OUR SIXTEENTH GKORSA.

Dick fiel ein, dass er die Sendung nicht von Anfang an gehört hatte; dass er einen Teil davon versäumt hatte. In diesem Licht gesehen, war RIKAN eindeutig der Rest von »African«, da es keine griechische Entsprechung des Buchstaben *C* gab.

Wie er vermutet hatte, betraf die Botschaft offenbar die *African Star,* augenscheinlich hatte sie mit dem Kurs des Schiffes zu tun.

In diesem Fall könnte DEP leicht für »departs« – startet – stehen, und das MON hinter thirty – dreißig – bedeutete wahrscheinlich »Monday« – Montag.

»*African Star* startet Montag ein Uhr dreißig«, lautete jetzt die erste Hälfte der Botschaft. Aber was bedeutete »AK TOG FOUR OUR SIXTEENTH GKORSA«?

Dick rätselte eine halbe Stunde daran herum, ohne dass ihm die ersehnte Erleuchtung kam.

Isel Bayer erhob sich, warf Dick einen Blick zu und ging steifbeinig aus dem Raum.

Dick legte das Blatt Papier hin, lehnte sich in seinem Sessel zurück, starrte zur Decke hinauf. Wenn man die Abflugzeit des Raumschiffes kannte, welche weiteren Informationen waren dann notwendig, bis man es in den riesigen, leeren Weiten des Raumes exakt lokalisieren konnte? Selbstverständlich die Richtung, in die es unterwegs war, und die Geschwindigkeit, mit der es sich bewegte.

Die Geschwindigkeit eines Raumschiffes veränderte sich jedoch mit jedem verstreichenden Moment; Beschleunigung – das war der bedeutsame Faktor. Das Wort »Beschleunigung« war der Schlüssel. Dick überflog die Botschaft, erfasste den Sinn der Buchstaben AK – das war die Abkürzung für »Acceleration« – Beschleunigung. Er las weiter – der Buchstabe G bedeutete »Gravity« – Schwerkraft – und TO stand für »two«, zwei.

»Beschleunigung zwei Grav, vier –« OUR musste

»hours« gleich Stunden heißen, weil das griechische H nicht durch ein eigenständiges Zeichen dargestellt wurde. Also »sechzehntel Grav«. Damit waren der Abflug und die Beschleunigung festgelegt. KORSA konnte sich nur mehr auf den Kurs beziehen. »Course« – Kurs – A? *A* konnte entweder auf einen vorbestimmten Code schließen lassen, oder es könnte sogar – Dick schaute wieder auf seine Liste – »in Richtung von Alpha Scorpionis« oder Antares heißen. Aber das machte wenig Unterschied. Der Kern der Entdeckung war, dass irgendjemand entweder im Observatorium oder aus dessen Nähe Informationen über Raumschiffe sendete, die die Erde verließen – Informationen für unbekannte Personen, vermutlich sogar für den Basilisken.

Dick faltete seine Papiere sorgfältig zusammen, steckte sie in seine Tasche. Professor Bayer war noch nicht in die Bibliothek zurückgekehrt, deshalb trug Dick die Bücher zum Schrank zurück und stellte sie sorgsam wieder hinein.

Er wollte in sein Zimmer hinaufgehen, zögerte dann aber. In diesem Augenblick machte es ihm nichts aus, allein zu sein. Er schaute zu Professor Dexters Zimmer hinüber, ging los, zögerte und entschied, sein Wissen für sich zu behalten, bis sein Vater zurück war. Es gab niemanden, dem er vertrauen konnte. Jeder im Observatorium stand unter Verdacht – Dexter eingeschlossen.

Er ging in den Aufenthaltsraum hinunter, wo er den Irren Sam ungeduldig hin und her schreiten und vor sich hinmurmeln sah. »Hat mir zwei neue Düsen versprochen – Dr. Murdock, meine ich«, sagte er mit betrübter Stimme zu Dick. »Hat mir klipp und klar gesagt, dass ich sie haben könnte, um meinen kleinen Ersatzkarren damit zu reparieren. Und jetzt sagt mir der alte Dingsbums – ah, mir fällt sein Name nicht ein – also, der sagt – nichts tut sich. Was hältst du davon, Junge?« Und er warf Dick einen durchdringenden Blick zu. Offenbar hatte er seinen Streit mit Dick vergessen.

»Ich nehme an, sobald mein Vater wieder hier ist, werden Sie Ihre Düsen bekommen.«

Der Irre Sam schlug Dick mit seiner schwieligen alten Hand auf die Schulter. »Das ist es, mein Junge – warum hab' ich daran bloß nicht selbst gedacht? Ich brauche nur abwarten. Der alte Dingsbums – ganz egal wie er heißt – kann sich zum Teufel scheren! Und nun, was hältst du davon, wenn wir auf einen kleinen Schürf-Ausflug gehen würden, he?«

Dick dachte sofort an den Vorsprung, wo er den purpurnen Kristall gefunden hatte. »Ich würde sehr gern mitkommen.«

»Okay, dann zieh dir deinen Anzug an, und wir zischen los. Hinaus über die Baxter-See ins Ödland.«

»Ich fliege!«, versprach Dick. »Ich muss nur Professor Dexter sagen, wohin ich gehe.«

Er lief die Treppe hinauf und zu Professor Dexters Büro, klopfte an und trat dann auf die forsche Aufforderung hinein.

Wie gewöhnlich saß Dexter hinter seinem Schreibtisch und blickte kaum auf, als Dick den Raum durchquerte. »Na, was gibt es diesmal, Dick?«

»Der Irre Sam hat mich zu einem Schürfausflug eingeladen. Ich dachte, ich sage Ihnen das besser, weil Sie mir doch gestern befohlen haben ...«

Dexter nickte. »Beim Irren Sam bist du sicher.

Denk daran, deinen Sauerstoff-Vorrat zu überprüfen.«

»Ja, Sir!« Dick stürmte wieder nach unten. Der Irre Sam war bereits im Umkleideraum und zog seinen Raumanzug an.

Zehn Minuten später torkelte das wackelige Raketenfloß in den luftlosen Mondhimmel davon. Der Krater mit dem Observatorium blieb hinter ihnen zurück und schien immer kleiner zu werden. Das bizarre schwarze Meer breitete sich bis zum fernen Horizont aus. Vor ihnen türmte sich die Baxter-Spitze empor. Sie schwebten daran vorbei, glitten dann tiefer und über eine Fläche, die der Irre Sam großartig als »Mare Baxteria – das alles, vom Osten bis zum Westen« bezeichnete.

Als Dick über die Schulter zurückblickte, glaubte er, einen Schatten zu sehen – er huschte über die Baxter-Spitze herunter, die jetzt hinter ihnen lag. Er strengte seine Augen an, aber wenn da irgendwo ein fliegendes Objekt war, so konnte er es zwischen den winkeligen Graten und Mitternachtsschatten nicht mehr ausmachen.

Weit links erspähte Dick einen Umriss, den er zu erkennen meinte. »Ist das da drüben die Baxter-Mesa?«, fragte er.

»Recht hast du, es ist die Baxter-Mesa.«

»Wollen wir zu diesem Vorsprung zurückkehren? Ich würde mir gerne noch ein paar Turmaline holen.«

»Dein Wunsch ist mir Befehl.« Sam schwenkte das Floß herum. Die Baxter-Mesa wurde immer größer. Unter ihnen tat sich Baxters Bodenloses Loch auf, vor ihnen lag der Vorsprung mit den Turmalinen.

Der Irre Sam landete das Floß und sprang ab. »Hier haben wir sie, fein wie Samt, die besten Turmaline auf dem ganzen Mond, zwanzig Fuß von dir entfernt.« Er schien in ausgezeichneter Laune. Dann, als würde er sich an den Vorfall mit der Pergamentkarte erinnern, hob er ostentativ den Werkzeugkastendeckel. »Nichts da, mein Bursche. Diesmal kein spionieren.« Er kicherte. »Aber, aber.« Er winkte mit der Hand, als Dick protestieren wollte. »Ich bin ja bereit, zuzugeben, dass es ein Zufall war, aber der Irre Sam lässt Zufälle nicht zweimal vorkommen. Jetzt mach dich an die Arbeit, such' dir einen Eimer voll Turmaline zusammen, und dann zischen wir los, und ich zeige dir ein paar richtige Juwelen.«

Dick lächelte. »Sie wollen, dass ich ein paar richtige Juwelen sehe? Kommen Sie mit mir – ich werde Ihnen ein paar zeigen.« Er stapfte den Vorsprung entlang bis zu der Stelle, an der er den feurigen Purpurkristall gefunden hatte, und Sam hüpfte hinterher, offensichtlich verwundert. »Was soll denn das alles?«

»Passen Sie nur gut auf«, sagte Dick.

Dort, wo die schwarze Ader schräg durch den Porphyr verlief, setzte er seine Spitzhacke an und begann zu graben.

»Hinter was bist du denn nur her, Sohn?«, fragte Sam mit neugieriger Stimme.

Als Dick den Kopf drehte, um zu antworten, blickte er ganz und gar zufällig nach oben. Seine Stimme kratzte ihm in der Kehle – er kreischte: »Vorsicht!« und warf sich zur Seite.

Ein schwarzer Umriss wurde größer, größer, und krachte dann genau dort auf den Vorsprung, wo er gerade noch gestanden war – ein gewaltiger schwarzer Felsblock. Der Vorsprung wurde zerschmettert, ein Felssplitter wirbelte in den Weltraum hinaus, der Gesteinsbrocken ebenfalls.

Ein fürchterlicher Schrei gellte in Dicks Ohren, ließ den Lautsprecher klirren. Er sah Sam in die Leere taumeln, wie von Sinnen nach einem Halt suchen, gegen den Felsblock treten, der ihn hinausgestoßen hatte. Zuerst langsam, dann immer schneller fiel Sam. Er verschwand in der Schwärze von Baxters Bodenlosem Loch, aber sein entsetztes Schreien hallte in Dicks Ohren, während er fiel. Dann herrschte völlige Stille …

X

Das Ding mit den goldenen Augen

Dick stand so fest gegen den Porphyr der Klippe gepresst, dass er das Gestein durch das Material seines Raumanzuges hindurch spürte. Seine Augen wölbten sich aus den Höhlen, seine Finger verursachten verschwitzte Falten in den wollenen Innenhandschuhen, sein Mund war aufgesperrt und seine Zunge pulvertrocken. Langsam kehrte das Blut in sein Gehirn zurück, seine Knie lockerten sich, sein Mund schloss sich und sein Brustkorb hob und senkte sich in einer Folge schmerzender Atemzüge. Und durch die erste Lähmung jeden Empfindens sickerte eine Flut der Furcht – körperliches Entsetzen. Der herunterstürzende Felsbrocken konnte ein Zufall gewesen sein, aber Dick machte sich keine Illusionen. Er war zeitlich zu perfekt abgestimmt gefallen, war zu genau gezielt gewesen. Und jetzt kamen ihm zwei Fragen – oder vielmehr eine einzige große Angst mit zwei verschiedenen Aspekten – in den Sinn: Hatte der Felsbrocken ihm oder Sam gegolten? Und wenn Sam nur zufällig das Opfer geworden war – würde der Meuchelmörder zum Vorsprung herunterklettern, und sich dann um ihn, Dick, kümmern?

Vorsichtig glitt er auf dem Sims entlang, wobei er sich dicht wie ein Schatten gegen das Gestein presste, und so erreichte er den Schutz eines überhängenden Felsvorsprungs. Aus der Finsternis heraus blickte er zum oberen Rand der Klippe hinauf, und das war

alles, was er tun konnte, um seine Hoffnungslosigkeit und sein Entsetzen unter Kontrolle zu halten. Ein Gegner, den er sehen konnte – ein Mensch, ein Tier –, wäre eine Erleichterung gewesen. Aber ein unsichtbares Wesen, das Felsbrocken über die Klippe herunterschleuderte – wer oder was konnte das sein? Ein Mond-Eingeborener, oder sogar der Basilisk persönlich?

Dick erinnerte sich an den Schatten, der ihm aufgefallen war, dieses Etwas, das durch die Düsternis des Baxter-Gebirges verstohlen herunterhuschte, und ein Teil seiner Fassung kehrte zurück. Es stand fest, dass jemand vorhatte, ihn zu töten. Wahrscheinlich, weil er diese Funkbotschaft gehört und entziffert hatte.

Dick knirschte mit den Zähnen. Er hätte vorsichtiger sein sollen. Es wäre klüger gewesen, zu warten, bis Isel Bayer geschlafen hätte, und sich dann in die Bibliothek zu schleichen. Aber was geschehen war, das war geschehen, der Schaden war angerichtet.

Ängstlich schaute er an der Klippenwand empor. Keine Bewegung, nichts Seltsames oder Alarmierendes. Und doch hatte dort oben etwas oder jemand einen großen Felsbrocken über den Abgrund gerollt, einen Felsbrocken, der ihn nur um einen Yard verfehlt hatte. Allein die Erinnerung daran ließ Dicks Haut kribbeln.

Er wartete weitere fünf Minuten, schob sich dann auf dem Vorsprung entlang weiter, hielt sich sorgfältig in dem Schatten und erreichte schließlich einen zerklüfteten Spalt in der Felswand – und sah die abgerundeten Stufen, die in einer sanften Steigung zur Oberfläche der Mesa hinaufführten. In dieser

Schlucht war er vor jedem Beobachter von oben verborgen. Er streifte alle Vorsicht ab und sprang mit großen Dreißig-Fuß-Sätzen den Felsenabhang hinauf. Er erreichte den oberen Bereich des Einschnittes und überblickte die weite Ebene. Sie war leer wie ein sauber geputzter Teller. Er suchte den Himmel ab. Fern am Horizont glaubte er den blauen Schimmer von Düsen sehen zu können ... Er kniff die Augen zusammen, aber unter der leuchtenden Menge der Sterne war es unmöglich, sich Gewissheit zu verschaffen.

Er rannte über die Mesa, schaute zum Vorsprung hinunter. Das alte Floß des Irren Sam lag einsam und verlassen direkt unterhalb seines momentanen Standortes. Dick wandte sich wieder der ebenen Hochfläche zu. Woher war der Felsblock gekommen? Als Dick genau hinsah, fielen ihm die Schrammen in der kahlen Bodenfläche der Mesa auf. Ohne Frage war der Felsbrocken aus seinem Lager gerollt oder gezerrt, dann genau ausgerichtet und über den Rand des Abgrunds gestoßen worden.

Schwarze Wildnis dehnte sich in alle Himmelsrichtungen aus. Mondklippen reckten sich dem Antlitz der Erde entgegen. Und in der Tiefe des Bodenlosen Loches lag die Leiche des Irren Sam Baxter. Dick schüttelte sich, presste dann die Zähne zusammen. Eine Nerven zermürbende, jedoch unvermeidliche Aufgabe lag vor ihm.

Er kehrte auf den Vorsprung hinunter zurück, näherte sich zaghaft Sams altem Floß, als wäre es wirklich das scheue Wildpferd Bert. Er setzte sich auf die vordere Bank, rüttelte am Steuerknüppel. Die vier Düsen drehten sich gehorsam. Er hielt den Steuerknüppel vollkommen senkrecht, drehte das

Hauptventil auf. In die Düsen strömender Sauerstoff und Wasserstoff flammten dröhnend auf. Das Floß bebte und setzte sich mit einem Rucken in Bewegung. Er drehte das Ventil langsam weiter auf – das Floß schwebte hoch. Er drückte den Steuerknüppel um den Bruchteil eines Zolls zur Seite – das Floß trieb hinaus, über das Bodenlose Loch. Er stellte den Steuerknüppel gerade, schloss das Hauptventil bis auf Haaresbreite; das Floß sank.

Felswände stiegen bis in seine Augenhöhe auf, erhoben sich über seinen Kopf. Die Düsen warfen ein unheimliches Licht auf die glasige Felswand, auf die noch nie ein menschliches Auge geblickt hatte.

Dick saß starr und angespannt da, als wären seine Knochen aus Stahl und seine Muskeln aus Fischbein. Zwischen seinen Beinen hindurch konnte er in den finsteren Abgrund hinuntersehen; zu beiden Seiten ragten die Wände des Spaltes auf, die langsam näher kamen, das Floß lauernd einkesselten.

Klaustrophobie, die Angst, eingeschränkt und eingesperrt zu sein, loderte durch sein Gehirn; angenommen, die Wände würden plötzlich zusammenwachsen? Dann wäre er flachgepresst wie eine Mücke in einem Buch. Er verzog das Gesicht, drängte die morbiden Vorstellungen aus seinem Verstand zurück.

Hinunter, hinunter, hinunter, und ein hypnotischer Druck begann sich in seinem Gehirn zu stauen. Flammende Düsen, glitzernder grauer Fels, Wände, die geräuschlos an ihm vorbeiglitten, während er seine Aufmerksamkeit in die Finsternis unter sich gerichtet hielt. Hinunter, hinunter, hinunter – in das Bodenlose Loch.

Wie lange, wie weit, wie tief! Er würde es nie erfahren. Das Hinuntersinken war wie ein Traum. Aber irgendwann schimmerte direkt unter ihm Gestein, und Dick ließ das Floß noch tiefer sinken – wie ein voll gesogenes Stück Treibgut auf den Boden eines dunklen Ozeans sinken würde. Und da – eine ausgestreckte Gestalt im gespenstischen Zwielicht – lag der zerschmetterte und aufgeplatzte Leichnam des Irren Sam Baxter.

Dick dämpfte den Stoß der Landung mit einem zusätzlichen bisschen Energie ab, schloss dann das Ventil ganz. Dunkelheit schlang sich wie eine schwarze Wollmasse um seine Schultern. Völlige Stille, völlige Dunkelheit, völlige Einsamkeit.

Seine Nerven vibrierten, zitterten, als er mit einem eigenartigen Gefühl losging, zugleich vollkommen lebendig und doch nur halb bei Bewusstsein – so tastete er nach Sams Körper. Er fühlte ihn, nachgiebig und locker. Auf der Erde hätte Sam gut und gerne hundertvierzig Pfund gewogen. Hier auf dem Mond konnte ihn Dick mit einer Hand hochheben. Jetzt dankbar für die Finsternis, trug er den Leichnam zurück und setzte ihn auf die hintere Bank. Dann, nachdem er sich wieder im Pilotensitz niedergelassen hatte, öffnete er das Hauptventil und begann den langen Aufstieg.

Der Himmelsspalt über dem Abgrund wurde zu einem Sternentröpfeln durch das Schwarz, ein Tröpfeln, das sich allmählich zu einem Rinnsal verbreiterte, zu einem Pfad, einem Streifen und schließlich, als das Floß in den freien Raum hinausdröhnte, zu einem großartigen gestirnten Gewölbe.

Dick schob den Steuerknüppel nach vorn, kippte damit die Düsen nach hinten, und jetzt wurde das

Floß von derselben Folge von Stößen, Absenkungen und sprunghaften Anstiegen durchlaufen, die auch Sam geplagt hatte. Aber bald verfiel Dick auf eine Technik, die Sam trotz all seiner Erfahrung offenbar nie herausgefunden hatte. Er öffnete das Hauptventil und beschleunigte auf nahezu volle Kraft voraus, und als das Floß dann unvermittelt nach oben schoss, zog er den Steuerknüppel langsam zurück, bis das Gefährt in gleichmäßiger Geschwindigkeit über das Gelände huschte.

Zurück über jetzt vertraute Markierungspunkte: Mare Baxteria, Baxter-Spitze, Baxter-See. Und dort vorn, im Erdenlicht leuchtend wie eine Alabasterschnitzerei, das Observatorium, dessen großes Teleskop wie ein Spielzeug auf dem Krater hockte.

Dick ließ einen tiefen Seufzer hören. Noch fünf Minuten, und seine Verantwortlichkeit war beendet. Sams zerschundener alter Körper würde eine anständige Beerdigung bekommen – und dann würde vermutlich ein anderer Aufseher für die Sicherheitsbasis angefordert werden ... In Dicks Verstand rastete etwas ein. Die Karte! Wo war die Karte, das Gewirr aus roten und blauen Linien, wegen der Sam so empfindlich gewesen war? Im Werkzeugkasten jedenfalls bestimmt nicht...

Dick kaute auf seiner Unterlippe herum. Wenn er auf der Piste des Observatoriums landete, und wenn Sam die Karte bei sich trug, dann konnte man nicht vorhersagen, wer das rätselhafte Stück Pergament in Gewahrsam nehmen würde. Es gab nur eine andere Möglichkeit ... eine grausige Aufgabe, jedoch notwendig, wenn die Karte von anderer Bedeutung war als derjenigen, die die Verzerrung in Sams Verstand offenbart hatte. Statt auf dem Landefeld des Observatoriums niederzugehen, steuerte Dick das Floß zu einem flachen Lava-Planeten auf der anderen Seite der Kraterwand. Unbeobachtet machte er sich dort an die Arbeit und durchsuchte Sams Raumanzug.

Ziemlich überraschend war, dass Sam keine Tasche an seinem Gürtel trug, und das kam Dick sehr seltsam vor. Er hatte deutlich das Bild des kleinen Beutels vor Augen, der an Sams Seite baumelte, als er an Deck des Raumfloßes gesprungen war. Aber dieser Beutel war nirgends zu finden, und Dick gelangte schließlich zu der Überzeugung, dass er sich geirrt hatte.

Die Karte war nicht in Sams Raumanzug versteckt. Dick zitterte vor Abscheu über das, was er tun musste. Es gab keine andere Möglichkeit. Deshalb wappnete er sich für seine Aufgabe. Er zerrte Sams Raumanzug weit genug auf, um die Taschen seiner Kleidungsstücke durchsuchen zu können. Er fand nichts. Sam trug die Karte nicht am Körper. Dick drehte sich um, starrte das Floß an. Er durchstöberte den Werkzeugkasten. Nichts. Er schaute unter die Bank, unter die Düsenverstrebungen. Nichts. Sam hatte die Karte nicht bei sich gehabt, weder am Körper noch auf dem Floß.

Wo war sie dann? Er konnte sich nur noch eine einzige andere Möglichkeit vorstellen: Sams abgelegene kleine Behausung in der Nähe der Sicherheitsbasis.

Ein weiteres Mal brachte Dick das Floß in die Höhe, schwebte damit über die Kraterwand und landete auf dem Vorplatz des Observatoriums.

*

Weil Dick niemandem vertraute, meldete er Sams Tod als Unfall. Sam, erklärte er, habe den Felsbrocken, der ihn dann nach hinten und in den Abgrund geschleudert hatte, unvorsichtig losgestemmt.

Professor Dexter gab sich damit nicht zufrieden, sondern nahm Dick in ein scharfes Verhör, und unter dem zwingenden Blick der glänzenden schwarzen Augen hatte er gestammelt und gestottert. Er war von Natur aus kein guter Lügner, und Professor Dexters offensichtlicher Argwohn erschwerte ihm seine Täuschungsmanöver noch mehr.

Am Schluss des Verhörs wurde Professor Dexter recht sarkastisch und starrte Dick an, wobei seine dünnen, schwarzen Augenbrauen unzufrieden hochgezogen waren. »In ein paar Tagen wird dein Vater zurück sein. Ich werde ihm meinen Bericht vorlegen, und ich bin sicher, er wird einer gründlichen Untersuchung zustimmen.«

Dick nickte errötend.

»Das ist alles«, sagte Dexter ziemlich scharf.

Dick verließ das Büro und ging in sein Zimmer hinauf. Professor Dexters Verdacht belastete ihn sehr viel weniger als das Wissen, dass sich unter dem Personal des Observatoriums ein herzloser Mörder befand, ein Verbündeter der Piraten und ein Verräter an der zivilisierten Menschheit. Diese Auffassung hatte sich in Dicks Gedanken zur Beinahe-Gewissheit entwickelt. Theoretisch war es zwar möglich, dass die geheime Funkbotschaft woanders abgestrahlt worden war, dass ein Piratenspion dem Floß des Irren Sam zur Baxter-Mesa gefolgt war und dort aus reiner Boshaftigkeit einen Felsbrocken hatte fallen lassen – aber es war einfach zu unwahrscheinlich.

Wo war die Karte? Sam war vielleicht zänkisch, unverblümt direkt und wunderlich gewesen, aber hinter all dem schien auch eine Spur Vernunft gesteckt zu haben. So wie er die Karte unter Dicks Augen weggerissen hatte, *musste* sie eine Bedeutung haben.

Aber nichts war sicher. Vielleicht hatte die Karte nichts zu bedeuten, vielleicht war sie äußerst wichtig. Auf jeden Fall – die Tatsache, dass sie verschwunden war, nagte an Dicks Nerven. Er schritt in seinem Zimmer auf und ab, hielt alle paar Minuten am Fenster an. Dort unten, auf der einen Seite des Landefeldes, lag Sams altes Floß, einsam und unbeachtet. Und jedes Mal, wenn Dick ans Fenster kam, schaute er das Floß länger an.

Widersprüchliche Regungen wirbelten durch Dicks Verstand. Seiner Nerven vibrierten, und er hatte Angst. Irgendwo ganz in der Nähe lauerte sein Feind, eine Person, die ihn mit Freude töten würde. Jeder Schritt, der draußen vor seiner Tür zu hören war, konnte möglicherweise von diesem Feind verursacht sein ... Fast gleichzeitig mit diesem Gedanken glaubte er, tatsächlich Schritte zu hören ... Er hielt in seinem Herumgehen inne und lauschte. Das Geräusch wiederholte sich nicht. Leise durchquerte er den Raum und schloss die Tür ab.

Dick sah das Bett an. Er war müde, und er wusste, dass er trotzdem nicht schlafen konnte. Er wollte handeln, zuschlagen, sich wehren. Es war erniedrigend, gezwungenermaßen still zu halten und wie betäubt Prügel einzustecken. Er ging mit schnelleren Schritten hin und her. Sams Floß lockte ihn, und der Himmel war hell von strahlenden Sternen, klarer als der Erdenhimmel. Wenn er erst einmal auf dem Floß und wachsam genug war, dann konnte er jeden entdecken, der versuchen würde, ihm ein zweites Mal zu folgen. Natürlich hatte ihn Professor Dexter eindeutig angewiesen, nirgends mehr allein hinzugehen, aber wenn er ertappt wurde, dann blühte ihm höchstens eine scharfe Strafpredigt, und wenn alle Stricke rissen, konnte er seine Handlungsweise noch immer erklären. Er wusste, sein Vater würde sie verstehen und möglicherweise sogar billigen. Professor Dexter war härter und nicht so umgänglich, sehr viel weniger flexibel.

Dick zuckte mit den Schultern. Er würde Professor Dexters Missbilligung in Kauf nehmen, wenn es soweit war.

Er hielt vor der verschlossenen Tür an; angenommen, jemand stand auf der anderen Seite und wartete? Er hob den schwersten Gegenstand auf, der in Sichtweise war – eine große Flasche Rasierwasser –, schloss die Tür leise auf und öffnete sie mit einem Ruck und spürte seinen wild pochenden Herzschlag.

Der Korridor war leer.

Dick stellte das Rasierwasser an seinen Platz auf dem Regal zurück und rannte die Treppe hinunter. Unbeobachtet glitt er in seinen Raumanzug, tauschte seinen Sauerstofftornister aus, und diese Tätigkeit verschaffte ihm eine Pause zum Nachdenken. Das Floß würde aufgetankt werden müssen. Nun, er würde es über das Landefeld manövrieren und die Tanks selbst füllen. Lobscombe, der Elektrolyseingenieur – Labskaus, wie der Irre Sam ihn genannt hatte – war rundköpfig und halsstarrig; mit Überzeugungskraft und Beweisgründen war bei ihm nichts auszurichten.

Dick bewegte sich schnell und geschmeidig. Er sprang auf das Deck des Floßes hinauf, drehte das Hauptventil auf. Im Schlund der Düsen zündeten kleine Katalysatorplatten automatisch den Sauerstoff und den Wasserstoff. Das Floß stieg unter seinen jetzt kundigen Händen auf, kreiste leicht über den Platz und ließ sich neben den Treibstoffanschlüssen nieder.

Dick sprang hastig ab. Seine einzige Hoffnung war, weit genug voranzukommen, bevor Lobscombe auftauchte. Aber er hatte Glück und konnte die Tanks ohne Unterbrechung füllen. Einen Augenblick später ließ er das Floß aufsteigen und über die furchtbare, schwarze Wildnis des Lavameeres davonjagen, fort vom Observatorium.

Er drehte sich immer wieder um und behielt die Landschaft hinter sich im Auge, aber es gab keine Verfolger. Um doppelt sicherzugehen, steuerte er das Floß unvermittelt in einen einsamen Krater hinunter und wartete fünfzehn Minuten lang. Nichts war in Sicht – außer schwach erhelltem Gestein, schwarzen Schatten und darüber die unendliche Weite des Universums.

Jetzt vertraute Dick darauf, seinem Feind entkommen zu sein und flog zu der alten Sicherheitsbasis. Meilen glitten zusammen mit tausend Kratern, schwarzen Spalten, riesigen Bergen unter ihm dahin. Dann tauchten in der Ferne die bleichen Ruinen auf. Zu einem anderen Zeitpunkt hätte Dick die verwitterten alten Hangars und Lagerhallen mit Freude erkundet, dieses Mal jedoch hatte er ein ganz bestimmtes Ziel im Sinn – er wollte die Behausung des Irren Sam durchsuchen. Er sah sie – eine an einen Iglu erinnernde Kuppel, eine halbe Meile von den Ruinen entfernt.

Er landete das Floß, sprang herunter und rannte zur Tür. Je schneller er seine Aufgabe erledigte, desto besser.

Er hatte keine Schwierigkeiten, sich Zugang zu verschaffen, und zwei Minuten nach seiner Landung stand er bereits inmitten der dürftigen Habe des Irren Sam. Mehrere Gegenstände überraschten ihn beträchtlich: eine Staffelei, eine häufig gebrauchte Palette, Pinsel und Tuben mit Ölfarben. An den Wänden hing ein Dutzend Bilder – Landschaftsgemälde, die den Mond so zeigten, wie Sam ihn gesehen hatte: als einen Ort brütender Einsamkeit und unermesslichen Alters.

Dick machte sich eilends an die Arbeit. Zuerst öffnete er Sams alte Seekiste aus geschnitztem Teakholz. Sie enthielt nichts als eine Blechdose um die andere, jede mit widerlich stinkendem schwarzem Tabak gefüllt, und in einer Ecke häufte sich ein halbes Dutzend Schnaps-Flaschen.

Dick ging zum Kleiderschrank, und hier war seine Suche nur von kurzer Dauer: Sams einzige Kleidung schien diejenige gewesen zu sein, die er auf dem Leib getragen hatte. Als Nächstes durchwühlte er den Schreibtisch, der mit Kristallen aller Formen und Farben vollgestopft war, ein unschätzbares Vermögen. Aber Dick interessierte sich nicht für die leblosen Steine. Er fegte sie bei seiner Suche ungeduldig beiseite.

Er riss die Matratze auf, klopfte auf das Kissen. Nichts. Er blickte in Sams Herd, untersuchte die Dosen und Beutel mit Lebensmitteln und den Spülstein, blinzelte in die Abflussleitungen im Badezimmer. Nichts. Er schaute hinter die Bilder an der Wand. Nichts.

Er warf einen Blick in den Abfallkorb, wo er eine zerknüllte Papierkugel fand. Er nahm sie heraus, strich sie glatt. Es war ein Bild, mit Buntstift hingekritzelt. Die Überschrift lautete: »Nach dem Leben gezeichnet von Sam Baxter«. Das Bild zeigte ein spindeldürres, menschenähnliches Wesen. Ein schwarzer Umhang fiel über dünne Schultern bis zu den ebenfalls dünnen Knien hinunter. Der Kopf war mit einem breitkrempigen schwarzen Hut bedeckt. Die Augen waren groß wie Grapefruits, goldgelb, mit hypnotisch blickenden schwarzen Mittelpunkten. Das Gesicht war nichtmenschlich, ausdruckslos, von der seltsamen elementaren Kraft erfüllt, die manchmal von vergrößerten Fotografien von Insektenköpfen ausstrahlt. So einfach dieses Bild auch gezeichnet war, es war von unwiderstehlicher Anziehungskraft. Dick konnte seinen Blick kaum abwenden. Ein eiliges Gekritzel zog sich schräg über den unteren Rand: »*Basilisk* ist als Name so gut wie jeder andere.«

XI

Der Basilisk rührt sich

Dick riss seinen Blick von dem einfachen Bild los, und die Anstrengung, die er dafür verwenden musste, war, als ziehe er seine Füße aus saugendem Schlamm. Mit zitternden Fingern faltete er das Blatt zusammen und steckte es in seine Tasche. Dick verschaffte sich einen letzten, eiligen Überblick über das Innere der Kuppel, aber jetzt war sie von der goldäugigen Präsenz erfüllt, und er hastete durch die Luftschleuse hinaus, als entginge er so dem Erstickungstod.

Er sprang auf das Deck seines Floßes, drehte das Hauptventil weit auf, zog den Steuerknüppel mit einem Ruck zu sich heran, und das Gefährt wurde wie ein Katapult-Geschoss in die Höhe geschleudert.

Ohne Zwischenfall kehrte er zum Observatorium zurück und setzte das Floß in einer unauffälligen Ecke des Landeplatzes ab. Zu seiner Erleichterung schien niemand seine Abwesenheit bemerkt zu haben – selbst Hutchings bedachte ihn nicht mit mehr als einem mürrischen Blick, als er den Aufenthaltsraum durchquerte.

Dick schob das zusammengefaltete Bild des Basilisken in ein Schubfach im Schreibtisch seines Vaters und wusch sich dann die Hände, als hätte er etwas Schmutziges angefasst.

Er blickte auf die Uhr – eine halbe Stunde bis zur Abendessenszeit. Er zog sich von seiner Freizeitkluft

– eine weite, blaue Hose und Pullover – um in graue Hose und dunkle Jacke und schlenderte nach unten, durch den Aufenthaltsraum und den Gang zum Kasino entlang.

Er kam ein paar Minuten zu früh, nahm an der Wand Platz und sah zu, wie das Observatoriums-Personal nach und nach hereinströmte. Inzwischen waren Gesichter und Namen miteinander verbunden. Er erkannte Croft, Matucevitch und Bauer, Astronomen, Peterson, den Gärtner, Rapotsky, den Eis-Bergmann, Carter und Meriot, Labortechniker, die zur Zeit an einem Forschungsauftrag über Silikonmischungen bei absoluten Nulltemperaturen arbeiteten.

Ein Sitz nach dem anderen füllte sich. Dick sah den Steward ein Tablett hinaustragen, das entweder für Professor Dexter oder Isel Bayer bestimmt war – keiner der beiden trat hier unten in Erscheinung. Als sich Dick im Kasino umschaute, stellte er fest, dass auch Sende fehlte. Er spielte mit dem Gedanken, in sein Zimmer zurückzulaufen und sein Radio einzuschalten, aber gerade als er auf seinem Platz herumrutschte und aufstehen wollte, betrat Sende den Saal.

Er blieb in der Türöffnung stehen, blickte von einem Gesicht zum anderen. Dick betrachtete verstohlen das harte Profil. Er dachte: Man könnte eine Sichel hochhalten, und die Krümmung würde perfekt über Sendes Gesicht passen.

Der knochige Kopf drehte sich. Sende durchquerte den Raum zielstrebig und kam näher. Er sank in den Sessel gegenüber Dick, warf ein zusammengefaltetes gelbes Papier herüber. »Für dich. Ist gerade per Trans-All-Funk angekommen.«

Dick entfaltete das Papier mit nervösen Fingern. Es konnte nur eine Nachricht von seinem Vater sein – und es konnte nur eine schlechte Nachricht sein. Es war tatsächlich eine schlechte Nachricht.

*

»Lieber Dick – erhielt über Trans-All Mitteilung, dass Mutter in Lake Oriens gefährlich erkrankt ist; Tchobelovs Virus. Es besteht kaum Aussicht auf Überleben. Ich nehme die *Australian Star* zur Venus. Bitte pack ein paar Kleider für die Venus für mich zusammen, bring meine private Aktentasche mit und komm morgen zu mir an Bord des Schiffes. Wenn wir Glück haben, kommen wir noch rechtzeitig. Vater.«

Dick saß einen Moment lang wie betäubt da. Er blinzelte die Tränen fort, las die Nachricht noch einmal und schaute dann zu Sende auf, der dasaß und ihn mit unpersönlichem Interesse beobachtete.

Dick bemühte sich, seine Stimme unter Kontrolle zu behalten. »Wann startet das Depeschenboot zur *Australian Star* hinauf?«

»Früh«, erwiderte Sende. »Punkt sieben Uhr.«

Ein Teller Suppe wurde vor Dick hingestellt. Dick aß mechanisch, ohne Hunger. Das Leben war plötzlich grau und trist; selbst der Basilisk schien unwichtig geworden zu sein. Er senkte den Kopf, um seine überlaufenden Augen zu verbergen. Das Essen würgte in seiner Kehle. Er stand auf, ging rasch in sein Zimmer und warf sich auf sein Bett.

Tchobelovs Virus – gemeinhin Schwarze Kriecherkrankheit genannt, nach den Infektionsherden, die sich im Körper ausbreiteten – war fast immer tödlich, kein Heilverfahren war bekannt. Sein Vater hatte nie den umgangssprachlichen Ausdruck benutzt, da er den ziemlich förmlichen Begriff »Tchobelovs Virus« vorzog; wegen diesem Merkmal war Dick sicher, dass die Nachricht echt war.

Der Gedanke, der offenbar unformuliert in seinem Unterbewusstsein umhergekreist war, erweckte einen zweiten Gedankengang. Vorausgesetzt, die Nachricht seines Vaters war echt, war dann so vollkommen sicher, dass die Nachricht von der Venus genauso echt war?

Dick setzte sich auf sein Bett. Plötzlich kam ihm die ganze Sache komisch vor. Erstens war seine Mutter gleich nach seiner Abreise zu ihrem Sommerwohnsitz an den Hängen des Mount Colossus im hohen Norden aufgebrochen. Dick war sich dessen ganz sicher, denn sie hatte schon den ganzen Monat entsprechende Pläne geschmiedet. Darüber hinaus würde kein Venusbewohner, der noch richtig bei Verstand war, im hitzedampfenden venusianischen Sommer nach Lake Oriens reisen. Und drittens müsste seine Mutter, die schon seit sechzehn Jahren auf der Venus lebte, nach allen bisher von Erdsiedlern gemachten Erfahrungen eine gewisse Immunität gegen Tchobelovs Virus erlangt haben – er griff nur Neuankömmlinge von der Erde an, und diese Eigenheit machte ihn sehr selten.

Dick sprang auf, wollte in die Funkbaracke hinunterstürmen. Aber momentan würde seinen Vater keine Nachricht erreichen. Dick stoppte, kehrte langsam zum Bett zurück, setzte sich hin...

Was für ein Motiv konnte es für so eine grausame Nachricht geben? Eine List, um seinen Vater vom Observatorium fernzuhalten? Oder lag eine schlimme Absicht zu Grunde – etwa ein Anschlag? Angenommen, die Piraten wollten die *Australian Star* überfallen? In diesem Fall konnte die Nachricht gut ein raffiniertes Mittel zum Zweck sein – ein Bluff, um seinen Vater und ihn in den Tod zu locken.

Was für eine Absicht steckte hinter dieser sorgfältig vorbereiteten List? Wie würde der Basilisk von Dr. Murdocks Tod profitieren? Dick wusste, dass sein Vater einen der seltenen Menschen darstellte, die sowohl glänzender Wissenschaftler wie auch tüchtiger Organisator waren, aber ganz bestimmt war er nicht unersetzlich, und Professor Dexter konnte seine Nachfolge zweifellos zufriedenstellend antreten. Vielleicht würde Professor Dexter dann als einer der Nächsten verschwinden, und wer würde daraufhin dem Observatorium vorstehen? Isel Bayer? Dicks Vater hatte eine solche Möglichkeit erwähnt.

Dick verließ sein Zimmer nachdenklich, ging die Treppe hinunter und zu Professor Dexters Büro. Er klopfte, aber es erfolgte keine Reaktion. Dick ging weiter, in den Aufenthaltsraum, wo er zwanzig Minuten lang ruhelos hin und her schritt.

Durch das Fenster sah er fünf Männer aus der Richtung des Teleskops kommen – und wenig später erkannte er sie als Professor Dexter, Isel Bayer, Bauer, Matucevitch und Sende. Fünf Minuten darauf betraten sie den Aufenthaltsraum. Sende marschierte stumm den Gang zur Funkbaracke entlang davon, Isel Bayer stieg die Treppe zur Bibliothek hinauf, Dexter blieb stehen und gab Bauer und Matucevitch knappe Anweisungen.

Dick wartete, bis die beiden Astronomen weit genug entfernt waren, dann näherte er sich Professor Dexter. »Kann ich Sie einen Moment sprechen?«

Dexter wandte den Kopf. »Was hast du auf dem Herzen?«

»Das hier.« Dick reichte ihm die Trans-All-Nachricht. Professor Dexter las die wenigen Zeilen. »Das ist eine sehr schlimme Sache«, meinte er knapp. Er warf Dick einen seiner stechenden Blicke zu. »Ich nehme an, du wirst mit dem Depeschenboot hinauffliegen.«

»Ja.« Dick setzte zum Sprechen an, zögerte, dann kamen die Worte in einer einzigen Flut heraus. »Die ganze Situation hat irgendwie etwas Unglaubliches an sich. Ich glaube nicht, dass meine Mutter krank ist... Wahrscheinlich wollte nur irgendjemand meinen Vater an Bord der *Australian Star* haben.«

Dexter war einen Moment lang still. Dann sagte er bedächtig: »Dein Vater würde sich doch wohl kaum von einer gefälschten Botschaft täuschen lassen.«

»Ich weiß nicht«, erwiderte Dick kläglich. »Ich glaube, er war in diesem Moment so besorgt, dass er gar nicht lange nachgedacht hat.«

»Nun«, meinte Dexter, »im Augenblick kannst du jedenfalls nichts tun. Sieh zu, dass du eine Nacht lang gut schläfst ... ein besserer Vorschlag fällt mir nicht ein.«

Dick nickte ziemlich verlassen, wandte sich ab. Er

ging in sein Zimmer hinauf, starrte aus dem Fenster und zur Erde hinauf und betrachtete die blaugrünen Kontinente, die ihm von Büchern und Karten her so vertraut waren, auf die er aber noch nie seinen Fuß gesetzt hatte: Asien, Afrika, die kompliziert geformte kleine Halbinsel Europa. Sein Vater war jetzt bereits an Bord der *Australian Star* und wurde von ihr durch den Sund getragen. Und irgendwo schwebten die schrecklichen Schiffe des Basilisken und lauerten auf ein Zeichen...

Dick ging an sein Radio, knipste den Schalter ein. Nichts außer dem Summen der Röhren war zu vernehmen. Er schaltete die Lichter aus, legte sich auf sein Bett und fiel gleich darauf in einen unruhigen Schlaf.

Eine Stimme weckte ihn: eine energische, volltönende und zugleich gedämpfte Stimme. Dick richtete sich in seinem Bett auf und blinzelte. Wer redete da mitten in der Nacht? Er sprang auf. Das Radio! Er stürzte an den Schreibtisch und fing an, die Buchstaben und Zahlen mitzuschreiben.

Die Stimme brach ab. Dick erhob sich, startete, rannte zur Tür, aber als er sich an seinen letzten Misserfolg erinnerte, hielt er enttäuscht an. Vor lauter Ärger ballte er die Fäuste. Wenn er nur – statt die Nachricht mitzuschreiben – gleich zur Funkbaracke hinuntergerannt wäre, dann hätte er den Spion auf frischer Tat ertappen können!

Er schaute auf die Liste mit den Zeichen hinunter und fragte sich, was sie wohl diesmal für eine Bedeutung hatten.

Wenigstens kannte er jetzt das Geheimnis des Codes – es würde diesmal nur eine halbe Stunde dauern, bis er den Klartext der Botschaft herausbekommen hatte.

Er ging zur Tür, zögerte. Sein Instinkt riet ihm, leise zu sein, sich mit sorgfältigster Vorsicht zu bewegen. Irgendjemand im Observatorium würde eine ganze Menge gegen seine Einmischung haben. Dick lauschte an der Tür. Stille. Er schaute auf die Uhr. Kurz nach drei Uhr; um diese Zeit würde niemand unterwegs sein. Er schloss die Tür auf, öffnete sie einen Spalt weit, blickte den Korridor entlang. Er war leer. Dick trat hinaus, huschte lautlos den Gang entlang, die Stufen hinunter, trottete zur Bibliothek.

Der schmale Streifen Kristallglas über der Tür war dunkel.

Isel Bayer war entweder in seinem Bett, draußen im Teleskop oder in eigenen Absichten unterwegs. Dick glitt hinein, und da es keine andere Möglichkeit gab, schaltete er das Licht an.

Jetzt musste er sich beeilen. Er trat an das Schränkchen heran, das den Sternenindex beherbergte. Verschlossen. Dick verschwendete keinen Augenblick. Er wählte ein Buch aus einem Regal, klopfte behutsam gegen das Glas. Es zerbrach, fiel mit einem so durchdringenden Klirren zu Boden, dass Dick schon glaubte, das ganze Observatorium müsse davon aufgeweckt werden. Aber jetzt gab es kein Zurück mehr. Er streckte die Hand durch das Loch, ergriff den Türrahmen, zerrte daran. Das Schloss knackte, die Tür schwang auf.

Dick trug die Bücher zum Tisch hinüber. Wenn Isel Bayer etwas dagegen einzuwenden hatte, dann konnte er sich ja bei Dr. Murdock beschweren, aber

Dick wusste, dass sein Vater seine Handlungsweise verteidigen würde.

Er machte sich ans Werk. Die Mitteilung war dieses Mal ein wenig länger als die erste, und so verging eine volle Stunde, bis er den Klartext vor sich liegen hatte. Wenn er die Rechtschreibung berichtigte, so lautete die Botschaft folgendermaßen:

»*Australian Star* verlässt Mond Richtung Venus heute, sieben Uhr dreißig. Kurs unbekannt. Muss.«

»Muss« – muss angegriffen werden? Muss vernichtet werden? Und »Kurs unbekannt«. Der Basilisk würde in der dunklen Kluft in der Nähe des Mondes warten. Er würde die *Australian Star* auf seinem Radarschirm beobachten, sie zum *Friedhof* hinaus verfolgen. Dann die Annäherung ... der Vernichtungsangriff ... die Rakete würde durch den Raum gespien werden – in die Brücke schlagen, explodieren. Die Luft aus dem Innern des Schiffes würde ins Vakuum hinauspuffen ... Die Luft in den Körpern der Passagiere würde brodeln und sich rasend schnell ausdehnen – fünfzehn Pfund auf jeden Quadratzoll Haut. Männer, Frauen und Kinder würden aufplatzen wie an die Oberfläche gebrachte Tiefseefische.

Dick betrachtete das letzte Wort noch einmal. »Muss«. Mehrdeutig, bedeutsam. Musste – was? Eigentlich brauchte Dick gar keine Antwort darauf. Der Sinn, der hinter diesem Wort steckte, war nur zu klar.

Dr. Murdock musste getötet werden.

Wut brannte und zitterte in Dicks Innerem. Sein Vater verkörperte für ihn alles, was gut war: Freundlichkeit, Toleranz, Humor, Selbstlosigkeit. Und diese

Teufel, Menschen, die das Recht verloren hatten, sich Menschen zu nennen, wollten das Leben seines Vaters einfach auslöschen! Wenn ich je die Chance bekomme, schwor Dick, dann werde ich zu den Piraten genauso grausam und gnadenlos sein, wie sie es zu ihren Opfern waren... Er knirschte verzweifelt mit den Zähnen und brannte darauf, es dem Basilisken zurückzahlen zu können!

Er schaute auf seine Uhr und stellte überrascht fest, dass es fast fünf Uhr war. Morgen. In zwei Stunden flog das Depeschenboot der *Australian Star* entgegen. Sende würde es steuern. Wenn er der Spion wäre – würde er ihn an Bord des Schiffes gehen lassen? Dick fieberte nach einer Waffe, nach einer Pistole. Aber im ganzen Observatorium gab es keinen solchen Gegenstand. Was konnte man in der luftleeren Ödnis von Fels und Lava schon schießen?

Dick grübelte weiter. Wenn Sende der Spion war, dann würde er sich bestimmt dafür interessieren, ob Dick an Bord ging oder nicht. Wenn Dick seine zynische Persönlichkeit richtig einschätzte, dann würde er bestimmt ziemlich belustigt sein. Er würde sich auf dem Flug hinauf besonders liebenswürdig geben.

Dick sprang grimmig auf und ging zur Tür. Sie war abgeschlossen! Verärgert drehte er den Knauf. Abgeschlossen. Irgendein diensteifriger Wichtigtuer hatte ihn eingesperrt. Ein diensteifriger Wichtigtuer – oder... Er wich zurück, betrachtete die Tür mit neuen Augen. Sie bestand aus massivem Stahl, das Schloss war robust. In zwei Stunden startete das Depeschenboot zur *Australian Star* hinauf – und damit würde die letzte Chance, seinen Vater zu retten, verwirkt sein.

XII
Ein menschlicher Satellit

Dicks erster Gedanke war, die Tür aufzubrechen. Aber sie öffnete sich nach innen, und er hätte genauso gut gegen die Wand laufen können. Die Rammstöße verursachten jedoch eine Menge Lärm, und Dick trat in der Hoffnung weiter, Aufmerksamkeit zu erregen.

Nach ein paar Minuten benutzte er einen Stuhl, mit dem er gegen das Metall hämmerte und noch mehr Krach erzeugte. Er weckte niemanden. Wenn er innehielt, um sein Ohr an die Tür zu pressen und zu horchen, war der Korridor der zweiten Etage so still wie ein Grab. Mit einer panischen Angst verstärkte er seine Bemühungen, und er unterbrach immer nur kurz, wenn ihm der Atem wegblieb.

Noch immer keine Reaktion. Dick ließ sich schwer in einen Sessel fallen. Er war hilflos wie ein Tier in einer Falle gefangen. Wenn er nicht hinauskam, dann hatte er seinen Vater im Stich gelassen. Im Stich gelassen. Das stachelte ihn von neuem an. Er durfte nicht versagen. Versagen bedeutete für seinen Vater den Tod. Er rieb sich die Schläfen, zwang sich, in Ruhe nachzudenken.

Wie konnte er mit jemandem draußen Verbindung aufnehmen? Die Antwort war so nahe liegend, dass er sich einen Moment lang voller Zorn über die eigene Dummheit aufrichtete. Die Gegensprechanlage.

Er hastete an Bayers Schreibtisch, legte den Schalter um, drückte die Taste, die Professor Dexters Einheit läuten lassen würde. Er bekam keine Antwort. Der Lautsprecher gab nicht einmal ein Summen von sich. Dick drückte die Kasino-Taste. Um diese Zeit war niemand mehr in der Küche. Keine Antwort. Der Lautsprecher blieb stumm.

In wachsender Beklemmung drückte Dick eine Taste nach der anderen – keine Antwort. Er schlug auf den Lautsprecher, rüttelte am Schalter. Nutzlos. Es war klar, dass das Gerät an der Hauptschalttafel vom Verbundsystem getrennt worden war.

Dick kehrte langsam in die Mitte des Raumes zurück. Wilde Vermutungen liefen in seinem Gehirn Amok. Er könnte ein Fenster aufbrechen. Die Luft würde aus der Bibliothek hinauspuffen, der Druck würde die Tür aufsprengen. Natürlich war er dann schon längst tot.

Er blickte auf seine Uhr. Sechs Uhr. Noch sechzig Minuten. Er warf sich gegen die Tür, trat mit den Füßen dagegen, hämmerte mit den Fäusten darauf ein, bis er völlig erschöpft war. Er ruhte sich ein paar Sekunden lang aus, dann hob er den Stuhl wieder hoch und fing an, im Morsecode ein beständiges SOS zu klopfen. Irgendjemand musste ihn doch hören.

Seine Arme schmerzten. Es kam ihm so vor, als würde er schon sein ganzes Leben lang hier und an die Tür klopfen. Er hörte auf, lauschte. Stille draußen. Sechs Uhr fünfundzwanzig. Eisern machte er sich wieder ans Werk. Tock-tock-tock. Tock-tock-tock. Tock-tock-tock. Immer wieder.

Draußen war ein Geräusch zu hören – Schritte. Dick schrie: »Mach die Tür auf, lass mich ’raus!«

Nach einem Augenblick der Stille erkundigte sich eine Stimme vorsichtig: »Wer ist denn da drinnen?«

Dick erkannte die Stimme; sie gehörte Mervin Hutchings.

»Ich bin es, Dick Murdock! Machen Sie auf!«

Hutchings lachte. »Wie hast du dich denn eingeschlossen?«

»Hab' ich doch nicht. Jemand anders hat mich eingesperrt. Beeilen Sie sich, lassen Sie mich 'raus! Ich muss das Depeschenboot erwischen ...«

Hutchings lachte wieder. »Meinetwegen kannst du da drin bleiben und verfaulen. Ich habe dich nicht eingeschlossen.«

»Ich muss zur *Australian Star* hinauf!«, schrie Dick. »Mein Vater ist an Bord. Die Piraten werden sie überfallen!«

»Pah!«, schnaubte Hutchings. »Komm mir nicht mit den Piraten. Ich lasse mich nicht von diesem Ammenmärchen ins Bockshorn jagen.«

»Ich sage Ihnen, es ist die Wahrheit! Lassen Sie mich hinaus!«

»Nee«, erwiderte Hutchings selbstgefällig. »Dein Vater hat mich angewiesen, dich im Auge zu behalten, aber du bist eine schwer fassbare kleine Ratte. Jetzt weiß ich, wo du bist, und es ist ein guter Platz für dich. Ich bin gerade dabei, zum Frühstück hinunterzugehen. Warum hältst du nicht ein Schläfchen, bis der alte Wattekopf Bayer auftaucht?«

Dick schrie auf: »Nein, nein – lassen Sie mich 'raus!« Aber vergeblich. Er hörte, wie sich Hutchings Schritte den Korridor entlang entfernten.

Dick war der Hysterie noch nie so nahe gewesen, er riss den Stuhl wieder hoch, schlug, klopfte, immer fester, bis das erste Stuhlbein knackte und brach.

Keuchend und schwitzend schaute Dick auf seine Uhr. Zehn Minuten vor sieben ... Ich muss hinauskommen, dachte er. Und er nahm einen anderen Stuhl, fing wieder an zu klopfen. Immer fester. Während der Minutenzeiger auf die Zwölf zukroch, dachte er an Hutchings, und die Wut brodelte in seinem Innern empor. Er dachte an seinen Vater, der an Bord des zum Untergang verdammten Raumschiffes war, und die Kraft schien aus seinen Muskeln hinauszufließen und sie schlaff wie nasse Bindfäden werden zu lassen.

Eine Minute vor sieben. Er hob wild den Kopf. Stimmen im Korridor? Er hob den Stuhl, klopfte an die jetzt verschrammte und verbeulte Tür.

Er hörte gemurmelte Ausrufe der Überraschung, dann das Geräusch nahender Schritte. »Wer ist da drin?«, ertönte eine verhalten forsche Stimme ... die von Professor Dexter.

»Ich bin es, Dick. Ich bin eingesperrt.«

Er hörte Schlüsselgeklirr, das Klappern von Metall im Schloss. Die Tür schwang auf. Professor Dexter und Isel Bayer standen in der Türöffnung. Nach einem Blick auf das aufgebrochene Schränkchen und die zerschlagenen Stühle bellte Bayer: »Du junger Rowdy – was hat denn das alles zu bedeuten?«

Dexter sah Dick mit einem eigenartig spöttischen Ausdruck auf dem Gesicht an. »Ich war der Meinung, du wolltest mit dem Depeschenboot zur *Australian Star* hinauffliegen?«

»Ich war eingesperrt«, rief Dick und stürmte an

ihnen vorbei. »Ich bin seit vier Stunden hier drinnen. Ist es schon weg?«

Dexter blickte auf seine Armbanduhr. »Ich bin nicht sicher. Wenn du dich beeilst, kannst du es vielleicht noch schaffen.«

Dick stürmte den Korridor entlang, sprang mit lautem Gepolter die Treppe hinunter, durchquerte den Aufenthaltsraum, platzte in den Umkleideraum hinein. Durch das Fenster erblickte er das Boot – Sende saß bereits in der Pilotenkanzel. Dick kletterte in seinen Raumanzug und sagte immer wieder vor sich hin: »Bitte, lass ihn warten, lass ihn warten, lass ihn warten...« Seine Finger gehorchten seinem Gehirn nicht mehr. Er hantierte an den Reißverschlüssen, drückte die Verschlussringe zu. Er nahm sich nicht die Zeit, seinen Sauerstoff-Vorrat zu überprüfen, rannte in die Doppelschleuse und setzte die Pumpe in Gang.

Sekunden verstrichen, zogen sich wie Minuten in die Länge. Dick drückte gegen das Schott. Die Luft war herausgepumpt, das Schott schwang auf. Nachdem er auf den Kraterboden hinausgesprungen war, blieb er wie erstarrt mitten in der Bewegung stehen. Das Boot war weg. Das Landefeld war leer. Hoch am schwarzen Himmel leuchtete der blaue Schimmer der vier Düsen.

Dick wollte kreischen, schreien, mit den Füßen auf den Boden einhämmern. Es wäre Hutchings schlecht ergangen, wenn er in diesem Augenblick aufgetaucht wäre.

Dick zwang sich, vollkommen still zu stehen, nachzudenken. Gab es eine Möglichkeit, mit der *Australian Star* Verbindung aufzunehmen? Die Funkbaracke würde verschlossen sein, weil Sende ja im Depeschenboot war. Es war zweifelhaft, ob jemand anders die Geräte bedienen konnte. Nein, es lag allein an ihm ... Es war einfach unvorstellbar, dass er nicht in der Lage sein sollte, seinen Vater zu retten ... Fast ohne bewussten Entschluss überquerte er den Platz und merkte das erst, als er schon unterwegs war, immer schneller wurde, bis er in den großen Dreißig-Fuß-Sätzen dahinsprang, die die geringe Mondschwerkraft zuließ.

Da stand es: Sams wackeliges altes Floß. Dick sprang an Deck, schraubte das Hauptventil auf. Die Düsen spien Flammen aus. Das Floß stieg unvermittelt empor – geradewegs in die Höhe.

Das Landefeld wurde klein. Dicks Funkgerät summte. Professor Dexters Stimme wehte aus dem Lautsprecher. »Dick, du kleiner Narr – komm sofort zurück! Willst du dich umbringen?«

Dick gab ihm keine Antwort. Irgendwo, hundert Meilen über dem Mond, im Weltraum, musste die *Australian Star* vorbeikommen. Wenn er Glück hatte, würde er andocken können und an Bord des Schiffes geholt werden. Wenn er kein Glück hatte ... Ein neuer Gedanke durchzuckte ihn: Treibstoff!

Er rechnete nach, und ein dumpfes, kaltes Gefühl sickerte in ihn ein. Er hatte die Tanks nachgefüllt, bevor er zur Hütte des Irren Sam hinausgeflogen war. Dieser Ausflug hatte bestimmt ein Drittel, möglicherweise sogar die Hälfte der Tankfüllung verbraucht. Besorgt sah er die Nadel der Treibstoffanzeige fallen, und gemessen am Ansteigen der Höhenmessernadel bewegte sie sich beängstigend schnell.

Er spähte über den Rand des Floßes. Das Observatorium lag tief unten, ein winziger Fleck am düsteren Saum des Kraters. Die Mondlandschaft breitete sich riesig nach allen Seiten hin aus; über ihm schwamm die austernfarbene Erdenkugel. Der Raum öffnete sich ringsumher, luftleeres schwarzes Nichts, und Dick war ganz allein.

Allein. Dieses Wort hatte noch nie zuvor eine richtige Bedeutung für ihn gehabt. Dick schlich eine unwillkommene Erinnerung in den Sinn: Henrys Erzählung von dem Mann, der in seinem Raumanzug abgetrieben worden war. Dick schüttelte sich, kauerte sich tiefer in den Sitz, als wäre er warm. Wie leicht, wie lächerlich leicht, verrückt zu werden – reine Ehrfurcht, ein Erkennen der eigenen Bedeutungslosigkeit, Einsamkeit. Das war die Raumangst. Dick riss seine Gedanken davon los, beugte sich entschlossen über den Höhenmesser. Die Nadel zeigte eine Höhe von dreißig Meilen an und schwang rasch weiter hoch, als das Floß Geschwindigkeit aufnahm. Aber die Treibstoffnadel zitterte genauso schnell über die Skala. Dick schaute nach oben, suchte den Himmel ab. Die Düsenfeuer des Depeschenboots waren im Mahlstrom der Sterne unsichtbar. Keine Aussicht, von Sende Hilfe zu erhalten. Er blickte auf die Uhr. Zwanzig Minuten nach sieben. In ein paar Minuten würde die *Australian Star* vorbeisausen – auf einem Kurs, der sie über das Observatorium hinweg in Richtung der alten Sicherheitsbasis führte.

Dick blickte nervös von seiner Uhr auf den Höhenmesser. Er musste nicht nur in die richtige Höhe aufsteigen, er musste auch mit der gleichen Geschwindigkeit auf demselben Kurs wie das Raumschiff dahinjagen. Sonst würde es vorbeiflitzen, ohne dass er auch nur die Chance hatte, Zeichen geben zu können.

Sieben Uhr fünfundzwanzig, sechzig Meilen Höhe. Noch fünf Minuten, um vierzig Meilen aufzusteigen. Dick spürte, wie sich ein Schatten über seinem Verstand bildete. Jetzt hatte er alle Brücken hinter sich abgebrochen. Wenn er das Schiff verpasste, hatte er nicht mehr genug Treibstoff, um wieder zum Mond zurückkehren zu können. Nun, dagegen konnte man nichts machen. Die Parole hieß – alles oder nichts. Wenn er die *Australian Star* erreichte, dann überlebten er, sein Vater und die Raumschiffsbesatzung; wenn er sie nicht erreichte, dann – starben sie alle.

Er war fast in Rendezvous-Höhe und hatte nur mehr wenig kostbaren Treibstoff übrig. Er zog den Steuerknüppel zurück. Der Schwung würde ihn auf hundert Meilen Höhe bringen ... Jetzt brauchte er Vorausgeschwindigkeit, um sich der Geschwindigkeit des Raumschiffes anzupassen.

Er suchte den Himmel ab. Sieben Uhr neunundzwanzig, und die *Australian Star* musste eigentlich bereits zu sehen sein. Der Himmel präsentierte sich in Schwarz – das tiefste, samtdunkelste Schwarz, das man sich nur vorstellen konnte, und die Sterne leuchteten so hell wie zornige Leuchtkäfer. Aber nirgends erblickte er die sanft schimmernde Metallform, um deren Bug – wie ein Halsband – ein Fensterkranz leuchtete.

Der Minutenanzeiger seiner Uhr wanderte zum unteren Rand des Zifferblattes ... Die Höhenmessernadel überschritt 97, dann 98 ... Dick sah die *Australian Star* ein wenig rechts von sich, zwei Meilen über sich, in schneller Fahrt.

Die Außenhülle glitzerte im Erdenlicht, die Helligkeit aus den Fenstern, von den Orbitleuchten, wirkte freundlich und warm. Sie zog mit herrlicher Leichtigkeit und Gleichgültigkeit über ihn hinweg. Daneben kreuzte das Depeschenboot, und dann waren Schiff und Boot vorbei und fort – und entschwanden am Himmel.

Es ging so schnell, dass Dick kaum Zeit hatte, zu merken, was geschehen war. Die *Australian Star* war fort – unwiderruflich verloren. Sein Blick fiel auf die Treibstoffanzeige. Die Nadel zitterte dicht an der »Leer«-Markierung. Gewiss nicht genug, um ihn wieder auf den Mond hinunterzubringen.

Mindestens eine Minute lang saß er steif und starr, und sein Verstand hatte sich in einer eigenartigen Stimmung der Ungläubigkeit verfangen. Unwirklich, die ganze missliche Lage. Unvorstellbar, dass jetzt die letzten Minuten seines Lebens vorübertickten … Es musste eine Möglichkeit geben, wie er sich retten konnte. Seine Finger in den Handschuhen öffneten und schlossen sich nervös … Es musste einen Ausweg geben! Aber was für einen? Er konnte die Düsen abschalten, dann würde die Schwerkraft seinen Auftrieb verlangsamen und ihn zum Mond zurückziehen – bis er mit der Geschwindigkeit eines Meteors aufschlug. Oder er konnte das bisschen Treibstoff, das er noch hatte, dazu benutzen, eine Orbitgeschwindigkeit zu erreichen – wodurch er zu einem Satelliten des Mondes werden würde … Ein menschlicher Sattelit, der für immer und ewig die schreckliche pockennarbige Kugel umkreiste.

Die erste Umrundung könnte er noch überleben. Aber lange bevor die zweite Runde vollendet war, würde er nach sauerstoffreicher Luft ringen. Langsam würde er in seinem Raumanzug ersticken – und dann, erfroren und starr, würde er auf dem Raketenfloß des Irren Sam weiterreisen, immer rundherum um den Mond, bis ans Ende aller Zeiten.

XIII

Der Basilisk schlägt zu

Vor Unentschlossenheit saß Dick wie gelähmt da. Ihm war klar, dass er sterben würde. Und nie zuvor war ihm das Leben so wundervoll warm und bunt erschienen. Ein anderer Gedanke kam ihm in den Sinn und verursachte Übelkeit: sein Vater musste ebenso sterben, und das Opfer, das er, Dick, gebracht hatte, war umsonst gewesen. Seine Augen wurden feucht. Er dachte an seine Mutter auf der Venus. Er drehte sich auf dem Floß herum, schaute über die Schulter dorthin, wo die Venus heller als alle anderen Sterne am Himmel leuchtete. Er stellte sich sein helles, freundliches Zuhause vor, die ungeheuren Wälder, die strahlenden Blumen; nie würde er sie wiedersehen.

Er wandte sich wieder um, spähte mit dem wilden Aberglauben, er könnte vielleicht das Depeschenboot auf seinem Rückflug zum Observatorium auf sich aufmerksam machen, in die Richtung, in der die *Australian Star* verschwunden war. Aber nein – diese Idee war nur ein letztes Herumtasten nach dem Leben. Inzwischen würde dieses Boot bereits tief unter ihm über die geisterhaften Ruinen der alten Sicherheitsbasis gleiten. Und hier oben trieb er, Dick, allein, aus den Gedanken der Menschen verschwunden. Niemand würde ihn je wiedersehen. Niemand würde je erfahren, wo er geblieben war. Sie würden die Mondoberfläche nach ihm absuchen, die dunklen Spalten, die unheimlichen Schatten hinter den Kratern, sie würden über das Mare Baxteria und das Baxter-Gebirge streifen, das silbergeränderte Gewirr des Lava-Meeres durchsuchen. Aber niemals würden sie auf den Gedanken kommen, hoch droben am Himmel zu suchen, wo er endlos dahintreiben würde, starr und steif, eine gespenstische Erscheinung, die kein menschliches Auge je erblicken würde.

Dicks Kehle wurde eng, verklumpte. Er blickte suchend über den Himmel. Gab es wirklich kein Entrinnen?

Über ihm die Erde, der dunkle Mond unten, die wehmütig stimmende Venus hinter ihm, und die *Australian Star* glitt auf ihrem Kurs voran ... Hinten, vorn, hinten, vorn. Diese Worte hallten in seinem Kopf. Eine Diskrepanz – was stimmte nicht?

Sein Gehirn hantierte mit einem Gedanken, drehte, hob, knetete ihn, als wäre es eine Teigkugel. Und plötzlich nahm der Gedanke Gestalt an: so klar und präzise, als sei Dick urplötzlich aus tiefster Dunkelheit in einen hellen Raum getreten. Warum war die *Australian Star* nach vorn um den Mond herum verschwunden, wenn die Venus doch hinten lag?

Darauf konnte es nur eine Antwort geben: es musste so sein, weil der Kurs der *Australian Star* in einer Umlaufbahn einmal ganz um den Mond herumführte und dann erst vorsah, dass sie zur Venus ausscherte.

Dick reagierte automatisch, als würde der Instinkt seine Hände führen. Er wendete das Floß, ließ es um die eigene Achse herumschwingen, schraubte das Hauptventil fast zu, zog den Steuerknüppel um zwei Kerben zurück und steuerte einen Punkt am Himmel an, der ein paar Grad unterhalb der Venus lag. Wenn

seine Vermutung zutraf und genügend Treibstoff in den Tanks verblieben war, dann würde das Floß dort drüben den Kurs der *Australian Star* schneiden.

Minuten vergingen: blaues Feuer loderte tief unter ihm am Himmel. Die Treibstoffnadel sprang gegen den Anschlag – immer wieder. Dick spürte, wie seine Geschwindigkeit zunahm. Die relative Stellung von Mond, Erde und Venus geriet in eine leichte Verschiebung. Wie viel Zeit würde vergehen, bis die *Australian Star* um den Mond herum und in Sicht kam? Er hatte keine Möglichkeit, das zu berechnen, aber es konnte nicht mehr lange dauern. Die Düsen fielen aus – endgültig, unwiderruflich. Die blauen Feuerstöße wurden kürzer, flackerten. Verzweifelt stabilisierte Dick das Dahinschweben des Floßes, um die letzten Unzen Wasserstoff und Sauerstoff in die Abzugschächte zu entleeren – die Düsenstrahlen wurden vorübergehend wieder länger ... flackerten heftig ... und erloschen dann.

Die Tanks waren leer. Das Floß war zu einem Weltraum-Geisterschiff geworden. Jetzt konnte Dick nur noch warten und dahintreiben – und hoffen.

Der Mond war zu einer Kugel geworden. Ein Scheitelpunkt der Sonne erschien am gezackten Horizont – wie eine Orange, die über den Rand einer Kreissäge emporgehoben wurde. Das Licht schlug wie helles Feuer durch Dicks Helm-Sichtscheibe. Hastig schwenkte er den Metallschirm hoch und schützte sein Gesicht ... Da – eine Bewegung! Ein Glitzern, ein heller Reflexfunke! Er starrte hin. Ein Raumschiff ... Es musste die *Australian Star* sein!

Jetzt oder nie! Dick schaltete sein Helmfunkgerät

ein und rief mit krächzender Stimme: »*Australian Star!* Nehmen Sie mich an Bord!«

Unwillkürlich beugte er sich nach vorn, beobachtete das Heranschweben der Metallhülle. Sie wurde größer, sie würde ganz dicht vorbeikommen. Er stand auf, winkte. »*Australian Star!* Hilfe! Nehmen Sie mich an Bord!«

Ein Knacken erklang in seinem Helm – das willkommenste Geräusch, das Dick je zu hören erhofft hatte. »Wer ruft da? Wer sind Sie?«

Dicks Kehle schwoll unter einem Überschwang unterschiedlichster Gefühlsregungen an; er konnte kaum sprechen. »Wo sind Sie?«, ertönte die Stimme noch einmal, eindringlicher jetzt.

»Ich bin auf einem Floß, direkt vor Ihnen, Richtung Erde«, schaffte Dick, herauszustoßen.

Nach einer Pause sagte die Stimme: »Wir haben Sie auf dem Radarschirm ... Wie kommt es, dass Sie da draußen auf einem Floß sind?«

»Das ist eine lange Geschichte«, antwortete Dick. »Sie hat mit den Piraten und dem Basilisken zu tun.«

»Oh«, sagte die Stimme aus dem Lautsprecher. »Piraten, eh?« Der Tonfall war ziemlich seltsam. Dick starrte auf den nahenden Rumpf. Er wies denselben Umriss auf wie bei der *African Star*; also musste es die *Australian Star* sein. Dennoch zitterte seine Stimme, als er sprach. »Ist mein Vater bei Ihnen an Bord?«

Er bekam keine Antwort. Das Raumschiff hatte seinen Kurs passiert, bremste jedoch offensichtlich ab.

Die Stimme sprach: »Ändern Sie Ihren Kurs in unsere Richtung.«

Dick sagte: »Das kann ich nicht. Ich habe keinen Treibstoff mehr. Ich treibe bloß noch ...«

»Halten Sie sich bereit. Wir schicken Ihnen ein Boot hinaus.«

Ausgelaugt setzte sich Dick auf die Bank. Die Reaktion auf alles Geschehene setzte ein: seine Beine fühlten sich taub und schlaff an, ein wachsendes Gefühl des Losgelöstseins und der Unwirklichkeit senkte sich über seinen Verstand. Das Beiboot des Schiffes trieb längsseits heran. Ein Mann in einem Raumanzug kauerte auf der Außenplattform. Durch den Helm sah Dick ein rundes, ernstes Gesicht, schwarze, borstige Augenbrauen. »Da«, rief er, »mach die Leine fest.« Er warf Dick eine Taurolle zu, und er fing sie auf und befestigte sie an der Bank.

Als sie sich dem Raumschiff näherten, fiel Dick ein Detail ins Auge, das er an der *African Star* nie bemerkt hatte: eine schwarze Öffnung direkt unter der Kontrollkuppel, aus der eine schwere Metallröhre mit drohendem Aussehen herausragte. Er hatte wenig Zeit, hinzusehen; einen Moment später wurde das Floß in die Luftschleuse gezerrt, und Dick stieg ab und schwang sich ins Innere des Raumschiffes hinein. Das Außenschott schlug hinter ihm zu.

Durch ein Bullauge sah er mehrere Männer: der erste war ein riesiger, rotgesichtiger Koloss mit einer Nase, nicht größer als Dicks Daumennagel; der zweite dünn, dunkelhäutig und lächelnd. Der Dritte – Dicks Herz machte einen Sprung, zerschmolz in reiner Freude ... Der dritte war sein Vater.

Das Innenschott öffnete sich. Dick stolperte ins Schiff. Sein Vater kam angelaufen, das Gesicht tief gefurcht, älter, abgezehrter, als Dick es in Erinnerung hatte.

Er half Dick aus dem Raumanzug. »Was in aller Welt ist der Grund für das alles, Dick?«

Dick machte einen tiefen Atemzug. »Wir müssen umkehren«, keuchte er. »Der Basilisk hat vor, euch zu überfallen!«

Der große, rothaarige Mann schürzte seine Lippen zu einem Knoten. »Noch mehr von diesem Piratenunsinn!«

»Dies ist Kapitän Jugg, Dick«, stellte Dr. Murdock vor. Und gequält fügte er hinzu: »Er glaubt nicht, dass es die Piraten wirklich gibt.«

»Aber es ist wahr!«, schrie Dick. »Sie haben dich absichtlich an Bord von diesem Schiff gelockt!« Er platzte mit der ganzen Geschichte heraus. Sein Vater hörte schweigend zu. Kapitän Jugg war eindeutig nicht beeindruckt. »Selbst wenn es Piraten gäbe«, sagte er. »Wir haben diese Kanonen an Bord. Nutzloses Eisen sind die, totes Gewicht, das die Nutzlast einschränkt, aber wir haben sie, und wir haben Männer an Bord, die wissen, wie man sie benutzt.«

»Aber der Basilisk hat mehr Waffen als Sie«, protestierte Dick.

»Papperlapapp«, polterte Jugg. »Diese anderen Schiffe sind mit Meteoren zusammengestoßen. Die Piraten gibt's so sicher wie Raumdrachen ... Der Basilisk – hah!« Er lachte verächtlich. »Das ist eine Geschichte, mit der man kleine Kinder erschreckt.« Er wandte sich an den kleinen, dunkelhäutigen Mann. »Volle Kraft voraus, Calkins; gib ihr vollen Schub, bis wir wieder im Flugplan sind.«

Dr. Murdock schaute einen Augenblick lang forschend in Dicks Gesicht. »Bist du ganz sicher, Dick – wegen Mutter?«

»Ich bin so sicher, wie man nur sein kann!«, schrie Dick. »Siehst du denn nicht, dass das Ganze nur den Sinn gehabt hat, dich an Bord dieses Schiffes zu bekommen?«

Dr. Murdock war eine kleine Weile still, dann wandte er sich an Kapitän Jugg, der ein wenig abseits stand. »Kapitän, ich denke, es ist besser, wenn wir wenden und zum Mond zurückkehren.«

»Was?«, brüllte Jugg. »Nehmen Sie dieses Ammenmärchen etwa für bare Münze? Ich dachte, Sie sind Wissenschaftler und würden sich an Tatsachen halten!«

»Exakt das tue ich«, erwiderte Dr. Murdock trocken. »Das, was Sie von Dick gehört haben, sind Tatsachen!«

»Der Junge hat geträumt. Dieses ganze Gerede über verschlüsselte Nachrichten ... Das ist doch seit Hunderten von Jahren veraltet.«

»Wenn Dick sagt, er hat diese Nachricht gehört, dann hat er sie gehört«, erklärte Dr. Murdock kalt. »Ich vertraue Dicks Beobachtungen vollkommen.«

Dick hüpfte von einem Fuß auf den anderen. »Wir müssen uns beeilen, Kapitän Jugg.«

»Und jetzt hat es der kleine Mann auch noch eilig, ja?«, brüllte Jugg. »Nimm bitte zur Kenntnis, du Knirps, dass es nur einen Kapitän an Bord der *Australian Star* gibt – und das bin ich!«

»Aber der Basilisk kennt Ihren Kurs nicht ... Er weiß nur, dass Sie zu einer ganz bestimmten Zeit Richtung Venus an dem Mond-Orbit ausscheren, und das heißt, er muss rechtzeitig angreifen oder sonst das Risiko eingehen, Sie zu verlieren ...«

»Dick, mein Junge«, sagte Kapitän Jugg, »ruh dich etwas aus. Du hast es nötig. Ich verstehe nicht, wie du es auf diesem wackligen alten Floß bis hier herauf geschafft hast …«

Dr. Murdock schüttelte grimmig den Kopf und legte seinen Arm um Dicks Schulter.

»… aber es hat eine Menge von dir gefordert. Wir haben eine hübsche, entspannte Reise vor uns, und in ungefähr einer Woche bist du wieder ganz in Ordnung …«

»Kapitän Jugg«, sprach Dr. Murdock mit rauer Stimme, »ich bestehe darauf, dass Sie wenden. Sie riskieren möglicherweise bereitwillig …«

Jugg trat einen Schritt vor. Seine Beine waren dick und schwer, von den Oberschenkeln bis zu den Fußknöcheln hinunter genauso breit wie die Beine eines Elefanten. »Jetzt passen Sie mal auf, Doc«, knurrte er grob, wobei seine winzige Nase zuckte. »Es gibt da eine einzige Sache, die ich nicht ausstehen kann, und das sind Passagiere, die mir sagen, wie ich mein Schiff zu führen habe.«

Calkins, der dunkelhäutige Maat, glitt von der Brücke herunter. »Das Schiff ist konstant auf einem Grav, Sir. Ich gehe hinunter und überprüfe die Ladung.«

Kapitän Jugg beachtete ihn nicht. »Ich schwirre seit dreißig Jahren im Raum herum, meine Herren, und ich denke gar nicht daran, mir jetzt von einem überempfindlichen Sterngucker in mein Handwerk hineinreden zu lassen.«

Dr. Murdock wich zurück, und seine Augen funkelten. Dick war davon überzeugt, seinen Vater noch nie so wütend gesehen zu haben. Mit einer gewaltigen Anstrengung würgte er seinen Zorn jedoch hinunter und sagte mit krächzender Stimme: »Mir ist klar, Kapitän Jugg, dies ist eine sehr ungewöhnliche Bitte, und unter normalen Umständen würde ich niemals von Ihnen erwarten, dass Sie einen Passagier beachten, der Sie bittet, den Kurs zu ändern ...«

»Doc, Sie können meinetwegen reden, bis Sie schwarz werden ...«

»Aber lassen Sie mich Ihnen doch die Fakten darlegen. Wie Ihnen mein Sohn gesagt hat, haben wir nur sehr wenig Zeit ...«

»Doc, ich habe zu tun!«

Dick ging zur Luke, schaute in den Weltraum hinaus ... Sterne, die große Erdkugel, die dunkel werdende Masse des Mondes. Er drehte sich wieder um. Sein Vater und Kapitän Jugg stritten noch immer, und der Kapitän genoss es sichtlich, seine Macht demonstrieren zu können.

Dick schlich leise zum Schott, schloss es, zog den schweren Riegel herunter. Kapitän Jugg und Dr. Murdock waren vom Rest des Schiffes abgeschnitten.

Er rannte die Wendeltreppe zur Brücke hinauf, die, wie er erwartet hatte, im Moment verlassen war. Er schlug die Tür zu und drehte den Schlüssel herum.

Die Kontrollen waren dieselben wie diejenigen an Bord der *African Star.* Da – der Wandler zum Maschinenraum; da – der Autopilot, jetzt auf die Venus programmiert. Er schaltete den Autopiloten aus, ergriff die Kontrollknöpfe und drehte sie. Die Orientierungs-Sphäre, in der die tatsächlichen Manöver des Schiffes im Raum simuliert wiedergegeben wurden, drehte sich langsam. Durch die Sichtluke sah Dick die Sonne, die Erde, den Mond über den Himmel gleiten. Noch während sich das Schiff drehte, griff er nach dem Wandler-Hebel, riss ihn nach unten, und von einer Beschleunigung mit einfacher Schwerkraft auf eine mit zweieinhalb Grav.

Das plötzliche zusätzliche Gewicht presste ihn aufs Deck. Seine an die geringe Mondschwerkraft gewöhnten Muskeln zitterten. Irgendwo unter sich spürte er einen Ruck, dann erklang ein ärgerlicher Ausruf.

Dick lächelte. Wenn der Basilisk jetzt angriff, dann hatte er wenigstens alles Menschenmögliche getan.

Das Schiff drehte sich noch immer um die eigene Achse – fünfzig Grad – sechzig – siebzig – achtzig – neunzig. Jetzt beschleunigten sie mit zweieinhalb Grav im rechten Winkel zu ihrem vorherigen Kurs. Dick ließ den Schiffsbug noch weiter herumschwenken, richtete ihn fast geradewegs auf den Mond. An der Tür wurde ärgerliches Klopfen laut. »Mach auf, du da drin!«, ertönte Kapitän Juggs Stimme in einem stierähnlichen Gebrüll. »Mach diese Tür auf!«

Dick sagte nichts.

»Mach auf, sonst breche ich sie ein!«

Die Tür wackelte in ihren Halterungen.

Dick dachte: Na los, brich sie schon ein ... Es ist ja deine Tür ...

Knurrend und brummend knallte Kapitän Jugg gegen die Tür.

Das dünne Metall bog und spannte sich. Die Geräusche verstummten. Dick hörte Kapitän Jugg keuchen; die mehr als doppelte Schwerkraft war eine große Belastung. »Wenn ich dich in die Finger bekomme, du kleiner Schuft...« Seine Drohungen erstarben in einem Anfall wütenden Fluchens, und dann nahm er einen neuen Anlauf.

Das Schloss zerbrach, die Tür flog auf. Für einen Augenblick war die große, rote Gestalt von Kapitän

Jugg eingerahmt, während Calkins, der Maat, hinter ihm erwartungsvoll lächelte. Kapitän Jugg schleppte sich vorwärts. »Dafür wanderst du ins Gefängnis, du junger Verbrecher!« Er schwang seine langen Arme. Dick wich aus, duckte sich, huschte von den Kontrollen zurück.

»Ich kümmere mich später um dich«, knurrte Jugg. Er riss den Wandler-Hebel wieder hoch, zurück auf einfache Schwerkraft. Im nächsten Augenblick herrschten wieder normale Verhältnisse. »Jetzt«, er drehte die Kontrollknöpfe, »liegt sie wieder auf Kurs, und du wirst den Rest der Reise in Ketten verbringen!«

»Kapitän«, stieß Calkins da mit seltsamer, atemloser Stimme heraus.

»Ja, was ist denn?«

»Sehen Sie selbst.«

Kapitän Juggs drehte sich herum, starrte auf den Radarschirm, durchquerte langsam die Brücke. »Zwei Schiffe, die vor unserem Bug kreuzen.« Er lief zum Regal, nahm seinen Feldstecher, suchte den Weltraum sorgfältig ab. »Zwei Schiffe«, murmelte er. »Ich sehe sie deutlich. Was haben die denn hier draußen verloren?«

»Wie sehen sie aus, Kapitän?«, erkundigte sich Calkins.

»Wie Schwesternschiffe von uns.«

»Die *Canopus* und die *Capella*«, sagte Calkins im Flüsterton.

»Sieht so aus, als wären sie auf gleichem Kurs wie wir – ziemlich genau sogar«, sagte Kapitän Jugg mit gedämpfter Stimme. »Jetzt gleiten sie vorbei – aber sie wollen offenbar wenden...« Er machte einen plötzlichen froschähnlichen Hüpfer zum Wandler-Hebel und riss ihn auf drei Grav Beschleunigung herunter.

Unter der gewaltigen Beschleunigung taumelnd, stürzte er zum Wandtelefon. Er brüllte: »Sparks, strahlen Sie sofort den SOS-Ruf ab! Es sind Piraten! Zum Glück habe ich sie rechtzeitig gesehen!«

Dr. Murdock kam taumelnd in die Brücke. Er lachte heiser. »Sie meinen, zum Glück hatte Dick genügend Mumm, Sie einzuschließen und die Dinge selbst in die Hand zu nehmen!«

»Freuen Sie sich bloß nicht zu früh«, brummte Jugg, während er den Radarschirm beobachtete.

Dr. Murdock hatte jedoch gerade erst richtig losgelegt. Dick hatte ihn wirklich noch nie so zornig erlebt. Seine Stimme klang so laut und hallend wie eine Glocke. »Meiner Ansicht nach sind Sie nicht dazu geeignet, dass man Ihnen ein Raumschiff anvertraut! Sobald ich Gelegenheit dazu habe, werde ich meine Meinung dort bekannt machen, wo sie am meisten nützen wird!«

Juggs Gesicht war so rot wie rohes Rindfleisch. »Wenn das da draußen wirklich Piraten sind, wie Sie ja anzunehmen scheinen, dann werden Sie nie Gelegenheit bekommen, mich anzuschwärzen. Sie verfolgen uns mit Höchstgeschwindigkeit!«

XIV

Das Notizbuch des Irren Sam

Dick eilte an die Sichtluke und spähte durch Juggs Feldstecher. Er sah zwei große, mit Geschützluken übersäte Schiffe seitlich durch den Raum schwenken – ein stürmisches Wendemanöver.

»Sieht so aus, als würde uns ein Wettrennen bevorstehen«, kommentierte Calkins und zeigte ein albernes Lächeln.

»Wenn wir es verlieren«, sagte Dick kurz angebunden, »verlieren wir unser Leben.« Er setzte den Feldstecher ab; vor lauter Anstrengung, ihn bei dreifacher Schwerkraft zu halten, taten ihm die Arme weh. Sein Vater war zur Tür gegangen. »Komm Dick, hier sind wir nur im Weg. Gehen wir nach unten.«

Vorsichtig und mit großer Mühe stiegen sie die Stufen hinunter. »Sei sehr vorsichtig«, warnte Dr. Murdock. »Wir haben dreifache Gravitation. Ein Sturz aus sechs Fuß Höhe könnte dein Tod sein – das entspricht zu Hause einem Sturz aus achtzehn Fuß.« Auf schmerzenden Beinen wankten sie in den Aufenthaltsraum und sanken erleichtert in weiche Sessel. Dick fragte mit besorgter Stimme: »Meinst du, sie holen uns ein?«

Dr. Murdock schüttelte den Kopf. »Nein, wir haben viel zu viel Vorsprung, und sobald sie hören, dass wir Notrufe ausstrahlen, werden sie sich verdünnisieren.« Er blickte Dick forschend an. »Nun, junger Mann, vermutlich sollte ich dir dafür danken, dass du Kopf und Kragen riskiert hast, um mich zu retten, aber am liebsten würde ich dir den Hintern versohlen, weil du so schreckliche Risiken eingegangen bist...«

Dick lächelte unbehaglich. »Es ist ja noch einmal gut gegangen... wenn uns die Piraten nicht einholen.«

»Dieses Mal ist es noch gut gegangen, aber das nächste Mal geht es vielleicht schief.«

Dick erinnerte sich an die furchtbare Hoffnungslosigkeit, die er an Bord des treibenden Raketenfloßes verspürt hatte und fröstelte.

»Nun«, sagte sein Vater, »schlage ich vor, du erzählst mir die ganze Geschichte.«

Dick redete fünfzehn Minuten lang. Als er fertig war, saß sein Vater einen langen Moment ganz still da und starrte in den Raum hinaus. »Damit wäre eindeutig bewiesen«, sagte er langsam, »dass irgendjemand vom Observatorium der Verräter ist. Aber wer? Wer?«

Dick zuckte mit den Schultern. »Ich habe nur ein paar Vermutungen.«

Sein Vater musterte ihn zweifelnd. »Vermutungen nützen nicht viel, aber lass sie dennoch mal hören.«

Dick teilte seine vagen Annahmen zögernd mit. Sein Vater runzelte zweifelnd die Stirn. »Du kannst einen Menschen nicht der kriminellen Betätigung überführen oder auch nur beschuldigen, nur weil er eigenartig aussieht... Sonst wären drei Viertel aller Menschen im Gefängnis.«

Der Beschleunigungsdruck war plötzlich verschwunden und machte einer schwindelerregenden Leichtigkeit Platz. Einen Augenblick später schaute Calkins in den Aufenthaltsraum herein.

»Kapitän Jugg hat das Depeschenboot vom Observatorium gerufen. Er wird Sie auf dem Mond absetzen.«

Dr. Murdock erhob sich. »Haben wir die Piraten abgeschüttelt?«

»Jawoll, sie haben vor etwa zehn Minuten aufgegeben und sich Richtung *Friedhof* abgesetzt.«

Dr. Murdock seufzte. »Das ist eine Erleichterung. Vielleicht erlebe ich meine Enkel doch noch.« Er blickte Dick ernst an. »Aber das gelingt mir nur, wenn du dir ein bisschen mehr aus deinem Leben machst als bisher.«

Dick ließ den Kopf verlegen hängen.

»Übrigens«, sagte sein Vater. »Ich habe deinen purpurnen Kristall zur Schätzung zu einem Juwelier gebracht. Er meinte, er sei zweifellos sehr wertvoll, konnte mir jedoch keine genaue Summe nennen, weil der Edelstein einzigartig ist. Er wird ihn für dich in Kommission verkaufen und den Erlös auf dein Konto einzahlen.«

Dick nickte ohne großes Interesse. In diesem Augenblick schien Geld von geringer Bedeutung.

Eineinhalb Stunden später holte Sende sie mit dem Depeschenboot ab. Das Raketenfloß des Irren Sam wurde an der äußeren Plattform festgezurrt. Ohne Zwischenfall kehrten sie zum Observatorium zurück.

Dick ging zu Bett und schlief fast rund um die Uhr. Er wachte mit noch von der Anstrengung der dreifachen Schwerkraft schmerzenden Muskeln auf. Er duschte und zog sich träge an. Gerade in dem Moment, in dem er nach unten gehen wollte, wurde die Tür einen Spalt weit geöffnet, und sein Vater lugte herein. »Ich dachte schon, du wachst gar nicht mehr auf... Na, wie fühlst du dich?«

Dick gähnte. »Wie jemand, bei dem noch alles an Ort und Stelle ist.«

Dr. Murdock lachte. »Ein gutes Frühstück wird vollends dafür sorgen, dass du dir wieder wie neu vorkommst.«

Sie gingen die Treppe hinunter. Dr. Murdock sagte: »Ich habe fast jeden im Observatorium befragt. Selbstverständlich gibt niemand zu, Codenachrichten zu senden, und niemand will etwas davon wissen, dich in die Bibliothek eingeschlossen zu haben. Bayer ist wegen dem Schaden an seinem Schrank noch immer ziemlich aufgeregt.«

»Ja«, erwiderte Dick. »Das kann ich mir denken. Er hat Zeter und Mordio geschrien, als er die Tür aufgemacht und hineingeschaut hat.«

Dr. Murdock unterdrückte ein Lächeln. »Nun, das gehört jetzt alles der Vergangenheit an, und ich hoffe, so bleibt es auch. Von weiteren Aufregungen halte ich überhaupt nichts ... Sie verursachen mir graue Haare. Die Regierung scheint sich endlich zum Handeln entschlossen zu haben. Kapitän Franchetti kommt heute noch einmal herauf, und ich nehme an, er bringt ein paar offizielle UN-Ermittlungsbeamte mit.«

Dick stöhnte. »Ich werde die ganze Geschichte noch einmal erzählen müssen.«

»Wahrscheinlich sogar noch zwei- oder dreimal.« Dr. Murdock blickte ihn fest an. »Das ist deine Strafe dafür, dass du deine Neugier außer Kontrolle hast geraten lassen. So, und jetzt komm. Wir wollen einmal nachsehen, was dir Doc Mole für ein Frühstück zu bieten hat.«

*

Das Verhör durch die UN-Ermittlungsbeamten hatte Dicks Erwartungen mehr als entsprochen. Insgesamt waren es drei Ermittlungsbeamte, von denen einer unauffällig die Schaltung eines Tonbandgerätes bediente.

Ganz besonders waren sie an den Funkbotschaften interessiert, die Dick mitgehört hatte, und sie ließen ihn seine Geschichte dreimal wiederholen. »Können Sie diese Nachrichtensendungen nicht selbst überprüfen?«, fragte Dick schließlich.

»Wie meinst du das?«

»Werden denn nicht alle Trans-All-Sendungen von den Kontroll-Empfangs-Stationen der Satelliten im Erdorbit aufgezeichnet?«

»Das werden sie in der Tat, und gerade deshalb sind wir an diesen speziellen Sendungen so interessiert ... weil sie nämlich nie aufgenommen worden sind.«

Dick blinzelte bestürzt. »Das ist seltsam.«

»Wirklich – sehr seltsam.« Und der Ermittlungsbeamte fixierte ihn mit einem Blick, den Dick für unnötig durchdringend hielt.

»Natürlich kann ich nicht beweisen, dass ich die Nachrichten tatsächlich gehört habe«, sagte Dick steif. »Und ich nehme an, dass Sie, weil Sie keine Aufzeichnungen davon haben, mich verdächtigen, ich sei ...«

Der Ermittlungsbeamte lachte. »Nein, Dick, ich glaube nicht, dass du der Basilisk bist. Ich möchte nur sichergehen, dass deine – nun – deine Phantasie nicht mit dir durchgeht ...«

»Tut sie nicht«, erklärte Dick knapp.

»Wer, glaubst du, hat die Nachrichten gesendet?«

»Ich habe keine Ahnung. Zumindest habe ich keine Beweise für meine Vermutungen. Es sind nur – Vermutungen.«

»Lass sie uns trotzdem hören.«

Dick hielt inne. Wenn es um Tatsachen ging, schienen sich seine Spekulationen auf die fadenscheinigsten Konstruktionen zu gründen, die man sich nur vorstellen konnte. Eilig sagte er: »Es sind nur Ahnungen, nicht mal der Rede wert. Ich habe keinen einzigen Beweis, mit dem ich sie untermauern könnte.«

Der Ermittlungsbeamte nickte. »Wir haben selbst ab und zu solche Ahnungen. Für gewöhnlich stellen wir fest, dass jeder Ahnung auch ein solider wahrer Kern zu Grunde liegt ... irgendeine Tatsache, die dafür spricht. Natürlich verdächtigen wir keinen Menschen des Mordes, nur weil er wie ein Filmbösewicht aussieht. Wir alle wissen es besser. Das Aussehen täuscht meistens. Allerdings verrät sich ein Verbrecher auf sehr subtile Arten – eine ganz bestimmte Reaktion auf irgendeine Äußerung, Ruhe, wenn Aufregung normaler wäre, kleine Dinge, die trotzdem verräterisch sind. Verstehst du?«

Dick nickte.

»Ich möchte, dass du eine Weile allein bleibst und nachdenkst. Versuche, die Fakten hinter deinen Ahnungen zu identifizieren. Sie können an die Oberfläche kommen oder auch nicht. Wenn du sie definitiv benennen kannst, möchte ich, dass du wieder zu mir kommst und berichtest. Einverstanden?«

Dick nickte. »Ich werde mich anstrengen. Aber ich glaube nicht, dass mir noch irgendetwas einfällt.«

»Gut. Das ist dann im Moment alles.«

Dick verließ den Aufenthaltsraum, in dem die Vernehmung stattgefunden hatte, und wanderte durch die Röhrengänge, die die Teilgebäude des Observatoriums miteinander verbanden. Im Kasino begegnete er Hutchings.

Hutchings, der erfolglos versucht hatte, von Doc Mole ein Stück Pastete zu schnorren, hatte noch schlechtere Laune als üblich. »Ganz der Held jetzt, was?«, maulte er mit heruntergezogenen Mundwinkeln. »Versuch jetzt bloß nicht, mir mit irgendeinem ausgefallenen Getue zu imponieren, du Knirps, sonst sorge ich dafür, dass es dir Leid tut.« Er zündete sich eine Zigarette an, blies eine Wolke übel riechenden Rauches in Dicks Gesicht, zerbrach das Streichholz zwischen den Fingern und warf es verächtlich über seine Schulter. Wie der Zufall es wollte, sah Doc Mole von der Küche her zu. Er brüllte vor Wut und kam mit erhobenem Fleischerbeil herangestürmt.

Hutchings sank gegen den Geschirrschrank. »Was – was ist denn los?«, stammelte er.

Doc Mole zeigte mit einem bebenden Finger auf ein Zuckerglas. »Seit wann fällt es dir denn ein, deine ekligen Zigarettenstummel in meinen sauberen Zucker zu werfen, du erbärmlicher Wicht?«

»Ich – ich hab' gar keine Zigarettenstummel geworfen«, krächzte Hutchings. »Es war nur ein Streichholz.«

»*Nur* ein Streichholz, sagst du! *Nur* ein Streichholz! Was fällt dir ein, mit Streichhölzern herumzuwerfen? Denkst du, ich stelle meine Zuckerschüsseln auf, um deinen Dreck aufzufangen?« Drohend hob er das Beil.

Hutchings duckte sich. »Ich nehm' es ja schon wieder heraus...«

»Und hoffentlich ganz schnell, sonst verpasse ich dir den kürzesten Haarschnitt, den du je gehabt hast!«

Hutchings holte das Streichholz behutsam aus dem Zucker und trug es zu einem Aschenbecher.

»Jetzt scher dich fort!«, brüllte Doc Mole. »Und wenn du noch einmal was zu essen bekommen willst, dann spielst du mir besser keinen solchen Streich mehr!«

Hutchings schlich buchstäblich davon. Doc Mole nickte Dick zu. »Schöner Tag heute«, sagte er milde und verschwand dann wieder in seiner Küche.

Dick blickte automatisch zum unverändert schwarzen Himmel hinaus, sah hinter der Schwärze die Abermillionen nicht leuchtenden Sterne. Einer von Doc Moles Scherzen. Er ließ sich Kaffee aus der Kaffeemaschine, die immer gefüllt war, nahm Platz und saß schlürfend und nachdenklich da... Seltsam, dass die Codenachrichten von den Erdsatelliten nicht aufgezeichnet worden waren – seltsam und möglicherweise bedeutungsvoll. Warum sollte es sich mit den Codenachrichten anders verhalten als mit anderen Nachrichtensendungen, die das Observatorium verließen? Wo befand sich die Abschirmung? Er wusste, dass die Meldungen vom Observatorium aus über automatische Relaisstationen zur Sicherheitsbasis übermittelt und von dort aus zur Erde abgestrahlt wurden. Wenn die Codenachrichten den Stationssender verlassen hatten, *mussten* sie einfach von einem der Kontroll-Empfänger in den Satelliten registriert worden sein.

Dick dachte über die Folgen dieser Feststellung nach. Ein bemerkenswerter Schluss drängte sich ihm auf. Es sah so aus, als würden die Codenachrichten nur bis zur Sicherheitsstation übertragen werden und nicht weiter, was dafür sprach, dass die Piraten die Sicherheitsstation als Basis benutzten! Diese Schlussfolgerung wurde jedoch durch andere Fakten wieder in Zweifel gestellt. Wie hätte man das dem Irren Sam verheimlichen können? Der Irre Sam war der Aufseher gewesen, und auch wenn er sich mürrisch, wortkarg und wunderlich gegeben hatte, so war er der letzte Mensch auf der ganzen Welt, den Dick mit Plünderung und Mord in Verbindung bringen würde.

Andererseits lag die alte Basis günstig auf den Handelsrouten und Richtung *Friedhof.* Die unterirdischen Hangars boten den gekaperten Raumschiffen ein geeignetes Versteck, und die Beute konnte in den Speichern gelagert werden, bis man sie zu anonymen Hehlern auf der Erde verschiffte.

Dick sprang auf und rannte in den Aufenthaltsraum zurück. Aber die Ermittlungsbeamten befanden sich in einer angeregten Unterhaltung mit Professor Dexter, der wiederholt den Kopf schüttelte, als weise er eine Vermutung zurück, die von einem der Männer geäußert worden war. Dick zögerte einen Moment lang. Bestimmt zogen sie die richtigen Schlüsse aus der Tatsache, dass die Funknachrichten nur bis zur Sicherheitsbasis übertragen wurden. Sie würden bestimmt keine Luftsprünge machen, wenn er jetzt mit dem Offensichtlichen dazwischenplatzte. Er wandte sich ab, und in Zukunft sollte er sich noch oft wünschen, dass er doch in ihre Unterhaltung hineingeplatzt wäre und, wenn nötig, sogar auf den Tisch geschlagen hätte, um ihre Aufmerksamkeit zu erlangen. Aber Dick konnte nicht in die Zukunft sehen, und so ging er still durch den Aufenthaltsraum und stieg die Treppe zur Bibliothek hinauf.

Isel Bayer hob den Kopf, und der üppige weiße Flaum seiner Haare wallte und kräuselte sich. Die dunkle Brille schimmerte herausfordernd in Dicks Richtung. »Na, zu weiteren Lausbubenstreichen unterwegs?«

»Nein, Professor Bayer«, erwiderte Dick höflich. »Ich habe Ihnen doch zu erklären versucht, dass mir der ganze Schaden Leid tut, den ich angerichtet habe.«

Bayer nickte mürrisch. »Entschuldigungen reparieren keinen Schaden. Diese Bücher sind zu wertvoll, als dass sie durch Kinder aufs Spiel gesetzt werden dürften. Ich fürchte, ich werde dich auffordern müssen, dich . . .«

»Ich bin kein Kind mehr«, protestierte Dick tief verletzt, jedoch nach wie vor entschlossen, höflich zu bleiben. »Und ich verspreche Ihnen, dass so etwas nicht mehr passieren wird.«

»Das will ich auch hoffen.« Isel Bayer wandte sich halb ab.

Dick, der das Schweigen als widerwillige Duldung seiner Anwesenheit verstand, kam leise herein und suchte die Regale ab.

Die Reflexe auf Isel Bayers dunklen Brillengläsern folgten ihm, aber Dick war sich nicht sicher, ob sich auch die Augen hinter den Gläsern bewegten oder nicht.

Gleich darauf fand er das Buch, das er suchte: *Eine*

Geschichte der Mondforschung und -erschließung von Clarence Earl Sears. Er blätterte die bekannten Kapitel rasch durch: die Landungen der ersten chemisch angetriebenen Schiffe; die ersten Basis-Lager; die Entwicklung des Atomantriebs für Raumschiffe; der folgende Zehnjahreszeitraum, in dem die leichter zugänglichen Erzlager ausgebeutet wurden; der Rückgang des Betriebs wegen der allgemein hohen Unkosten; und das der Sicherheitsbasis gewidmete Kapitel.

Dick setzte sich und begann zu lesen. Er überflog die Seiten rasch. Die Namen der großen Mond-Pioniere sprangen ihm aus dem Gedruckten heraus förmlich entgegen: Wainwright, Farrell, Boarman. Er überflog die Statistiken: so und so viele Tonnen von der Erde importierter Zement, der mit Mondkies und aufgetautem Eis vermischt werden sollte; so und so viele Tonnen Eisen; so und so viele Quadratfuß Sicherheitsglas; so und so viele Gallonen Luftdichtungsfarbe zum Verfüllen der Poren im Beton.

Flüchtig las er von den politischen Auswirkungen der Sicherheitsbasis, vom Nachlassen der Wachsamkeit und schließlich von der Aufgabe der Station.

Mit zunehmender Enttäuschung blätterte er den Rest des Buches durch, aber nirgends fand er einen Grundriss der Basis.

Er stellte den Band auf das Regal zurück, suchte weiter. Schließlich entdeckte er eine kleine Broschüre, die in eine dunkle Ecke gestellt war und den Titel trug: *Die größte Festung der Geschichte* von Thomas Guy Hand. Auf der Umschlaginnenseite war eine zusammengefaltete Karte befestigt.

Eifrig breitete Dick sie auf dem Tisch aus und studierte die komplizierte Anordnung von Hallen, Hangars, Lagerstätten, Kasernen, Kontrollbüros. Die Basis war L-förmig angelegt, ein Bereich war unter der überhängenden Felswand des nahen Kraters verborgen.

Dick kam eine andere, bereits gesehene Karte in den Sinn – die Karte des Irren Sam von den »Baxter-Höhlen«. Das rote und blaue Gekritzel in einem sauberen, mit dem vor ihm identischen, Umriss.

Dick blickte über die Schulter und sah Isel Bayer mit ausdruckslosem Gesicht sechs Fuß hinter sich stehen.

Mit zitternden Fingern faltete Dick die Karte wieder zusammen, stellte das Buch an seinen Platz zurück und verließ die Bibliothek, ohne ein Wort zu sagen.

Er ging in sein Zimmer und warf sich aufs Bett. Jetzt wollte er die Karte mehr denn je haben. Sie befand sich nicht in der Hütte des Irren Sam. Und als sich Dick an das schlichte Bild des Dings mit den goldenen Augen erinnerte, fühlte er kleine, kalte Schauer über seine Haut kriechen.

War die goldäugige Kreatur wirklich der Basilisk? Hatte er in den Tiefen der alten Sicherheitsbasis sein Hauptquartier eingerichtet?

Dick erhob sich und ging ans Fenster. Wenn er nur die Karte des Irren Sam hätte, dann könnten bestimmt viele dieser Fragen beantwortet werden. Die Karte war nicht in Sams Hütte gewesen, und er hatte sie auch nicht bei sich getragen oder auf Bronco Bert, dem Raketenfloß, versteckt gehabt.

Wo konnte sie sein? Es blieb nur eine einzige Möglichkeit – der finstere Grund von Baxters Bodenlosem Loch.

XV
Feuerflut

Dick starrte mit blinden Augen über die Mondlandschaft. In Gedanken sah er das Bild vom Tod des Irren Sam vor sich: der große Felsblock, Sams davonwirbelnder Körper und sein verzerrtes Gesicht. Wieder hörte er das Schreien durch sein Helm-Funkgerät hereingellen. Dick knirschte mit den Zähnen.

Er musste zum Bodenlosen Loch hinausfliegen. Er musste sich noch einmal in den Abgrund hinunterwagen. Es war gefährlich, und doch musste er es riskieren, heimlich und allein. Selbst wenn er nur seinen Vater einweihte, bestand die Gefahr, dass die Nachricht irgendwie an den scheinbar übermenschlichen Basilisken weitergeleitet wurde. Und außerdem war vorhersehbar, dass ihm sein Vater diesen Ausflug verbieten würde.

Dick bewegte sich mit fieberhafter Eile, wobei er seine Zweifel und unterbewussten Ängste verdrängte. Er rannte nach unten, durchquerte leise den Aufenthaltsraum und betrat den Umkleideraum der Offiziersmesse, wo er in seinen Raumanzug schlüpfte und einen neuen Sauerstoff-Tornister befestigte.

Drei Minuten später war er auf dem Landefeld draußen. Der obere Rand der aufgehenden Sonne warf lange, schwarze Schatten, durch die Dick hastig und geduckt dorthin voraneilte, wo das Raketenfloß des Irren Sam abgestellt worden war.

Zuallererst brauchte er unbedingt Treibstoff, denn nach seinem heldenhaften Flug waren die Tanks noch immer leer. Er schätzte die Entfernung zu den Zapfsäulen hinüber mit einem schnellen Blick ab: hundert Fuß. Entweder musste das Floß zum Treibstoff oder aber der Treibstoff zum Floß gebracht werden. Dick entschied, dass Ersteres einfacher war, denn um Behälter und Trichter zu erhalten, hätte er zu Lobscombe gehen müssen, und dazu verspürte er überhaupt kein Bedürfnis.

Er betrachtete das Floß. Auf der Erde hätte es vielleicht drei- oder vierhundert Pfund gewogen; hier auf dem Mond würde es kaum fünfzig Pfund schwer sein. Dick trat in das Gestell und ergriff die Streben in Hüfthöhe links und rechts von sich und hob das Floß an. Es erwies sich als eine unhandliche Last, und Dick war froh, als er es neben der Pumpe absetzen konnte.

Er beeilte sich. Lobscombe hatte bestimmt einiges dagegen, dass er sich mit seinem Treibstoff bediente. Die beste Methode, diesem Problem aus dem Weg zu gehen, war, Lobscombe aus dem Weg zu gehen.

Dick hatte wieder Glück – drei Minuten später waren die beiden Tanks mit dem Flüssiggas gefüllt. Während er die biegsame Metallröhre einhängte, blickte er über den Landeplatz zum Verwaltungsgebäude hinüber. Eine Gestalt, die am Fenster gestanden war, wich außer Sicht zurück.

Dick riss die Augen auf, sein Herz hämmerte. Irgendjemand hatte ihn beobachtet, jemand, der sich schuldbewusst heimlichtuerisch verhielt. Wenn dieses unwillkürliche Zurückschrecken nicht gewesen wäre, hätte sich Dick bei dieser Sache überhaupt nichts gedacht. Aber die Bewegung war so verstohlen gewesen – und im ganzen Observatorium hatte nur eine einzige Person ein solches Verhalten nötig ... der Mörder, der Verräter, der Spion des Basilisken.

Dick zögerte, denn plötzlich war die Hälfte seines Mutes zu dem geplanten Abenteuer fortgeschmolzen. Aber wenn er jetzt auf das Floß sprang und startete, dann konnte er schon weit weg und in den eigenwilligen Schatten des Mondmorgens untergetaucht sein, bevor ihm sein Feind folgen konnte.

Er zauderte nicht länger. Er setzte sich, drehte das Hauptventil auf. Das Raketenfloß erwachte ruckend zum Leben und erhob sich in der jetzt vertrauten Folge unkontrollierbarer Stöße und Beinahe-Abstürze vom Boden.

Dick regulierte den Zufluss zu den vier Düsen. Der Flug des Floßes stabilisierte sich. Er öffnete das Hauptventil weit, zog den Steuerknüppel zurück, und das Floß zog an und jagte vom Observatorium fort. Als Dick über die Schulter zurückschaute, meinte er, eine Bewegung auf dem Landefeld zu sehen, aber das tiefe Schwarz und blendende Weiß irritierte ihn, und so konnte er sich nicht völlig sicher sein.

Jetzt schwebte er im hellen Glanz des Sonnenlichts dahin. Unter ihm warf jeder Krater, jeder Buckel, jede Felsspitze, jeder Vorsprung und jeder Grat einen Schatten, der fünfzigmal so lang war wie das Original. Rechter Hand breitete sich die bizarre Fläche der Baxter-See aus; links von Dick erhob sich eine gigantische schwarze Palisade zwei Meilen hoch aus einem Bimssteinsee.

Dick spähte zurück. Das Observatorium war ein Spielzeugdorf, jedes Detail glänzend, gestochen scharf, deutlich zu erkennen – der Vorteil des Vakuums. Dann entstand plötzlich ein leeres Gefühl in Dicks Magen – ein dunkler Fleck, der sich vom Landefeld erhob? Er starrte hin, bekam aber keine Sicherheit. Es war das Beste, wenn er keine Risiken einging. Er wusste, dass sein Leben allein von seinem Können abhing.

Er drosselte die Energiezufuhr und ließ sein Gefährt zum Mond hinuntergleiten. Erst ein paar hundert Yards über der Oberfläche drückte er den Steuerknüppel mit einem Ruck wieder in die andere Richtung, drehte das Ventil auf und zog wie eine Libelle dicht über dem Boden dahin. Im Schatten der großen Palisade landete er und beobachtete den Himmel.

Zehn Minuten verstrichen, ohne dass etwas passierte. Beruhigt griff Dick nach dem Hauptventil und hielt plötzlich inne, von einem neuen Gedanken durchzuckt. Wenn jemand geplant hatte, ihn zu verfolgen, dann würde er sich bestimmt nicht nur auf gute Sicht verlassen. Dann hatte er ... Dick sprang auf den Boden hinunter und inspizierte sein Floß sorgfältig.

Unter dem Sitz fand er einen unauffällig kleinen, jedoch verräterischen Peilsender angeheftet – ein Gegenstand, der nicht größer war als eine Taschenuhr. Zweifellos strahlte er ununterbrochen seine Signalimpulse aus; und zweifellos näherte sich sein Feind verstohlen, indem er diesen Impulsen folgte.

Dick lächelte. Dieses Spiel konnte man auch sehr gut zu zweit spielen. Er brach den Sender los und warf ihn in ein düsteres Loch, das ein paar Fuß entfernt im Boden klaffte. Er sprang auf sein Floß und steuerte es auf ein Plateau im hinteren Teil der gewaltigen Felsenzinne hinauf, stieg ab und kauerte sich an einer Stelle nieder, wo er ungesehen beobachten konnte.

Die Zeit verging mit einschläfernder Trägheit. Die Sonne schob sich im Schneckentempo über den Horizont, achtundzwanzigmal so langsam wie bei einem irdischen Sonnenaufgang. Die Mondlandschaft breitete sich vor Dicks Augen aus – eine luftleere, unwirtliche Wüste.

Dicht über dem Boden kam ein kleines Floß angeschwebt. Dick versteifte sich, strengte die Augen an. Es war eindeutig eines von den Observatoriums-Flößen. Ein Mann saß in einem unkenntlich machenden Raumanzug auf dem Sitz. Er näherte sich so vorsichtig, als wolle er vermeiden, gesehen zu werden, hielt sich tief in den Schatten, glitt dicht über dem Boden über Abhänge herunter und durch Vertiefungen. Wachsam steuerte er sein Floß auf den Fuß der Palisade zu.

Dick beugte sich vor und reckte den Hals. Das Floß war jetzt fast unter ihm. Es hielt an; der Mann an Deck schien verwirrt zu sein. Sorgfältig suchte er die Felsen am Fuß der Palisade ab, inspizierte die Bimssteinebene. Er ließ das Floß allein zurück. So sehr sich Dick auch anstrengte, er konnte das Gesicht hinter der Helm-Sichtscheibe nicht erkennen. Der Mann entdeckte das Loch. Er blieb auf der Stelle stehen, dann ging er langsam weiter.

Dick richtete sich auf und hob einen schroff gezackten Felsbrocken von drei Fuß Durchmesser hoch. Er schleppte ihn zum Abgrund des Plateaus, hielt inne, schätzte die Distanz und ließ ihn fallen.

Der Felsbrocken fiel zuerst langsam, dann immer schneller und traf das Floß mit zerschmetternder Wucht. Dick sah, wie die hintere Düse abbrach, sah, wie sich Sauerstoff und Wasserstoff über das Felsgestein ergossen.

Schall wurde vom Vakuum nicht übertragen, aber der Mann spürte den Aufprall. Er wirbelte herum, starrte bestürzt auf das beschädigte Floß. Er blickte hoch, seine Augen starrten zu Dick herauf – zornige, gelbe Augen.

Dick wich zurück, stieg hastig auf sein Floß. Einen Augenblick später segelte er mit voller Geschwindigkeit Richtung Baxter-Spitze.

Er blickte über die Schulter. Wer war der Mann im Raumanzug? Dick kannte nur einen Mann, der löwengelbe Augen hatte: A. B. Sende. Wenn er wieder im Observatorium war, würde es leicht genug sein, sich Gewissheit zu verschaffen. Und nachdem die Identität des Mannes geklärt war, würde es ziemlich einfach sein, einen Suchtrupp loszuschicken, der ihn abholte. Natürlich – Dick schaute zum noch sichtbaren Observatorium zurück – war es möglich, sich auf dem Mond sehr schnell fortzubewegen, besonders auf einer glatten Bimssteinebene... Der Mann, egal ob es nun Sende war oder nicht, konnte sehr wohl zu Fuß ins Observatorium zurückkehren.

Er musste sich beeilen. Er öffnete das Hauptventil auf vollen Schub. Blaues Feuer stach nach hinten; das Floß floh wie ein verängstigter Vogel über die Alptraumlandschaft.

Vor ihm erhob sich die Baxter-Mesa. Dick lenkte das Floß auf den gefährlichen Vorsprung hinunter. Er warf einen letzten suchenden Blick zum Himmel hinauf, dann ließ er sein Gefährt in den schwarzen Abgrund sinken, der Baxters Bodenloses Loch war. Die Felswände erhoben sich rechts und links von ihm; die Prachtstraße aus Sternen über ihm wurde immer schmaler. Hinunter, hinunter, hinunter – jeder seiner Muskeln war angespannt, während blaues Feuer die Felswände mit einem unheimlichen Leuchten erhellte.

Hinunter, immer tiefer in die verborgenen Bereiche des Mondes hinunter. Die Sternenstraße wurde zu einem fernen Pfad, einem Strich. Die Felswände, die außer von seinen Augen noch von keinen anderen Augen erblickt worden waren, türmten sich hoch und höher empor, rückten immer dichter zusammen – und dann kam endlich der Grund.

Dick landete und sprang erleichtert von seinem Floß herunter. Er schaltete seinen Helm-Scheinwerfer ein. Wo war Sam aufgetroffen? Die Stelle musste ganz in der Nähe sein. Er setzte sich auf dem schmalen Boden der Spalte in Bewegung, ging fünfzig Fuß weit, hundert Fuß. Vor ihm schimmerte etwas. Dick stürmte eifrig vor. Er bückte sich und hob den Gegenstand auf – Sams Beutel. Darin lag das Notizbuch.

Dick öffnete das Buch; das rote und blaue Netzwerk über dem ordentlichen schwarzen *L* erschien. Zufrieden steckte er es in seine Tasche, drehte sich um und lief zum Floß zurück. Er stieg auf, startete die Düsen. Die Felswände glitten an ihm vorbei, nach unten, immer schneller, während die schmale Lücke weit oben ein Sternenrinnsal wurde, ein Pfad, eine Straße, eine breite Fläche – und dann war Dick wieder draußen, im freien Raum.

Er stieg hoch auf; Baxters Bodenloses Loch wurde zu einem Spalt in altem Gestein, die Baxter-Mesa ein Felsbuckel. Er glitt über die Sam-Baxter-Gebirgskette, überquerte Mare Baxteria. Irgendwo unter ihm – Dick kicherte – trottete jemand sehr wütend die ermüdenden Meilen zum Observatorium zurück.

Dick landete auf dem Landefeld, sprang ab und rannte zum Verwaltungsgebäude hinüber. Er betrat es durch die Luftschleuse, glitt aus seinem Raumanzug. Jetzt seinen Vater finden. Dick spürte aufkeimendes Unbehagen in sich. Obgleich er Sams Karte in der Tasche hatte, würde sein Vater nicht besonders viel von seiner Heldentat halten – besonders, wenn er von dem noch anonymen Mann erfuhr, der jetzt ganz in der Nähe des Observatoriums sein musste.

Der Aufenthaltsraum war leer. Dick rannte in den zweiten Stock hinauf, schaute in die Buchhaltung hinein. Hutchings saß an seinem Schreibtisch. »Was willst du?«, knurrte er.

»Ich suche meinen Vater«, antwortete Dick. »Haben Sie ihn gesehen?«

»Nein.« Hutchings wandte sich wieder seiner Arbeit zu.

Dick ging den Korridor entlang, klopfte an Professor Dexters Dunkelkammer. Er bekam keine Antwort, also war Professor Dexter nicht in seiner Unterkunft. Er lief weiter, in die Bibliothek, öffnete die Tür, schaute hinein. Leer.

Dick rannte nach oben, aber die Räume, die er mit seinem Vater teilte, waren ebenfalls leer.

Ein wenig verwirrt ging er in den Aufenthaltsraum zurück, machte sich auf den Weg durch die Röhre. Er klopfte an der Tür der Funkbaracke an. Keine Antwort. Im Kasino traf er Curtis, den Chemiker, beim Kaffeetrinken an. Curtis war gerade vom Laboratorium hereingekommen und hatte niemanden gesehen. »Wahrscheinlich sind sie alle im Teleskop oben«, vermutete er.

Dick rannte in den Umkleideraum, schlüpfte hastig wieder in seinen Raumanzug und tauchte durch die Luftschleuse auf den Landeplatz hinaus. Mit Dreißig-Fuß-Sätzen rannte er über das schwarze Glas des Kraterbodens und stürmte den Hang hinauf. Das Teleskop kam in Sicht – das gewaltige Rohr lag fast horizontal ... Dick hielt mitten in der Bewegung an, machte große Augen, und sein Herz stand still.

Das Teleskop-Rohr war direkt auf die Sonne gerichtet; der Sonnenschirm war heruntergeklappt. Der volle Glanz der Sonne, vom Hohlspiegel gesammelt und konzentriert, strömte in einer schrecklichen, lodernden Flut in den Beobachterkäfig hinein.

Wer befand sich darin? Dick schrie in plötzlicher Seelenpein auf. Er wusste, wer darin war – sein Vater.

XVI

Die Augen des Basilisken (I)

Für eine Zeitspanne, die man höchstens in Zehntelsekunden messen konnte, stand Dick wie erstarrt, und so kurz diese Spanne auch war – es kam ihm so vor, als würde sein ganzes bisheriges Leben vor seinen Augen ablaufen. Später erinnerte er sich nicht mehr an seine nächsten Handlungen. Er musste vorgestürmt sein, in der Kontrollzelle auf der Plattform wie rasend an den Steuerschaltern gerissen haben, und als das Teleskop-Rohr zur Zwischenetage herumschwenkte, war er an Ort und Stelle, um die Tür des Beobachterkäfigs aufzureißen.

Dann bot sich ihm ein Schauspiel, das er nie mehr vergessen würde, solange er lebte: sein Vater kam herausgewankt, mit halbblinden Augen, der Raumanzug blasenübersät und noch brodelnd, der Helm zu einer Eiform zerschmolzen. Als er auf den Boden der Zwischenetage stürzte, entfiel seinen Händen ein Spiegel.

Dick beugte sich über den erschlaffenden Körper seines Vaters, sah, wie sich seine Augen schlossen, sein Mund aufklaffte. Dick schrie, aber er bekam keine Antwort, keinen einzigen Ton. Er hob seinen Vater hoch – dank der geringen Schwerkraft eine Leichtigkeit – und trug ihn so rasch wie möglich den steilen Hang hinunter.

Der Rückweg war ein Alptraum. Die Arme und Beine seines Vaters hingen herunter; sein Kopf baumelte schrecklich hin und her. Dick war sicher, dass er tot war. Irgendwie schaffte er es, ihn durch die Schleuse in den Aufenthaltsraum hineinzuschleppen, und plötzlich war der Raum voller Leute.

Ein ernster und bleicher Professor Dexter nahm Dr. Murdock den Helm ab, während ihm Dr. Lister, der Observatoriums-Arzt, den Raumanzug auszog. Eine Trage wurde gebracht. Dr. Murdock wurde, schlaff, schwer atmend, leise stöhnend, in die Krankenstation hinaufgetragen.

Dick schlüpfte empfindungslos aus seinem Raumanzug, ging langsam in die Krankenstation hinauf, hatte gleich darauf genügend Mut, um hineinzugehen. Dr. Lister besprühte das Gesicht seines Vaters mit einer Art Salbe.

»Ist er ... wird er ...«

Dr. Lister schaute auf. »Ja, er wird durchkommen. Es war verteufelt knapp ... die Hitze und die Verbrennungen ... Ich werde ihn ein paar Tage lang unter Beruhigungsmitteln halten, und dann wird er, denke ich, wieder ganz der Alte sein.«

»Kann ich irgendetwas für ihn tun?«, fragte Dick. »Braucht er eine Bluttransfusion oder irgendetwas in der Art?«

Dr. Lister schüttelte den Kopf. »Nein, Dick. Das Beste, was du tun kannst, ist, in dein Zimmer zu gehen und dich auszuruhen. Hier.« Er gab Dick zwei weiße Tabletten. »Das beruhigt deine Nerven. Die Hauptsache ist – mach dir keine Sorgen. Dein Vater hat eine Menge Glück gehabt ... Noch ein paar Minuten länger in diesem Backofen, und er wäre erledigt gewesen. Aber so, wie die Dinge jetzt stehen, wird er wieder völlig gesund werden. Jetzt geh und ruh dich aus.«

Dick wandte sich ab und schlenderte teilnahmslos nach unten. Leute, die er kaum bemerkte, stellten ihm Fragen, und er antwortete automatisch. Es gab viele gedämpfte Unterhaltungen, viele nachdrückliche Ausrufe.

Dicks Blicke, die hierhin und dorthin streiften, kamen auf einer hoch gewachsenen Gestalt zur Ruhe, eine Gestalt, die still in der Türöffnung stand, ein Mann mit gelben Augen und einem scharf geschnittenen Profil: Sende. Wie ein Hammerschlag kehrte die Erinnerung an den Mann zurück, dessen Floß er ruiniert hatte und über dessen Identität er noch im Zweifel war.

Er betrachtete Sende, als wolle er die Antworten auf seine Fragen aus den gelben Augen herauslesen. Sende erwiderte seinen Blick, und Dick glaubte, eine leichte Verengung des Messerschlitzmundes zu bemerken. Dann war er fort, und Dick blieb allein zurück und starrte auf die leere Türöffnung.

Nach ein paar Augenblicken schüttelte er die Starre von sich ab und ging rasch auf sein Zimmer. Kurz blieb er auf der Schwelle stehen, dann trat er vollends ein und schloss die Tür hinter sich ab.

Er setzte sich an den Schreibtisch und schlug das Notizbuch des Irren Sam auf. Er starrte auf die Karte der Sicherheitsbasis – auf das rotblaue Gekritzel. Was war dem Irren Sam an ihr so ungeheuer wichtig gewesen? Dick wendete die Seiten und runzelte die Stirn, als er die kaum leserliche Handschrift des Irren Sam zu entziffern versuchte. Seltsame Brocken konnte er hier und da lesen:

»... muss langsam gestorben sein. Die wenigen verbleibenden ...«

»... gefährlich und schwierig. Werde nie und unter gar keinen Umständen enthüllen ...«

»... dieser eine hat die Sprache gelernt, und es ist seine Absicht, die Welt wieder zu einem geeigneten Ort für ... zu machen ...«

»... darf nie über seine Verkleidung überrascht sein, egal wo oder wann ...«

Dick blätterte die Seiten um und kam zu der Karte. Auf den unteren Rand der Seite hatte Sam eilig ein paar erklärende Worte gekritzelt: »Blau – eben; rot – schräg; Kreise sind Öffnungen an die Oberfläche; Kreuze sind Barrieren, da ist die Station eingebrochen, und Trümmer blockieren die Gänge.« Offenbar wurden die Baxter-Höhlen durch die roten und blauen Linien kartografiert.

Mit wachsender Erregung las er weiter. »Ebenen beginnen mit *A*.« Als Dick auf der Karte nachschaute, sah er, dass die farbigen Linien mit allen möglichen Buchstaben des Alphabets übersät waren.

Er befasste sich wieder mit der Erläuterung. »Am tiefsten liegt die alte Stadt, auf *R*. Zweifellos gehen die Höhlen noch tiefer 'runter, aber ich habe gezögert ...«

Dick verzog das Gesicht. Wenn die Höhlen so gruselig waren, dass sie sogar einen so einsiedlerischen Menschen wie den Irren Sam einschüchterten, welche Wirkung würden sie dann erst auf eine normale Person haben?

Er studierte die Karte noch eine ganze Weile lang sehr eingehend, dann wendete er die Seite. Hier gab es noch mehr von Sams Gekritzel zu lesen – Schriftzeichen, die an eine Reihe knorriger Wurzeln erinnerten. »Öffnung Nummer 1 ist in der Nähe meiner

Hütte. Öffnung Nummer 2 ist unter den Biotit-Vorsprüngen …«

Dick befasste sich wieder mit der Karte, fand den Kreis mit einer 1 darin … Dort musste die Hütte des Irren Sam liegen. Von der Öffnung Nr. 1 zog Dick eine Linie zur Sicherheitsbasis. Mit einiger Sorgfalt und Vorsicht konnte man sich der Basis auf unterirdischem Weg nähern und sie erkunden.

Dick erhob sich, ging in quälender Unentschlossenheit hin und her. Zu wem konnte er Vertrauen haben? Irgendwie musste er seine Nachricht entweder Commander Franchetti oder dem UN-Kriminalamt übermitteln. Aber wie? Wem konnte er vertrauen? Am allerwenigsten jedenfalls Sende, dem Funker, der die Nachricht weiterleiten müsste. Sein Vater war bewusstlos. Außer ihm gab es niemanden im Observatorium, dessen Zuverlässigkeit sich Dick völlig sicher war. Er war praktisch ganz allein. Ein neuer Gedanke durchzuckte ihn. Wenn ihn – wie er annahm – Sende über den Mond verfolgt hatte, wer hatte dann versucht, seinen Vater im Teleskop umzubringen? Hatte der Basilisk etwa zwei Agenten im Observatorium?

Dick legte sich völlig angezogen auf das Bett. Seine Muskeln entspannten sich, und er merkte, dass er schrecklich müde war. Gähnend stand er auf, zog seine Kleider aus und nahm nach einigem Zögern eine der Pillen, die ihm Dr. Lister gegeben hatte. Zwanzig Minuten später war er eingeschlafen.

Gleich nach dem Aufwachen stürmte er in die Krankenstation und erfuhr, dass sein Vater noch immer unter Medikamenten stand und betäubt war. Er ging ins Kasino, nahm dort in Gedanken versunken sein Frühstück ein und wanderte danach eine halbe Stunde lang ruhelos durch die verschiedenen Röhrengänge und Gebäude des Observatoriums.

Nach und nach bemerkte er eine eigenartige Spannung unter dem Observatoriumspersonal: ein gemurmeltes Unbehagen, das keinen Brennpunkt, keinen bestimmten Grund zu haben schien. Es war, als baue sich ein Gefühl drohender Gefahr auf, die Bedrückung, die sich vor einem Gewitter in der Luft sammelt. Dick trat an ein Fenster und starrte auf das Landefeld und das alte Raketenfloß des Irren Sam hinaus.

Es war noch genügend Treibstoff in den Tanks – damit konnte er zur Basis und wieder zurück kommen, sollte er sich dazu durchringen, das Abenteuer zu wagen. Er dachte ziemlich lange darüber nach. Es war fraglos gefährlich. Der Basilisk würde keine Sekunde lang zögern, ihn umzubringen. Natürlich bestand auch noch immer die Möglichkeit, dass die Sicherheitsbasis kahl und leer war, aber irgendwie wollte Dick an diese Möglichkeit nicht glauben.

Wahrscheinlich wusste der Basilisk nichts von Sams Karte. Ganz bestimmt jedenfalls hatte er keine Ahnung, dass sie jetzt in Dicks Besitz war. Im Hinblick auf diese Tatsache schien es keinen Grund zu geben, weshalb Dick die Sicherheitsbasis nicht erforschen sollte – er war überhaupt nicht gefährdet. Flüchtig dachte er an seinen Vater ... und verdrängte diesen Gedanken wieder in sein Unterbewusstsein. Sein Vater würde ihm bestimmt nicht die Erlaubnis dazu geben. Trotzdem, dachte Dick, irgendjemand muss die Basis erkunden. Er war dazu so fähig wie jeder andere. Wenn er erwischt wurde ... Eisige Finger umklammerten seine Magengrube. Aber er würde nicht erwischt werden. Er würde sich Sams Hütte in einem weiten Umweg nähern, sich vergewissern, dass ihm niemand folgte, dass an seinem Floß kein Peilsender befestigt war.

Jetzt aufgeregt, rannte er in sein Zimmer hinauf, wo er die Karte aus Sams Notizbuch riss. Er hängte sich seine Kamera um den Hals, huschte in den Umkleideraum hinunter, wo er in seinen Raumanzug schlüpfte. Einen nachträglichen Einfall befolgend, hängte er sich noch einen zusätzlichen Sauerstoff-Tornister an den Gurt sowie eine Extrabatterie für seinen Helm-Scheinwerfer – Vorsichtsmaßnahmen, von denen er annahm, sie würden vermutlich unnötig sein, da er ja nur höchstens drei oder vier Stunden vom Observatorium fortzubleiben vorhatte.

Er ging durch die Luftschleuse hinaus, rannte in langen Sprüngen zu seinem Raketenfloß. Er sprang an Deck, griff nach dem Hauptventil. Ein Schatten fiel über seinen Helm. Als er sich in einem erschreckten Zusammenzucken herumdrehte, schaute er in die durchdringenden Augen von A. B. Sende.

»Brichst du wieder zu einer kleinen Spazierfahrt auf?«, fragte Sende mit einem betont lässigen Tonfall.

»Ich fahre schürfen«, antwortete Dick. »Ich will mir noch ein paar Turmaline suchen.«

»Dieses Raketenfloßfahren ist ein gefährlicher Zeitvertreib«, sagte Sende, wobei seine metallische Stimme völlig ausdruckslos blieb. »Wenn ich du wäre, würde ich sehr nahe beim Observatorium bleiben. Eigentlich würde ich überhaupt nicht hinausfahren. Den Flößen und den Leuten, die darin unterwegs sind, stoßen eigenartige Dinge zu...«

Dick drehte das Ventil auf. »Ich habe mir vorgenommen, sehr vorsichtig zu sein.«

»Manchmal reicht das nicht.«

Dick gab keine Antwort mehr. Die Düsen spien Feuer, das Floß erhob sich in den schwarzen Himmel. Als Dick zurückschaute, sah er Sende reglos dastehen und ihn ausdruckslos beobachten.

Dick machte sich auf den Weg zur Baxter-Mesa, überflog den Lava-Ozean, der jetzt im Sonnenlicht heiß und staubig war. Er tauchte in einen kleinen Krater hinunter und inspizierte das ganze Floß: keine Peilsender. Der Himmel hinter ihm schien frei von Verfolgern. Er stieg wieder in die Höhe empor, flog zur Sicherheitsbasis hinaus und nutzte jede Deckung zwischen den zerklüfteten Felsnadeln einer großen Bergkette, um jeden, der ihn eventuell verfolgte, zu verwirren.

Schließlich, daraufvertrauend, dass er nicht verfolgt wurde, setzte er das Floß in einem kleinen schwarzen Tal auf, hundert Yards von der Behausung des Irren Sam entfernt. Er passte eine ganze Weile angestrengt auf – nirgendwo Licht zu sehen, nirgendwo Bewegungen. Die ganze Szenerie rundum war so leblos wie nur eine Mondlandschaft sein kann.

Die Sicherheitsbasis war hinter einem rasiermesserscharfen Grat unsichtbar. Dick war sicher, dass sein Nahen nicht beobachtet worden war, dennoch ließ er nicht in seiner Vorsicht nach. Er hielt sich in den schwarzen Schatten, glitt über den Fels zu Sams Hütte hinüber. Er blickte hinein: friedlich, verlassen.

Er zog die Karte aus seiner Tasche und studierte sie.

Öffnung Nummer 1 – in der Nähe der Hütte. Zwei Minuten später fand er sie – einen Spalt, der fünfzig Fuß entfernt in den Berg hineinführte.

Dick schaute sich ein letztes Mal sichernd um, schaltete seinen Helm-Scheinwerfer ein und betrat den Spalt. Die Route, die er sich markiert hatte, verlief in einer mehr oder weniger geraden Linie zur Basis. Wenn Sams Karte stimmte, dann musste es einfach sein, den richtigen Weg zu finden – er musste nur immer geradeaus gehen, immer dem Haupttunnel folgen; auf keinen Fall durfte er in die beiden Gänge, die sich nach rechts öffneten, oder die drei, die nach links davonführten, abbiegen.

In dem Gang gab es kaum ein Zeichen des Gebrauchs: nur ein paar abgeschlagene scharfe Ecken, eine in eine Barriere, die über den Weg verlief, gebrochene Lücke.

Die Öffnung verschwand hinter ihm – jetzt war er vollkommen von Fels umgeben – glitzernder Glimmerschiefer, glänzender Obsidian, stumpfer Basalt. Dick ging langsam, hielt ständig beide Seiten scharf im Auge. Ihm kam plötzlich in den Sinn, dass er in das Gebiet eindrang, in dem Sam zufolge die Mond-Eingeborenen lebten. Dicks Schritte stockten. Er war so mit dem Basilisken beschäftigt gewesen, dass er die Wesen völlig vergessen hatte, die – wie der Irre Sam immer behauptet hatte – noch immer in diesen Höhlen wohnten.

Zweifelnd blickte sich Dick um – oben, unten, hinten, vorn. Angenommen, diese Eingeborenen existierten wirklich? Wenn sie tatsächlich existierten, war klar, dass sie das Geheimnis ihres Daseins bewahren wollten. Und es war nahezu sicher, dass sie, falls sie ihn erwischten, ziemlich grob mit ihm umspringen würden. Aber die Frage blieb: Gab es sie? Logisch überlegt, kam es ihm unwahrscheinlich vor – woher sollten sie die lebensnotwendige Energie beziehen? Wie konnten sie in der absoluten Kälte überleben, in den finsteren, luftleeren Gängen? Andererseits wusste Dick, dass man, je mehr die Menschen über den Weltraum und die äußeren Regionen erfuhren, immer weniger von Dingen der Unmöglichkeit sprechen konnte. Angenommen, es gab noch Überreste der alten Mondatmosphäre in den Tiefen dieser Höhlen? Angenommen, radioaktive Mineralien lieferten Wärme?

Dick zuckte mit den Schultern und ging weiter. Wenn die Eingeborenen echt waren, dann musste er vor ihnen genauso auf der Hut sein wie vor den Piraten. Gewiss war dieser Stollen unbewohnt, luftleer, kalt. Wenn sie Luft und Wärme brauchten, dann würde er sie hier nicht finden.

Er hielt an, schaltete seinen Scheinwerfer aus und starrte in die Finsternis, versuchte, einen eventuellen Lichtschimmer zu entdecken. Aber noch bevor sich seine Augen an die Dunkelheit gewöhnt hatten, überwältigten ihn seine Nerven. Nervös griff er hoch und schaltete das Licht wieder ein. Allein in dieser Schwärze zu stehen, in der möglicherweise fremde, unmenschliche Wesen existierten – das war keineswegs eine Entspannungsübung.

Dick, der jetzt schwitzte und immer unruhiger nach rechts und nach links blickte, ging weiter den Tunnel entlang. Er passierte den ersten Seitengang, den Sam in seine Karte eingezeichnet hatte... So weit, so gut. Hundert Fuß weiter kam er an den zweiten. Richtig und in Übereinstimmung mit der Karte.

Er ging weiter, und seine Helmlampe schuf eine kleine, lebendige Lichtzelle in der toten Mondarterie. An der dritten Öffnung raffte er seinen ganzen Mut zusammen, schaltete den Scheinwerfer aus und zwang sich, vollkommen ruhig stehen zu bleiben, während er bis hundert zählte.

Seine Augen sahen nach wie vor nur Schwärze – so tief und vollkommen, dass sie eine eigene Masse und Dichte zu haben schien. Er schaltete das Licht wieder an, und der gebündelte Strahl drängte das geronnene Dunkel zurück.

Dick marschierte weiter. Felsen, Schatten, Licht. Dunkelheit vorn, Dunkelheit hinten. Zweimal kam er an Seitensträngen vorbei, zweimal schaltete er seinen Scheinwerfer aus und wartete in der Finsternis ab. Unter den Füßen spürte er etwas Weiches, und als er hinunterschaute, sah er ein schwammartiges Bimssteinlager. Die Gangmitte entlang war es zermalmt und eingebrochen – und dort, Dick sah ganz genau hin – war der deutliche Abdruck eines Fußes zu erkennen. Es war die Spur eines vorschriftsmäßigen Raumanzugstiefels, ziemlich klein, mit Stollen ausgestattet; offenbar Sams Spur. Ein wenig beruhigt ging Dick weiter.

Er kam am fünften Seitengang vorbei... Jetzt musste er ganz in der Nähe der Station sein. Noch einmal schaltete er seine Lampe aus. Vor ihm – der Hauch eines Lichtschimmers? Dick starrte hin und tastete sich vorsichtig durch die Dunkelheit voran. Die Helligkeit wurde stärker. Gleich darauf entdeckte er ihren Ursprung: ein kleines, in die Wand eingelassenes Quadrat aus Glas. Er lugte hindurch und stellte fest, dass er in einen ziemlich großen Raum blickte, der mit aufgebrochenen Kisten und Kästen vollgestopft war. Abgesehen von diesen Trümmern enthielt der Raum nichts von Interesse. Dick spürte jedoch einen Schauer der Erregung. Licht bedeutete – die Basis war bewohnt ... Es gab fast keinen Zweifel mehr daran, dass die alte Station für ungesetzliche Zwecke verwendet wurde.

Dick fragte sich, wie die Piraten Sam zur Geheimhaltung überredet hatten. So eigenartig und verschroben der Aufseher auch gewesen war – ehrlich war er auf jeden Fall gewesen. Wie hatten sie ihn dazu gebracht, dass er den Mund gehalten hatte?

Dick schaltete seine Helmlampe ein und schlich den Gang weiter entlang. Sams Spuren in dem Bimsstein wurden undeutlicher und spärlicher. Offenbar war er nur zwei- oder dreimal hier entlanggekommen.

Der Gang machte eine plötzliche Biegung und stieg abrupt an. Dick krabbelte die Schräge hinauf und hielt erstarrt an. Bisher war nichts außer seinem Lichtstrahl und Schatten und Dunkelheit und Fels zu sehen gewesen – jetzt war da ganz unvermittelt viel zu viel Helligkeit.

Ein breiter Glasstreifen zog sich über die Wand. Durch dieses Glas strömte eine wahre Lichtflut heraus. Dick spähte vorsichtig zu dem Fenster hinauf, dann verlagerte er seinen Blick auf das zurück, was ihm zuerst aufgefallen war: die Fußabdrücke im Bimsstein. Eine Reihe davon stammte eindeutig von Sam Baxter; die Fußabdrücke der zweiten Reihe, die aus der Dunkelheit vor ihm kam, waren sehr lang und schmal, mit drei seltsamen Einkerbungen dort, wo beim menschlichen Fuß die Zehen sitzen würden. Die Form glich einem Ausrufezeichen mit drei Punkten darunter.

Es war klar, was hier geschehen war. Der Irre Sam hatte hier am Fenster gestanden; vielleicht hatte er gezeichnet. Dann hatte sich etwas aus der Dunkelheit an ihn herangepirscht ... Sam war auf der Stelle herumgefahren. Die beiden hatten sich von Angesicht zu Angesicht gegenübergestanden – für wie lange, darüber gaben die Fußabdrücke keinen Aufschluss. Dann hatte sich Sam umgedreht und war seines Weges gegangen – wie auch das Ding mit den goldenen Augen.

Dicks Nackenhaut kribbelte. Er schaute zu dem Glasstreifen hinauf, machte einen Schritt nach vorn und hielt an, weil sein Herz so stark pochte, wie er es noch nie zuvor pochen gespürt hatte. Es war Angst – eine seltsame Art von Angst mit den Auswirkungen, dass seine Knie wie betäubt waren und sein Mund austrocknete. Er empfand nicht zum ersten Mal Angst, bestimmt nicht, aber noch nie hatte er eine solche Angst vor dem Unbekannten verspürt, die ihn fast bis zur Hilflosigkeit schwächte.

Er zwang sich, weiterzugehen, zwang sich, einen Fuß vor den anderen zu setzen. Schritt für Schritt näherte er sich dem Glasstreifen; Stück für Stück kam das Ausmaß des großen Raumes dahinter in sein Blickfeld. Schließlich stand er nur bewegungslos da und starrte durch das Fenster.

Die Wände wurden teils von Beton, teils von natürlichem Fels gebildet; der Boden schien aus einer Art Plastbeton zu bestehen. Im hinteren Teil gab es eine niedrige Bühne, was dem Raum das Aussehen eines Hörsaales verlieh. Im Parkett des Raumes zogen sich vier Reihen einfacher Tische entlang; an diesen Tischen saß eine große Anzahl Männer, die gefräßig aus dampfenden Schüsseln aßen. Die Männer waren eindeutig Erdenmenschen, und Dicks Atem wurde ein wenig leichter. Männer, aus deren Verhalten und Aussehen sich eine Menge schließen ließ. Die Bewegungen waren grob und unelegant, von Tischmanieren konnte man nicht reden. Narben, zerschlagene Nasen, Tätowierungen und verlebte Gesichter waren zu sehen. Alle Rassen, alle Nationalitäten waren hier versammelt – gleich Heldentum und Edelmut kennt auch das Böse keine Grenzen. Aber sie waren Menschen – und zweifellos die gesuchten Piraten. Aber wer war dann der Basilisk? Warum hatte ...

Am Bühnenrand entstand eine Bewegung, das Flattern eines schwarzen Umhangs. Die Männer bemerkten es, versteiften sich. Unbehagen rieselte durch den Raum, Kiefer kauten langsamer auf dem Essen, das Weiß von Pupillen zeigte sich, eindeutiger Beweis für die Nervosität eines manchen Mannes. Dick fragte sich, was für ein Mensch ein derart offensichtliches Entsetzen bei diesen Kreaturen hervorrufen konnte. Oder war es etwa gar kein Mensch ...?

Langsam kam das Wesen auf die Bühne heraus, und die Männer auf den Bänken erstarrten, die Löffel und Gabeln senkten sich langsam zum Tisch hinunter, jeder Kopf folgte der langsamen Fortbewegung des Neuankömmlings.

Er wirkte dünn und irgendwie spinnenartig, obwohl ein schwarzes Cape den Großteil seines Körpers verbarg. Die in schwarze Samtpantollen gehüllten Füße waren lang und schmal und vorn in drei gekrümmte Zehen geteilt. Ein weicher, breitkrempiger, schwarzer Hut war tief in die Stirn des Wesens gezogen. Die Kleider erinnerten an diejenigen, die im Viktorianischen Melodram gemeinhin der Detektiv trug. Aber das Gesicht hatte überhaupt nichts

Viktorianisches an sich – zum größten Teil bestand es aus Augen. Zwei große, goldene Scheiben, strahlend wie sonnengesprenkelter Topas, waren diese Augen. Die Zentren präsentierten sich als glänzende, olivschwarze Ovale, in denen unmenschliche Boshaftigkeit zu funkeln schien.

Dick zwang sich, seine Kamera zu heben. Die Belichtungszeit, Blende und Bildschärfe stellten sich automatisch ein. Er drückte auf den Auslöser.

Als er wieder in den Raum hinunterschaute, hatte der Basilisk seinen Blick gehoben und starrte direkt in seine Augen – und dieser Blick ließ sein Gehirn zu kaltem Gelee gefrieren.

Warum war er entdeckt worden? In plötzlicher Pein erinnerte sich Dick an seine Helmlampe. Er hatte sie nicht ausgeschaltet. In dem Augenblick, in dem er in den Vortragssaal hineingeblickt hatte, war dem Basilisken der Schimmer aufgefallen – Dick hätte genau gut mit einer Fahne winken können.

Dick versuchte, sich zu bewegen, zu fliehen. Aber seine Beine fühlten sich an, als seien sie hundert Meilen von ihm entfernt. Gebannt starrte er in die leuchtenden goldenen Augen. Ein Strahlen griff aus dem Gehirn des Basilisken heraus, überbrückte die Distanz und schlug ihn in seinen Bann.

Er spürte die Bewegungen unter den Piraten, zwei von ihnen eilten aus dem Raum. Dick winselte wie ein junger Hund, versuchte, seine Knie einknicken zu lassen. Nutzlos; der unmenschliche Blick hielt ihn starr aufgerichtet – spießte ihn auf wie die Nadel einen Schmetterling aufspießte. Unter seinen Füßen spürte Dick die Erschütterungen, die von schweren Schritten verursacht wurden.

XVII

In den Mondhöhlen verirrt

Zwei ungeschlachte Gesellen stürmten in den Höhlengang. Dick, der noch immer unfähig war, seinen Blick vom Fenster loszureißen, nahm sie nur aus den Augenwinkeln heraus wahr. Seine Füße rebellierten gegen die Lähmung seines Gehirns, seine Knie strafften sich, ließen ihn kopfüber zur Gangöffnung hinstürzen. Sein eigener Wille und die Kontrolle über seinen Körper kehrten zurück. Verzweifelt versuchte er, den finsteren Gesellen zu entkommen.

Es gelang ihm nicht. Einer packte ihn an den Knien, der andere schlang ihm geschickt einen Strick um den Hals. Zehn Sekunden später wurde Dick unsanft den Gang entlanggezogen. Ein Mann ging voraus, wobei er an dem Strick zerrte, der Dicks Hals umspannte; der andere kam hinterher und hielt ein ähnliches Seil ebenfalls straff gespannt. Dicks Hände waren zwar frei, aber jeder Widerstand war unmöglich. Er konnte sich weder vorwärts noch rückwärts bewegen – außer so, wie es die beiden Seile erlaubten. Er wurde den Tunnel entlanggetrieben wie ein Schwein zum Markt.

Die Wut und Verwirrung, die in seinem Verstand brodelten, machten der Bestürzung Platz. Seine Häscher verursachten keine Geräusche. Unerwartet blieben sie auf der Stelle stehen, zogen ihn gleichzeitig hoch. Dick wurde emporgehoben, über eine dunkle Öffnung gehievt und fallen gelassen.

Er stürzte etwa zwanzig Fuß tief – in der geringen Mondschwerkraft waren Entfernungen schwer abzuschätzen. Das Licht oben wurde ausgesperrt. Dick erhob sich und stand in völliger Dunkelheit. Nach einem angespannten Moment schaltete er seinen Scheinwerfer ein. Wie er vermutet hatte, war er in einer Art Kerker gefangen.

Eine Wand präsentierte sich ihm als flache, glasige Fläche, die wie eine frisch geteerte Platte glänzte. Die anderen drei Wände wurden von gewachsenem Fels gebildet, der Boden bestand aus grauem Beton, und die Decke wiederum aus Felsgestein, in das eine Stahlluke eingepasst war, durch die man ihn fallen gelassen hatte.

Dick zerrte sich den Strick vom Hals und kam sich trostlos verlassen und einsam vor. Mit jeder Faser wünschte er jetzt, im Observatorium geblieben zu sein. Wie standen wohl die Chancen, dass ihn der Basilisk am Leben ließ? Es gab keine solchen Chancen. Überhaupt keine.

Dick blickte auf den Anzeiger seiner Sauerstoff-Zufuhr. Diese Kerkerzelle hier konnte leicht seine Hinrichtungskammer sein. Die Piraten brauchten ihn bloß zu ignorieren, bis er den Rest seines Sauerstoffs verbraucht hatte. Sie würden nicht einmal lange warten müssen. Vier Stunden für den benutzten Tornister, sechs Stunden für seinen zusätzlichen. Zehn Stunden. Dicks Knie fühlten sich wie Pudding an. Er lehnte sich gegen die Wand.

Dann marschierte er in der Zelle umher. Ein paar Bruchstücke mürben Bimsgesteins lagen auf dem Boden verstreut, ansonsten war der Raum leer. Es gab keinen Spielraum – weder für Klugheit, noch für

Raffinesse. Im Laufe seines Lebens hatte er von Hunderten von erstaunlichen Fluchten gelesen, aber hier, angesichts der Realität, war ein Entkommen unmöglich. Eindeutig, offensichtlilch und vollkommen unmöglich. Erst wenn sie die Luke öffneten und seinen Leichnam hinauszerrten, würde er entkommen ... Angenommen ... In Dicks Verstand leuchtete eine Idee auf, wie ein Glutstück in einem plötzlichen Luftzug ... Er klammerte seinen zusätzlichen Lufttornister los, verbarg ihn unter den losen Bimssteinbrocken.

Jetzt konnte er nur noch abwarten. Er setzte sich behutsam auf den Boden. Nach einer kleinen Weile griff er nach oben und schaltete seinen Scheinwerfer aus.

Die Zeit verging. Vielleicht war er ein bisschen eingenickt. Dick erwachte mit einem eigenartigen Druckgefühl. Er schaute von einer Seite zur anderen – die Dunkelheit war nach wie vor undurchdringlich. Bedrängt von einem Ansturm blindwütiger Angst hob er die Hand, um seinen Scheinwerfer anzumachen – und hielt inne.

Zwei gelbe Lichtflecken erschienen auf der glänzenden schwarzen Wand. Dick betrachtete sie verwundert. Insekten? Elektrizität? Er blinzelte. Die Lichtflecken waren hinter der Wand. Er schaltete nervös seine Helmlampe an.

Die Lichter verschwanden; die glänzende schwarze Wand ragte vor ihm auf. Dick drehte das Licht unsicher aus und sah die gelben Leuchtflecken wieder. Jetzt waren sie größer, und sie schienen kleine, dunkle Mittelpunkte zu haben. Dick starrte fasziniert hin. Die Augen des Basilisken – hinter der Wand!

Wieder begann die Lähmung seine Muskeln zu beschleichen. Mit einer gewaltigen Anstrengung wandte Dick seinen Blick ab, bekämpfte zähneknirschend den Bann der großen, goldenen Augen.

»Es ist in meinem Verstand...«, flüsterte er verzweifelt. »Es ist Hypnose... Es ist, weil ich Angst habe... Er ist keine übernatürliche Erscheinung, sondern ein Lebewesen wie...«

Dick zwang sich, die Glaswand wieder anzusehen. Auf der anderen Seite starrten die goldenen Augen mit der unmenschlichen Gleichgültigkeit eines Fisches, der durch die Glaswand eines Aquariums glotzte.

Dick starrte zurück, wobei er sich mit jedem Fetzen geistiger Kraft, die ihm noch zur Verfügung stand, an seinen eigenen Willen klammerte. Er stand zittern auf, und plötzlich wusste er, dass er gesiegt hatte, dass der Basilisk seine Macht, ihn unter seinem Blick erstarren zu lassen, verloren hatte. Bisher war das immerhin ein Sieg.

Die goldenen Augen schwebten in der Finsternis, starrten mit weit über Bösartigkeit hinausgehender Gelassenheit auf Dick herunter. Er kam sich wie eine Motte unter dem Starren einer Spinne vor.

Licht begann den Raum hinter der Glaswand zu füllen. Der Basilisk ergab eine subtil Furcht einflößende Silhouette: der niedrige, breitkrempige schwarze Hut, das fremdartige Gesicht, die hagere, unter dem dunklen Umhang gebeugte Gestalt.

Der Lautsprecher im Innern von Dicks Helm knackte. Eine Stimme erklang neben seinen Ohren. »Ich staune über mich selbst, dass ich dich so lange am Leben gelassen habe.«

Dick gab keine Antwort. Die Stimme klang metallisch und energisch. Wo hatte er sie schon gehört? Er schaute forschend in die goldenen Augen mit den glitzernden schwarzen Zentren.

»Du hast meine Pläne gestört ... Du bist gekommen, um mich zu bespitzeln ... Du hast mehr als jeder andere lebende Mensch getan, um mir zu schaden und mich zu belästigen!«

»Woher wissen Sie das denn alles?«, fragte Dick heiser.

Der Basilisk beachtete seine Zwischenfrage überhaupt nicht. »Ich werde deinen Tod genießen ... Und auch den Tod deines Vaters!«

»Aber warum?«, platzte Dick heraus. »Warum wollen Sie meinem Vater etwas antun? Was hat er Ihnen getan?«

»Er steht mir im Wege!«

»Das werden andere Chefastronomen auch. Sie werden sie alle töten müssen, und das können Sie gar nicht. Denn früher oder später wird die Raumflotte Sie aufspüren!«

»Die Raumflotte ist eine Bagatelle. Es gibt nur eine Raumflotte – und die besteht aus meinen Schiffen! Eine andere werde ich nicht zulassen.« Die Stimme des Basilisken wurde schärfer, metallischer. »Ich habe eine sichere Basis, das Mondobservatorium steht unter meiner Kontrolle. Die Erdschiffe fürchten sich davor, sich in mein Reich hineinzuwagen ... Schon spürt man meine Macht. Ich werde die äußeren Planeten beherrschen ... Eine Million Leichen wird es geben, eine Million Sklaven.«

Dick wurde klar, dass das Gehirn des Basilisken – gleich, ob menschlich oder nichtmenschlich – erkrankt war.

»Schon sind meine Pläne gefasst«, sagte der Basilisk. »Deine Leiche wird kaum erkaltet sein, da starten meine Schiffe ...«

»Starten – wohin?«, konnte sich Dick nicht zu fragen verkneifen.

»Ich fliege zum Mars, nach Perseverine. Ich werde diese Stadt mit Feuer tilgen und töten, töten, töten ...« Seine Stimme wurde schrill. »Ich erobere allen Reichtum der marsianischen Metallwerke, die gesamte Produktion der marsianischen Maschinenwerkstätten!«

»Aber was haben Sie davon?«, schrie Dick. »Sie können das Geld doch gar nicht ausgeben ... Die Männer und Frauen dort haben Ihnen nie etwas getan ...«

»Sie werden meine Macht kennen lernen! Sie werden sich meinem Willen unterwerfen. Zuerst Perseverine, dann der gesamte Mars und die gesamte Venus, und dann – wer weiß? – vielleicht ...«

Er unterbrach sich, beugte sich leicht vor, schien den Blick seiner goldenen Augen noch schärfer auf Dick zu konzentrieren: »In deinem kleinen, lächerlichen Dreck von Gehirn denkst du wohl, der Basilisk sei verrückt, er sei wahnsinnig. Ich sage dir – du weißt gar nicht, was Verstand ist! Ich bin der Basilisk! In späteren Zeiten werden sich die Menschen von mir führen lassen, sie werden sich nach mir richten, so wie sich eine Milliarde Uhren nach der Sonne richten. Die Menschen werden sagen: ›So hat es der Basilisk gemacht, wir werden es ebenso machen!‹, und sie werden Recht haben. Und sie werden sagen: ›So wurde es früher gemacht, aber dann kam der Basilisk, und nun ist das schlecht – jetzt ist es wahnsinnig.

Nur der Basilisk ist vernünftig. Nur der Basilisk ist die Norm. Nur der Basilisk weiß, was richtig ist!«

Die Stimme war zu einem schrillen Jaulen angeschwollen. Dick runzelte die Stirn. Wo hatte er diese Stimme nur schon gehört? Sie war ihm zugleich vertraut und fremd, als wären wohl bekannte Betonungen durch einen elektronischen Verzerrungsapparat gejagt worden. Dick verzog das Gesicht, blickte finster drein. Irgendetwas entging ihm – etwas, dessen er sich bewusst sein sollte.

»So, und jetzt werde ich dich allein lassen, damit du sterben kannst«, ertönte die Stimme des Basilisken wieder. »Du kannst die letzten Stunden deines Lebens am Anzeiger deines Sauerstoff-Tornisters abzählen ... Verbringe diese Stunden sinnvoll – es wird keine weiteren mehr für dich geben. Dreimal bist du meinem Zugriff entkommen – jetzt ist damit Schluss. Also – mach deinen Frieden mit dem Jenseits, denn diese Zelle wirst du niemals mehr lebend verlassen.« Der Basilisk richtete sich auf, die Helligkeit erlosch, und Schwärze flutete wieder in das Verlies.

Mit alptraumhafter Faszination beobachtete Dick, wie die gelben Augen des Basilisken zurückwichen, zu zwei gelben Klammern wurden, als er sich herumdrehte und schließlich von der Seite her nur mehr als gewölbte Rundungen zu sehen waren.

Die Augen verschwanden. Dick war wieder ganz allein.

Ruhelos ging er in der Zelle auf und ab, setzte sich dann jedoch wieder. Bewegung kostete Sauerstoff. Er durfte sich nur so wenig wie möglich bewegen. Jeder Atemzug war kostbar.

Er streckte sich neben seinem zusätzlichen Sauerstoff-Tornister aus. Dies war seine einzige Hoffnung – dies und die Möglichkeit, dass ihn die Piraten zwar eine gewisse, jedoch nicht allzu lange Zeit hier eingesperrt lassen würden, bis sie ihn für erstickt halten konnten – von seinem zweiten Luft-Tornister wussten sie ja nichts – dann aber kamen, um seine Leiche zu holen.

Wenn er erst einmal aus diesem Kerker befreit war, hatte er auch wieder eine Chance, zu fliehen. Egal wie gering diese Chance auch war – es war eine Chance.

Dick lag still und atmete so flach wie nur möglich. Die Zeit verging so langsam, als würden die Sekunden auf Schneckenrücken dahinreiten. Er dachte an sein Zuhause auf der Venus, an seine Mutter, seine Schwester, an die Weltraumreise an Bord der *African Star,* sein Leben im Observatorium. Er dachte an seinen Vater, er dachte an den Basilisken. Tief in seinem Unterbewusstsein rührte sich etwas, etwas, das er nicht zu greifen bekam. Ihm fiel seine Kamera ein – er hatte eine Aufnahme im Kasten. Die einzige existierende Fotografie des Basilisken.

Die Zeit verging weiter – gemächlich wie ein Gletscher. Dreimal schaltete er seine Helmlampe ein und blickte auf die Sauerstoffanzeige. Unbarmherzig fiel die Nadel. Unbarmherzig zerrann sein Lebenselixier … Denn es war durchaus möglich – sogar sehr wahrscheinlich –, dass die Piraten gar nicht daran dachten, seinen Leichnam hochzuhieven, bevor nicht wenigstens zwei oder drei Tage vergangen waren und er wirklich tot sein musste.

Schließlich berührte die Nadel den Nullpunkt. Dick fühlte, wie sich sein Atem beschleunigte, fühlte die Luft in seinem Helm die reine Würze des Sauerstoffs verlieren. Er wartete so lange ab, wie er nur konnte, dann wechselte er den Tornister. Als die frische, süße Luft in seinen Anzug strömte, konnte er der Versuchung nicht widerstehen, tiefe Atemzüge in sich hineinzupumpen.

Jetzt konnte er nur noch hoffen.

Jetzt war die kritische Zeit gekommen. Jetzt konnten sie gut annehmen, dass er tot war. Wenn sie nun kamen ... Er konnte nicht weiterdenken, nicht weiterhoffen. Er befand sich in einem Zustand jenseits von Denken und Hoffen. Er lag auf dem Rücken, seine Energie und sein Wille erschöpften sich fast, so nahe am Tod, ohne jedoch wirklich tot zu sein.

Über ihm erschien ein Lichtquadrat. Neugierige Köpfe schauten herunter. Dick lag starr. Licht spielte über sein Gesicht. Ein Beben erschütterte den Betonboden. Einer der Piraten war von oben heruntergesprungen.

Eine Hand packte ihn, ein Seil wurde unter seinen Armen hindurchgeschoben. Er wurde hochgezerrt und ließ sich schlaff hängen. Er wurde durch das Lichtquadrat geschoben und auf dem Tunnelboden grob fallen gelassen. Die Schlinge wurde losgezogen.

Dick öffnete sein linkes Auge einen Spalt weit. Der Pirat über ihm ließ das Seil zu seinem Kameraden hinunter, der sich noch in der Zelle aufhielt. Sein Rücken war Dick zugekehrt. Dick richtete sich auf, lief vor, stieß zu. Der Pirat warf vor Erstaunen den Kopf in den Nacken, ruderte mit den Armen umher und kippte kopfüber in den Kerker hinunter. Dick schloss die Luke, verriegelte sie fest und drehte sich dann herum und stürmte den Gang entlang.

Zurück zur Oberfläche, zurück zur Oberfläche! Er

rannte, als wäre ein Höllenteufel hinter ihm her – was ja auch tatsächlich stimmte. Floh er nicht vor dem Basilisken?

Mit klopfendem Herzen und hervorgequollenen Augen eilte er den Tunnel entlang, ohne zu wissen, wohin er rannte, nur von dem einen Wunsch vorangetrieben, zu rennen, zu fliehen, den verfluchten Ort hinter sich zu lassen.

Er hielt an, damit er zu Atem kommen konnte. Drei Öffnungen gähnten vor ihm. Er entschied sich für den mittleren Gang. Bald führte er steil abwärts. Er lief weiter, da er es nicht wagte umzukehren. Gleich darauf kam er an eine andere Abzweigung. Sie führte nach links, schien sich nach oben zu wenden, und er rannte dorthin weiter. Nach hundert Fuß senkte sie sich plötzlich wieder dem Mondinnern entgegen, und Dick, der schon mit zahlreichen Verfolgern rechnete, folgte ihr wohl oder übel in die Tiefe hinunter.

Hinunter, immer weiter hinunter – ging es denn nie wieder nach oben?

In geringen Abständen führten niedere Seitenstollen in schwarze Tiefen davon. Dick eilte ohne auch nur einen einzigen Gedanken zu verschwenden an ihnen vorüber. Wann würde der Gang wieder nach oben führen?

Hundert Yards weiter verlief der Gang eben geradeaus, und Dick seufzte vor Erleichterung. Einen Augenblick später kam er an eine weitere Gabelung, und dieses Mal entschied er sich für den Tunnel nach rechts. Wieder senkte sich der Gang in die Tiefe hinunter. Dick ging weiter, obwohl die Angst in seinem Schädel herumnörgelte. War er vom Regen in die Traufe gekommen? Jetzt war ihm nämlich klar, dass er sich verirrt hatte – in den Mondhöhlen verirrt hatte. Sams Karte war nutzlos. Wahrscheinlich waren das hier Gänge, die Sam niemals betreten hatte.

Hinunter, hinunter, hinunter. Führten von hier aus überhaupt noch Gänge nach oben? Dick hielt an, blickte zurück. Irgendwo hinter ihm lauerte der Basilisk. Lieber einen sauberen Tod sterben, lieber allein sterben, als durch die Hand des Basilisken.

Der Gang verlief abermals waagrecht dahin, wurde breiter. Dick riss die Augen vor lauter Staunen ganz weit auf. Der Tunnelboden war gepflastert, mit zu seltsam verschlungenen Mustern angeordneten Steinstückchen ausgelegt.

Die Aura des Alters, von Tausenden, Millionen von Jahren lastete auf Dicks Gehirn. Undenklich alt war dieses Mosaik, zu einer Zeit geschaffen, in der der heute uralte Mond noch jung gewesen war, und bestimmt hatte keine menschliche Hand diese farbigen Steinstückchen ausgelegt. Dick atmete befreiter und bewegte sich mit vorsichtigen, langsamen Schritten voran. Wo der Basilisk hauste, konnte es auch noch andere seines Schlages geben. Dick verspürte überhaupt keine Lust, einem Dutzend dieser unheimlichen Leuchtaugen-Gestalten in ihren schwarzen Hüten und Umhängen zu begegnen.

Eine breite Treppenflucht tat sich vor ihm auf, die Stufen ausgetreten und poliert von tausend Jahrhunderten der Benutzung – aber was für eine Ewigkeit war dem Vergehen dieser tausend Jahrhunderte gefolgt? In der luftleeren Kälte konnte jeder Stein vom Anfang bis zum Ende der Zeiten unverändert bleiben.

Die Treppe verbreiterte sich zu monumentalen Ausmaßen: Fünfzig Yards wurde sie breit, hundert

Yards. Die Stufen erstreckten sich weit über die Reichweite des Lichtstrahls von Dicks Helm-Scheinwerfer hinaus. Er stoppte und schaute die Stufen empor. Die Schatten auf diesen Stufen bildeten geometrische Muster, Stäbe aus Helligkeit und Düsternis. Und unten, direkt vor sich, erblickte Dick verschiedene Formen – kompliziert und zart.

Langsam stieg er die Stufen hinunter. Er befand sich in einer gewaltigen Höhle. Und in dieser Höhle erhob sich eine weiße Stadt aus kostbarem Marmor, eine Stadt mit flötenartigen Säulen, Kuppeln mit Spiralspitzen wie von Einhörnern, hohe, wie Pfeile geformte Fenster – eine seltsame Märchenstadt verblasste durch komplizierte Schatten zur Undeutlichkeit und Finsternis.

Dick starrte wie gelähmt darauf. Er machte einen Schritt vorwärts ... Da entstand eine flüchtige Bewegung in den kalten Marmorgängen und -gassen: Gestalten, die ihn beobachteten? Oder Schatten, denen seine Bewegungen Leben eingehaucht hatten? Dick machte einen weiteren Schritt, zuckte zusammen, blinzelte. Die Stadt schien aus seiner Sicht zu entschwinden – sich zu entfernen, in sich selbst zusammenzuschrumpfen. Magie – wirklich nur eine Märchenstadt, eine Ausgeburt seiner Phantasie? Nein. Er lachte nervös. Die Batterie seiner Helmlampe war leer. Das Licht flackerte, wurde orange, rot, verblasste. Schwärze umspülte Dick, und mit ihr kam die elementarste aller Ängste: die Angst vor der Dunkelheit.

XVIII

Die Augen des Basilisken (II)

Welcher Instinkt ihn auch immer dazu veranlasst hatte, einen zusätzlichen Sauerstoff-Tornister und eine Extra-Batterie mitzunehmen, Dick war dankbar dafür. Diese Dankbarkeit erfüllte ihn bis zum Überfließen und ließ Tränen in seine Augen treten. Zittern, schluchzend, während abwechselnd kalte und heiße Schauer über seinen Rücken rieselten, schob er die neue Batterie in die Halterung. Dann flutete der Lichtstrahl wieder klar und stark gegen die ineinander verschachtelten Marmorgebilde und die seltsamen Fassaden der Mondstadt.

Dick ging die Treppe Stufe um Stufe hinunter und erreichte schließlich eine der gewaltigen Prachtstraßen. Zaghaft schaute er zu den dunklen Fensterreihen hinauf; nichts rührte sich dahinter, kein bleiches Gesicht erschien. Jetzt sah er, dass er äonenalten Staub durchschritt. Wo immer der Basilisk und seinesgleichen hauste – hier unten, in dieser alten Stadt jedenfalls nicht. Und doch, irgendjemand war schon vor ihm auf dieser Straße entlanggegangen. Im Staub erkannte Dick die Spuren von Raumanzugstiefeln – die Fußspuren des Irren Sam Baxter?

Ein wenig beruhigt ging Dick die zentrale Prachtstraße entlang. Fahle Marmorfronten, hohe, dunkle Fenster, mit überladenen und komplizierten Arabesken verzierte Wände zogen an ihm vorbei. Hinter diesen Wänden mussten geheimnisvolle Schätze verborgen liegen, Truhen, Knochen, Gegenstände, für die es keine irdischen Namen gab: ein faszinierender Ort, der förmlich dazu herausforderte, erforscht zu werden. Irgendwann werde ich zurückkommen, versprach er sich, irgendwann – wenn ich überhaupt jemals wieder zur Oberfläche hinaufkomme.

Er hielt an und blickte zurück. Die Treppe am Ende dieser Terrasse führte hinauf – aber auch zur Sicherheitsbasis und den Piraten. Diesen Weg wagte Dick nicht einzuschlagen. Aber es war nur logisch, wenn er annahm, dass am gegenüberliegenden Ende dieser phantastischen Straße eine andere, ähnliche Treppe ebenfalls nach oben führen musste.

Er drehte sich um und lief weiter und schenkte den antiken Gebäuden keine Beachtung mehr. Tatsächlich führte dort, wo die Prachtstraße endete, eine ebenso breite Treppe wie die, auf der er heruntergekommen war, in die Finsternis empor. Dick stürmte hinauf, überwand mit jedem Sprung zwanzig Fuß. Die Treppe wurde schmaler, raue Felswände rückten enger zusammen. Die Stufen endeten, ein Gang schloss sich an, der etwa hundert Yards weit steil bergauf führte, dann waagrecht verlief und sich in drei verschiedene Stollen aufteilte. Er zögerte. Einer von diesen Gängen musste an die Oberfläche führen. Aber welcher? Er ging versuchsweise den Gang nach rechts entlang; er neigte sich schon bald darauf steil abwärts. Dick kehrte um, kam zur Abzweigung zurück und probierte den Gang nach links aus. Schon nach hundert Fuß versperrte ihm eine glatte Wand den Weg. Blieb nur noch der mittlere Stolen.

Dick ging mit einem eigenartigen Gefühl weiter – er spürte, dass er dieses Mal richtig war. Vielleicht war das der gleiche sechste Sinn, der Katzen und Hunde über Tausende von Meilen nach Hause zurückfinden ließ. Er erreichte einen noch breiteren Gang, und ihm kam es jetzt so vor, als sei ihm dieser Tunnel irgendwie bekannt. Plötzlich ahnte er, dass dies der Gang sein musste, durch den er in die Tiefen des Mondes vorgedrungen war, der Gang, der in der Nähe von Sam Baxters Behausung mündete.

Er eilte voran, rannte in großen Sprüngen, und die Felswände huschten nur so an ihm vorbei. Ein Seitengang tat sich rechts von ihm auf, ein paar Yards weiter klaffte eine Gangmündung links von ihm. Er ignorierte beide. Zwei Minuten später taumelte er auf die weite Ebene hinaus, sah den gewaltigen schwarzen Himmel über sich, an dem die Sonne mit der glitzernden, heftigen Weißglut strahlte, die nur im Vakuum des Raumes zu erkennen ist.

Dick stieß einen dankbaren, zittrigen Seufzer aus. Obwohl trostlos, luftleer, steril, kam ihm die Mondoberfläche in dieser Sekunde so erfreulich und willkommen vor wie sein helles Zuhause inmitten der venusianischen Blumen. Aber es galt, keine Zeit zu verschwenden. Er rannte in die Schatten, wo er das Raketenfloß zurückgelassen hatte. Da stand es, unversehrt. Gleich darauf war er an Bord, und eine Sekunde später glitt er, von kraftvollen blauen Düsenstrahlen vorangetragen, auf das Obervatorium zu.

Unterwegs dachte er darüber nach, was er nach seiner Rückkehr zu tun hatte. Es war eine verzwickte Situation. Mit Sicherheit musste sein Vater geweckt werden. Seine Informationen waren zu wichtig, als dass er sie zurückhalten durfte. Wenn dies nicht möglich war, dann musste er wohl oder übel Professor

Dexter einweihen. Irgendjemand musste die Botschaft an das UN-Kriminalamt und die Raumflotte genehmigen. Und damit ergab sich ein neues Problem: Funkbotschaften, die man zum Sender der Sicherheitsbasis hinaus abstrahlte, wurden vom Basilisken abgefangen. Er würde natürlich nicht gestatten, dass diese Nachricht gesendet wurde; darüber hinaus konnte er sogar Strafmaßnahmen gegen das Observatorium starten. Dick beugte sich ein wenig tiefer über die Steuerung. Irgendwie musste seine Nachricht zur Erde gelangen – er wusste nur noch nicht, wie.

Sobald er berichtet hatte, was er wusste, war die Angelegenheit für ihn erledigt. Sein Vater oder Professor Dexter waren besser in der Lage, mit diesem Problem fertig zu werden als er. Was für eine wunderbare Erleichterung es sein würde, sich entspannen zu können – aber der Spion des Basilisken würde seine Ankunft im Observatorium beobachten ... Folglich würde der Basilisk erfahren, dass er unversehrt zurückgekehrt war, und dass seine Pläne, Perseverine auf dem Mars zu überfallen, bekannt waren. Dick seufzte. Das Problem war ganz schön kompliziert. Er war müde, er wollte schlafen, er wollte von der Verantwortung befreit sein.

Das Observatorium ragte groß unter ihm auf. Dick landete auf dem Vorplatz und rannte dann auf die Luftschleuse zu. Er betrat das Gebäude, schlüpfte aus seinem Raumanzug und eilte in den Aufenthaltsraum, der leer war.

Dick stürmte nach oben, und seine Schritte hallten dumpf auf den Metallstufen. Wo waren die anderen alle? Das Verwaltungsgebäude schien verlassen zu sein. Er eilte zur Krankenstation. Das Bett war leer, sein Vater verschwunden.

Er rannte in ihr gemeinsames Zimmer hinauf – leer. Wo war sein Vater? Dick eilte wieder nach unten und durch den Röhrengang ins Kasino. Aus der Küche waren Geräusche zu hören – also war dort jemand am werkeln. Er spähte hinein. Doc Mole machte große Augen.

»Wo bist du gewesen?«

»Auf Erkundung...«, antwortete Dick ausweichend. »Wo sind denn die anderen alle?«

Doc Mole klapperte mit einigen Pfannen herum, wobei er Dick aus den Augenwinkeln heraus anfunkelte. »Die sind alle draußen unterwegs und suchen nach dir. Du hast die ganze Mannschaft in Aufruhr versetzt, mein Junge. Wenn jemand hinausgeht und länger als sechs Stunden wegbleibt, dann fangen die Leute an zu denken, dass dieser Jemand in Schwierigkeiten steckt. Dein armer Vater war mit seinen Nerven restlos am Ende – nicht mal zehn Pferde hätten ihn in seinem Krankenbett halten können. Wenn es nach mir ginge, dann wäre Kindern nicht erlaubt, diese Raketenflöße zu benutzen, und erst recht nicht solchen Kindern, die sich als verantwortungslos erweisen...«

Dick wandte sich langsam ab und ging ins Verwaltungsgebäude zurück. Er warf sich in einen Sessel und saß da und spürte, dass seine Nerven so straff wie Harfensaiten gespannt waren. Wäre es nicht besser, wenn er sich in seinem Zimmer verstecken und sich nur seinem Vater zeigen würde? Dann könnte der Spion des Basilisken hinters Licht geführt werden... Nein, die Idee war nichts wert. Das Floß des Irren Sam stand ja draußen – für jedermann deutlich sichtbar, und außerdem konnte keine Macht der Welt oder des Mondes Doc Moles Zunge im Zaum halten.

Er stand auf. Er hielt es einfach nicht aus, stillzusitzen. Er musste etwas tun. Ihm fiel seine Kamera ein und die Aufnahme, die er vom Basilisken geschossen hatte. Er musste sie entwickeln und einen Abzug machen, damit er seinem Vater auch gleich einen Beweis präsentieren konnte ...

Er rannte los, körperlich zwar müde, jedoch in eine galvanische Spannung versetzt. Er holte seine Kamera aus der Raumanzugtasche, dann rannte er zu Professor Dexters Dunkelkammer hinauf.

Er schaltete das schwache rote Licht ein, schloss die Tür und zog den belichteten Film aus der Kamera. Ein paar Augenblicke später erschienen Farben und Konturen auf dem Film. Dick spülte ihn, klammerte ihn unter dem Vergrößerungsapparat fest. Dann stellte er mit äußerster Sorgfalt die Bildschärfe ein, schob das Positivpapier zurecht und belichtete es.

Der Abzug war perfekt. Der Basilisk stand hager auf der Bühne und blickte bösartig über die Schar seiner Vasallen hinweg. Als Dick in die vorgewölbten goldenen Augen sah, spürte er, wie sich das Entsetzen von neuem in ihm rührte – das gleiche Entsetzen, das ihn in den Mondhöhlen auf der Stelle festgenietet gehalten hatte.

Er schaltete die Beleuchtung an, stand da und blickte auf das Bild hinunter. Seine Fassung kehrte zurück, und jetzt schämte er sich beinahe, weil er seinen Empfindungen so vollständig nachgegeben hatte. Der Basilisk war keineswegs ein übernatürliches Wesen – er hatte nicht wirklich die Macht, jemand kraft seiner Augen zu verzaubern. Der Bann, der Dick am Fenster festgehalten hatte, war die Folge seiner eigenen Phantasie gewesen – Autosuggestion.

Dick beugte sich tiefer über das Bild. Seltsam, dass der Basilisk, ein Bewohner des Mondes, ein Gewand gewählt hatte, das, obgleich dramatisch, seiner Natur nach doch irdisch war. Seltsam, dass nichts außer seinem Gesicht zu sehen war. Dick studierte die Fotografie sehr eingehend, dann schob er den Abzug unter ein einfaches Mikroskop. Das Gesicht des Basilisken war so groß, als würde Dick nur zwei Fuß von ihm entfernt stehen. Dick erstarrte, vergaß fast zu atmen und spürte, dass er kurz vor einer bedeutsamen Entdeckung stand.

Irgendetwas stimmte hier nicht. Von den Wangenknochen bis zum Hals hinunter verlief eine eigenartige Linie, und die Haut dahinter war von einer anderen Struktur als die ausdruckslose Vorderfläche. Die Ohren wirkten noch seltsamer – sie waren nämlich mit denen eines typischen Erdenmenschen identisch. Die Züge des Basilisken bestanden – was ziemlich einleuchtend war – aus nichtmenschlichen Augen und einer nichtmenschlichen Gesichtsstruktur. Warum also hatte er dann Ohren, die, obwohl sie eng am Kopf anlagen, doch unmissverständlich menschlich aussahen?

Dick konzentrierte seine Aufmerksamkeit auf eines der Augen: zuerst auf die große, gelbe Scheibe, dann auf den schwarzen Mittelpunkt ... und zuckte zusammen. Dieser Mittelpunkt war ein menschliches Auge, um einen Viertelzoll von der goldgelben Scheibe zurückversetzt. Der Basilisk war ein Bluff. Das entsetzliche Gesicht war eine Maske, die die Vorstellungskraft der meisten Menschen übertraf – eine ausreichend perfekte Maske, um fünfhundert skrupellose Verbrecher einzuschüchtern, den Irren Sam Baxter zu vertrottelter Leichtgläubigkeit zu zwingen und ihn, Dick, vor lauter Angst wie hypnotisiert stillstehen zu lassen.

Er stieß ein empörtes Lachen aus. Was für einen Narren er aus sich gemacht hatte! Noch einmal beugte er sich über das Mikroskop und betrachtete eingehend das glänzende schwarze Auge hinter der goldenen Maskerade.

Draußen erklangen Schritte. Dick hob den Kopf. Eine Hand legte sich auf den Türknauf; die Tür schwang auf. Im Türrahmen stand der kleine, dürre Professor Dexter. Bei Dicks Anblick blieb er stocksteif stehen, ein jähes Erschrecken machte ihn offensichtlich sprachlos. Nach einem kurzen Moment fand er seine Stimme wieder und sprach, als würden ihn die Worte in der Kehle würgen: »Wann bist du zurückgekommen?«

Dick starrte in die strahlenden schwarzen Augen. Die Stimme schlug eine Saite der Erinnerung an … Die glänzenden Augen, die Stimme … Man setze Dexter einen breitkrempigen Hut auf, hänge ihm einen schwarzen Umhang über die Schultern, übertrage die Arroganz und den Hochmut in einen wahnsinnigen Hass auf die ganze menschliche Rasse … Eine eisige Flut stieg in Dicks Körper empor. Schlagartig wusste er mit hundertprozentiger Sicherheit, wer der Basilisk war.

XIX
Der große Überfall auf den Mars

Falls Professor Dexter spürte, dass ihn Dick durchschaut hatte, so gestand er das jedenfalls mit keinem Wimpernzucken ein. Er betrat die Dunkelkammer und schloss die Tür sorgfältig hinter sich.

»Wann bist du zurückgekommen?«, wiederholte er.

Dick wusste, dass sein Überleben während der nächsten paar Augenblicke ganz von seiner Phantasie abhing. »Ich bin schon seit fast einer Stunde hier.« Er war sich des Zitterns in seiner Stimme bewusst. Vielleicht hatte es Professor Dexter nicht bemerkt.

»Und wo hast du die ganze Zeit über gesteckt?«, fragte Professor Dexter lässig – zu lässig.

Dicks Verstand arbeitete auf Hochtouren, er wog hundert Feinheiten gegeneinander ab. Er konnte so tun, als vertraute er Professor Dexter nicht – er konnte lügen. Oder er konnte blindes Vertrauen vortäuschen und von seinen Abenteuern erzählen, über die Professor Dexter – alias der Basilisk – sehr wohl Bescheid wusste. Am Ende würde es wahrscheinlich nicht den geringsten Unterschied machen. Dexter musste unter allen Umständen verhindern, dass seine Doppelrolle enthüllt wurde – zumindest solange er sich als Professor Dexter allein im Observatorium aufhielt und nicht auf die Unterstützung seiner Männer zählen konnte.

Also zögerte Dick – doch auch das war nutzlos. Professor Dexter nahm ihm die Entscheidung ab. Er durchquerte den Raum und nahm das Foto an sich. »Du meine Güte, was ist das denn?« Seine Stimme war rau und klang fast ängstlich.

»Ich habe es in der Sicherheitsbasis geschossen«, platzte Dick heraus. »Es ist der Basilisk.«

Dexter richtete den Blick seiner glänzenden schwarzen Augen forschend auf Dick. »Wie klug du bist, Dick! Wie unternehmungslustig und wagemutig!« Er bemerkte die Wanne mit der Entwickler-Flüssigkeit. »Hast den Film hierher gebracht und sogar selbst entwickelt, wie ich sehe.«

Dick antwortete nicht. Dexter nickte. »So, so.« Er griff zu einem Regal hoch, holte eine Blechdose herunter, die mit einem weißen Pulver gefüllt war, und schüttete einen Teil davon ins Wasser. »Natriumzyanid«, erklärte er gedankenabwesend. »Ich habe nämlich ebenfalls eine Kleinigkeit zu erledigen.« Er stellte die Blechdose zurück und holte eine braune Glasflasche herunter. Auf dem Etikett stand: *Salzsäure.* »Vielleicht hast du Lust, mir ein bisschen zur Hand zu gehen?«, fragte Dexter.

Dick sah gebannt zu, wie Professor Dexter den Flaschendeckel aufschraubte. Dexter sprach weiter: »Gleich wirst du Zeuge eines interessanten Phänomens werden. Wenn ich die Säure in diese Wanne gieße, wird ein Gas aufsteigen. Dieses Gas wird manchmal Blausäure, manchmal Zyanwasserstoff genannt. Es hat einen angenehmen Geruch – wie Mandeln, glaube ich.«

»Ich – ich glaube nicht...«, begann Dick.

Professor Dexter warf ihm einen Seitenblick zu, und Dick sah, dass er grinste. Er hatte seine Maske fallen gelassen, er verstellte sich nicht mehr länger.

»Du glaubst also, dass du an diesem Experiment nicht teilnehmen möchtest? Vielleicht willst du das wirklich nicht. Aber das hättest du dir überlegen sollen, bevor du deine Nase in Dinge gesteckt hast, die dich nichts angehen.« Als beiläufigen Nachsatz fügte er noch hinzu: »Das Phänomen, von dem ich vorhin gesprochen habe, nennt man übrigens ›den Tod‹.«

»Aber warum?«, schrie Dick. *»Warum?«*

»Warum du sterben musst? Weil du der einzige Haken bist, den diese Geschichte hat, weil du das Zünglein an der Waage sein könntest, das dafür verantwortlich ist, dass ein Königreich verloren geht. Obgleich du an sich völlig unbedeutend bist, könntest du mir doch beträchtliche Unannehmlichkeiten bereiten. In zwei Stunden brechen meine Schiffe zum Mars auf – die ehemalige *African Star*, die *American Star*, die *Canopus* und die *Capella*, jetzt generalüberholt und zu Schlachtschiffen umfunktioniert. Keine Macht der Welt oder des Mondes kann sie aufhalten. Ich habe vor, hierzubleiben. Dieses Observatorium ist mein Auge ins Universum. Durch das Teleskop sehe ich Schiffe kommen und gehen. Ich entscheide, welche unversehrt bleiben und welche untergehen.«

»Aha«, rief Dick aus, »deshalb also haben Sie Dr. Vrosnek umgebracht und versucht...«

Dexter nickte. »Ich habe Vrosnek hingerichtet und darauf gehofft, Chefastronom zu werden. Aber die Kuratoren...« An dieser Stelle angekommen, wurde Dexters Gesicht weiß wie Wachs – »haben mir stattdessen deinen Vater vor die Nase gesetzt. Ich habe beschlossen, dass er genauso sterben muss. Es war notwendig, dass ich ungestört arbeiten konnte. Aber du...« Dexter starrte Dick mit einem beinahe respektvollen Ausdruck an ... »Du hast mir viel mehr Ärger bereitet als dein Vater.« Seine Hand griff nach der Säureflasche.

In dem Bemühen, Zeit zu schinden, fragte Dick: »Den Irren Sam Baxter – wie haben Sie den getäuscht?«

Dexter lachte. »Der Irre Sam war leicht zu bluffen, genau wie du. Ich habe ihn hypnotisiert und ihm eingesuggeriert, meine Männer seien Mond-Eingeborene. Der Irre Sam hat die Wahrheit nie herausgefunden ... Und nun, Dick ...«

Dick spannte die Muskeln an, war bereit, vorzuspringen und um sein Leben zu kämpfen. Professor Dexter sagte: »Wenn ich du wäre, dann würde ich das nicht tun, Dick. Denn wenn du auch nur die geringste Bewegung machst, schütt ich die Säure nicht in diese Wanne, sondern mitten in dein Gesicht.«

Dick entspannte sich, blieb hoffnungslos stehen. Hinter Dexter drehte sich der Türknauf. Dick hörte das Klicken, wich vorsichtig zurück, bis er die Hand in seinem Rücken spürte.

Die Tür öffnete sich, und Sende stand auf der Schwelle.

»Ah, Sende«, sagte Dexter herzlich. »Kommen Sie herein. Wir haben gerade von Ihnen gesprochen.«

Sendes Falkenblick huschte von Dick zu Dexter. »Was geht hier vor?«, fragte er mit einer Stimme, die so klang, als würde man mit einer Feile auf einem Eisenblech herumraspeln. Er machte einen Schritt nach vorn.

Dexter bewegte sich mit erstaunlicher Schnelligkeit. Er schüttete die Säure in die Wanne. Dick schrie: »Aufpassen, er ist der Basilisk!« Dexter packte Sende, schleuderte ihn in die Dunkelkammer hinein und stürmte hinaus. Die Tür krachte ins Schloss, der Riegel schnappte zu. Aus der Entwickler-Wanne stiegen Gasdämpfe. Dick roch den Bittermandelduft.

Sende sagte etwas im Flüsterton, dann warf er sich gegen die Tür.

»Nicht einatmen!«, rief Dick. »Die Luft ist voller Blausäure!« Er zog den Wannen-Stöpsel heraus, und das Gemisch begann in den Abfluss hinunterzugurgeln, allerdings strömte das tödliche Gas noch immer in die Höhe.

Sende versetzte der Tür einen gewaltigen Tritt. Das Schloss zerbrach, und sie drängten in die unverseuchte Luft hinaus.

»Verfluchter Bastard!«, schrie Sende. »Wohin ist er verschwunden?«

Er stürmte die Treppe hinunter, und Dick, der bereits die Auswirkungen der Blausäure zu spüren begann, folgte ihm langsamer. Er erreichte den Aufenthaltsraum noch rechtzeitig genug, um zu sehen, wie der in seinen Raumanzug gehüllte Professor Dexter aus dem Verwaltungsgebäude hinaus und zum Raketenfloß des Irren Sam rannte, das – abgesehen vom Depeschenboot – das einzige beim Observatorium verbliebene Gefährt war. Er sprang an Deck, und gleich darauf schwebte er an der Kraterwand empor in die Höhe.

Sende kam verhalten murmelnd aus dem Umkleideraum zurück. Bei Dicks Anblick blieb er auf der Stelle stehen. »Was weißt du über den Basilisken?«

Dicks Magen pulsierte. Er fühlte sich angewidert, schwach. Er stolperte zu einem der Sofas hinüber, setzte sich und rieb sich die Stirn.

Sende kam und blickte auf ihn hinunter. »Ich glaube, es ist besser, ich warte, bis mein Vater zurück ist«, sagte Dick.

»Das kann noch Stunden dauern. Er wird erst umkehren, wenn er die Hoffnung aufgegeben hat, dich noch zu finden – oder sein Sauerstoff-Vorrat zur Neige geht.«

Mit einer Spur von Trotz sagte Dick: »Ich wüsste nicht, weshalb ich Ihnen vertrauen sollte. So viel ich weiß, haben Sie doch mit dem Basilisken zusammengearbeitet. Schließlich haben Sie mich verfolgt...«

Sende lachte. »Ich habe dich verfolgt, weil ich wissen wollte, was du vorhast, und dann hast du mir ja einen schönen Streich gespielt. Was nun meine Zusammenarbeit mit dem Basilisken angeht...« Er warf eine kleine Plastikkarte auf Dicks Schoß. Sie trug Sendes Bild, darunter war das UN-Wappen abgebildet und dann folgten die Worte: »Dieser Ausweis legitimiert Arnold Barr Sende, Sonderagent des Kriminalamtes der Vereinten Nationen. Der Inhaber wird hiermit ermächtigt, Privateigentum zu beschlagnahmen, über öffentliche und private Transportmittel zu verfügen und örtlichen Exekutivbeamten Anweisungen zu erteilen...«

Dick sah erstaunt auf. »Warum – warum haben Sie mir das denn nicht gleich gesagt?«

Sende lächelte sein Messerschlitzlächeln. »Ich bin es gewohnt, allein zu arbeiten. Zugegeben, ich habe nicht viel in Erfahrung gebracht. Deshalb schlage ich vor, du erzählst mir, was ich übersehen habe.«

Und Dick legte mit seinen Abenteuern in der Sicherheitsbasis los. Als er fertig war, schüttelte Sende den Kopf. »Dann hat es also keinen Sinn, wenn wir einen

Funkspruch abstrahlen ... Dexter – der Basilisk – wird bereits dafür gesorgt haben, dass wir abgeschnitten sind. Wir nehmen das Depeschenboot und fliegen zur Erde!«

Dick erinnerte sich an seine Erfahrungen auf Sams Raketenfloß und fragte zweifelnd: »Ist für diese Reise auch genügend Treibstoff in den Tanks?«

Sende nickte. »Wir werden zusätzliche Sauerstoff- und Wasserstoff-Reserven an Bord nehmen. Aber jetzt los, wir müssen uns beeilen. Vergiss nicht, deinem Vater eine Notiz zu hinterlassen ... Dann kommst du hinaus und hilfst mir beim Auftanken.«

Dick stand auf. Die Erschöpfung und die Auswirkungen des Gases machten seine Beine wackelig. »Beeil dich jetzt«, forderte Sende. »Du kannst im Boot schlafen.«

»Aber was soll ich meinem Vater denn schreiben?«

»Schreib ihm, dass du zum Hauptbüro des Kriminalamtes unterwegs bist, dass du wichtige Informationen zu überbringen hast und in zwei oder drei Tagen wieder zurück sein wirst. Jetzt beeil dich, jede Sekunde zählt.«

Dick kritzelte die Nachricht auf ein Blatt Papier, schlüpfte dann in seinen Raumanzug und hastete zu Sende hinaus, der bereits damit beschäftigt war, zusätzliche Zylinder mit Sauerstoff und Wasserstoff zu füllen und an den Wänden des Depeschenbootes festzumachen. »So, das müsste reichen«, sagte Sende. »Es ist einfach, vom Mond zu starten und zur Erde zu fliegen, umgekehrt braucht man siebenmal mehr Energie. Komm, mach schnell, an Bord mit dir.«

Das Depeschenboot jagte mit dem vollen Schub der vier Düsen hinauf. Dick blickte über die unwirtliche, schwarzweiße Mondlandschaft hinweg und wünschte sich mutlos, noch Zeit gehabt zu haben, seinen Vater zu sehen. Unbehaglich starrte er dann auf Sendes hageren Rücken, wobei er sich an das Misstrauen erinnerte, das er verspürt hatte, seit er diesem Mann das erste Mal begegnet war. Kirdys Tod fiel ihm ein – warum hatte der Maat der *African Star* sterben müssen? Und wie passte Sende in dieses Ereignis hinein?

Die gespenstischen Ruinen der alten Sicherheitsbasis kamen tief unten in Sicht. Dick betrachtete sie mit morbider Faszination, während er sich an seine Erlebnisse unter jener massiv scheinenden Kruste erinnerte.

Sende wandte den Kopf und zeigte auf etwas. »Da – sieh mal!«

Dick spähte in die angegebene Richtung zu einer der fernen Betonlandeplattformen. Vier glitzernde Metallkonturen, aus dieser Entfernung winzig, stiegen majestätisch in den Raum auf.

»Die *African Star*, die *American Star*, die *Capella* und die *Canopus*«, murmelte Sende. »Jetzt sind es die Kriegsschiffe des Basilisken.« Gemeinsam beobachteten sie, wie die vier Schiffe in einem mächtigen Bogen aus dem Mondorbit ausscherten und der Reihe nach dem heißen Glanz des Mars entgegenflogen, Geschwindigkeit aufnahmen, immer schneller dahinrasten, bis sie schließlich zwischen den Sternen verschwunden waren.

»Sie fliegen mit Maximalbeschleunigung«, murmelte Sende. »In drei oder vier Tagen werden sie den Mars erreichen ...«

»Können wir gar nichts tun?«

»Nicht, dass ich wüsste.«

»Aber die Raumflotte …«

Sende ließ ein verächtliches Schnauben hören. »Die beiden Korvetten? Wie Kaninchen, die Wölfe angreifen.«

»Wenn man bedenkt«, sagte Dick mit ehrfürchtiger Stimme, »dass wir mit dem Basilisken unter einem Dach gelebt, am selben Tisch gesessen haben …«

Sende warf ihm einen stechenden, forschenden Blick zu. »So ergeht es einem mit den meisten Leuten, die man kennt. Was sie zu sein scheinen und was sie tatsächlich sind, das sind meist zwei verschiedene Paar Stiefel. So, jetzt legst du dich aber besser hin und schläfst ein wenig. Du wirst eine Menge reden müssen, wenn wir die Erde erreicht haben.«

XX

Angriff!

Dick erwachte und fuhr mit einem Ruck hoch und sah, dass sich Sende über das Funkgerät des Depeschenbootes beugte. »Was ist denn los?«, fragte Dick besorgt. Sende bedeutete ihm, still zu sein und hörte weiter zu. Eine blecherne, leise Stimme dröhnte aus dem Lautsprecher und rasselte Worte herunter, die Dick zuerst gar nicht verstehen konnte. Er rutschte von der Liege und tappte zum Funkgerät hinüber.

»... jetzt sehen wir Sie ... Gut ... Ihr Kurs verläuft fast in entgegengesetzte Richtung. Wenden Sie, bremsen Sie mit voller Kraft ab. Den Rest erledigen wir.«

»Verstanden«, sagte Sende ins Mikrofon. Er sprang an die Kontrollen. Die Sternenkonstellationen sausten in Schwindel erregender Eile an den Sichtluken vorbei. Dick klammerte sich an einem Sitz fest. »Wer war das?«

»Die Raumflotte«, erwiderte Sende, wobei er die Worte schmerzlich betonte. »Sie haben uns auf ihren Radarschirmen.«

Dick sagte eifrig: »Aber da haben wir doch irres Glück ... Sie können eine Botschaft zur Erde funken, und die Erdstation kann Perseverine warnen ...«

Sende nickte. »Theoretisch besteht diese Möglichkeit tatsächlich.«

Dick warf ihm einen verwunderten Blick zu, aber Sende hatte nichts weiter zu sagen.

Zehn Minuten verstrichen, dann erspähte Dick die Geleit-Korvetten, die ein paar Meilen weiter links durch den Weltraum kreuzten.

»Da sind sie.«

Sende nickte, hantierte an den Kontrollen. Der Abstand zwischen ihnen verringerte sich. Sende beugte sich wieder über das Funkgerät.

»Schicken Sie uns ein Boot?«

Die Antwort erfolgte umgehend: »Nein. Ziehen Sie Ihre Raumanzüge an und springen Sie zu uns herüber.«

»Was wird aus dem Depeschenboot?«

»Ich kommandiere einen Mann ab, der es zum Observatorium zurückfliegt. Warten Sie, bis wir auf hundert Fuß herangekommen sind.«

»Gut.« Sende drehte sich zu Dick herum. »Sieht so aus, als würden wir ins Nichts hinausspringen müssen.«

Dick schlüpfte bereits in seinen Raumanzug. »Hoffentlich springen wir nicht vorbei. Ich will nicht schon wieder im Weltraum herumschweben – davon habe ich die Nase voll.«

Sende lachte grimmig, schloss seinen Anzug, ließ den Helm einrasten. »Fertig?« Dieses Wort hörte Dick jetzt durch das Helmfunkgerät.

»Fertig«, bestätigte er.

Sie traten in die Luftschleuse, schlossen das innere, öffneten das äußere Schott und blieben stehen und warteten geduldig ab.

Eine der Korvetten schwebte näher. »Jetzt«, murmelte Sende. »Ich springe zuerst.« Ohne ein weiteres Wort stieß er sich ab.

Dick sah zu, wie sich die hoch gewachsene Gestalt

entfernte und spielerisch leicht durch das Vakuum glitt. Dann richtete er sich auf, spannte seine Muskeln und sprang ebenfalls. Die Korvette dehnte sich vor ihm aus, die Silhouette verdunkelte die Sterne – das Schott der Luftschleuse wurde rasend schnell größer. Dicks Sprung war beinahe perfekt gewesen, er verfehlte die offene Luftschleuse nur um zwei Fuß. Sende streckte die Hand aus und zog ihn hinein. Hinter Sende tauchte eine zweite Gestalt auf: der Mann, der das Depeschenboot zum Mond zurückfliegen würde.

Drei Minuten nachdem Dick aus seinem Raumanzug geschlüpft war, stand er Commander Franchetti gegenüber.

»Wie wäre es, wenn Sie mir jetzt erklären würden, was passiert ist«, forderte Franchetti Sende auf. Sende wies auf Dick. »Da steht der Bursche, der Ihnen die ganze Geschichte erzählen kann.«

Franchetti wandte sich an Dick. »Nun?«

Dick machte einen tiefen Atemzug. »Es gibt eine ganze Menge zu erklären. Alles läuft jedenfalls auf die Tatsache hinaus, dass der Basilisk die alte Sicherheitsbasis auf dem Mond zu seinem Hauptquartier gemacht hat, und mir hat er das Ganze nur erzählt, weil er geglaubt hat, ich würde nicht überleben und niemandem mehr verraten können, dass er vorhat, Perseverine auf dem Mars zu überfallen.«

Sende sagte: »Ich habe vier Schiffe gesehen – die *African Star*, die *American Star*, die *Capella* und die *Canopus* .. Sie sind eindeutig in der Sicherheitsbasis gestartet und haben Kurs auf den Mars genommen. Für mich steht außer Frage, dass Dicks Informationen stimmen. Ich denke, Sie nehmen jetzt am besten mit der Erde Kontakt auf...« Er reichte Franchetti seine Legitimation. Franchetti blickte darauf, gab sie zurück, »... und geben Anweisung, dass man sofort Perseverine benachrichtigt – die Stadt soll sich auf den Überfall vorbereiten oder möglicherweise vollständig evakuiert werden.«

Franchetti nickte. »Ich werde mich sofort darum kümmern.« Er umrundete die Glaswand, die die Funkkabine vom Salon trennte. Dick und Sende beobachteten, wie er dem Funker knappe Anweisungen gab. Der Funker drehte an Skalen, kippte Schalter, und Franchetti beugte sich über das Mikrofon, sprach ziemlich ausführlich hinein, hörte zu, sprach wieder. Schließlich richtete er sich auf und kehrte in den Salon zurück.

»Sie rufen jetzt Perseverine. Sobald sie eine Antwort bekommen haben, melden sie sich wieder bei uns.« Er sah Dick an. »Wie kommt es, dass du das alles über den Basilisken herausgefunden hast?«

Dick erzählte die ganze Geschichte noch einmal. Commander Franchetti schüttelte den Kopf und pfiff durch die Zähne. »Mir ist der alte Dexter immer wie einer von diesen Elfenbeinturm-Burschen vorgekommen, der absolute Wissenschaftler ohne Fehl und Tadel. Vielleicht ein wenig mürrisch, aber ich hätte in einer Million Jahren nicht darauf getippt, dass er ein Pirat ist.« Er rieb sich das Kinn. »Wenn ich mir das jetzt so überlege, dann hat Dexter doch eine ganze Menge über Geschichte und Philosophie des Piratentums gewusst. Nicht, dass dieses Wissen an sich schon verdächtig gewesen wäre, aber es zeigt gewissermaßen, was er im Sinn hatte.«

Der Funker klopfte an die Glaswand. Franchetti sprang auf. »Das wird das Flottenhauptquartier sein.«

Dick und Sende folgten ihm in die Kabine des Funkers. Franchetti beugte sich zum Mikrofon hinunter. »Hier Franchetti an Bord der *Theseus.*«

Ein paar Sekunden vergingen, während die Funkwellen durch den Weltraum eilten. Dann kam die Antwort: »Hier Commodore Hallmeier. Wir kommen nicht nach Perseverine durch. Die Station dort antwortet nicht.«

»Das habe ich befürchtet«, murmelte Sende leise. »Einer von Dexters Leuten hat den Sender sabotiert.«

Franchetti beugte sich ganz dicht ans Mikrofon. »Wie lauten meine Befehle, Sir?«

Die forsche Stimme sagte: »Wir werden weiterhin versuchen, mit dem Mars in Kontakt zu kommen, vermutlich ohne Erfolg. Sie fliegen mit Höchstgeschwindigkeit zum Mars, spüren die Piratenschiffe auf und greifen sie an.«

»Wie Sie befehlen, Sir«, stammelte Franchetti.

Er richtete sich auf und drehte sich langsam zu Sende und Dick um. »Angreifen, hat der Commodore befohlen.« Er schüttelte kläglich den Kopf. »Ich soll mit den beiden Korvetten vier Schlachtschiffe angreifen.« Er wandte sich an den Funker. »Benachrichtigen Sie Eden von der *Achilles*, Rogers ... Zwei Grav, Kurs Mars.« Dann blickte er wieder auf Dick und Sende. »Ich werde Ihnen ein Quartier zuweisen lassen, sobald wir auf Kurs sind. Bis dahin machen Sie es sich besser hier im Salon bequem.«

Einen Augenblick später schwenkte die *Theseus* herum und nahm Kurs auf den Mars, und die verdoppelten Schwerkraftverhältnisse breiteten sich schlagartig auf dem ganzen Schiff aus.

Dick saß an der Sichtluke und beobachtete, wie die narbige schwarzweiße Kugel des Mondes hinter ihnen verschwand. Mittlerweile war sein Vater bestimmt ins Observatorium zurückgekehrt, hatte seine Mitteilung gefunden und war damit entsprechend von seiner Besorgnis befreit. Dick lachte bitter. Wenn er wüsste ...

Sende wandte Dick sein Falkenprofil zu. »Du scheinst nicht sonderlich viel Gefallen an der Raumfahrt zu haben, Dick.«

»Nein. Ich hab's ziemlich satt. Ich wäre lieber wieder im Observatorium, obwohl ich dort auch nichts als Aufregung hatte, seit ich angekommen bin.«

»Sogar schon vorher, wie ich mich erinnere.«

Dick nickte. »Es gibt da noch etwas, das mir Kopfzerbrechen bereitet. Was ist mit Kirdy passiert, mit dem bärtigen Maat?«

Send zuckte mit den Schultern. »Wir hatten so etwas wie eine Meinungsverschiedenheit. Er wollte dem Basilisken eine Funknachricht zukommen lassen, und ich hatte entschieden, dass er das nicht tun sollte – aus diesem speziellen Grund war ich an Bord der *African Star* gekommen. Es kam zum Handgemenge, und der arme Kirdy handelte sich einen gebrochenen Hals ein. Ich habe mir überlegt, dass er wohl unterhalb der Brücke am wenigsten Aufsehen erregen würde, also ließ ich ihn dort liegen. Noch weitere Fragen?«

»Im Moment fallen mir keine ein.«

Commander Franchetti kam in den Salon und ließ sich schwer in einen Sessel fallen. »Habt ihr euer Testament gemacht? Wenn nicht, so beeilt euch besser damit. Diese Korvetten sind zwar ganz ausgezeichnete kleine Spähschiffe, aber sobald es um Angriffseinsätze auf solche Schiffe wie die des Basilisken geht...« Er schüttelte mutlos den Kopf. »Wir sind unterbewaffnet. Nichts als drei kleine Knallbüchsen auf jedem Schiff. Die Schiffe des Basilisken haben genügend Kanonen und Raketenwerfer, um einen ganzen Berg in die Luft zu jagen. Wir sind unterbemannt. Der Mann, den ich abkommandiert habe, um das Depeschenboot zum Observatorium zurückzufliegen, fehlt als Kanonier...«

»Ich habe auf dem Schießplatz immer meinen Mann gestanden«, erklärte Sende. »Sie können mich einspannen.«

»Und ich würde auch liebend gerne einmal auf den Basilisken schießen«, sagte Dick.

Commander Franchetti nickte. »Also gut. Ich werde Sie beide einsetzen. Aber jetzt zeige ich Ihnen Ihre Quartiere, wo Sie schlafen werden – und wenn Sie wollen, können Sie sich vorerst zurückziehen. Es ist nichts Großartiges – nur ein paar Schlafröhren. Wir sind kein Luxus-Passagierschiff.«

»Ich bin mit allem zufrieden«, sagte Dick mit einem Seufzer. »Ich bin so müde, dass ich sogar im Stehen schlafen könnte.«

Als Dick wieder aufwachte, lagen Erde und Mond weit zurück. Sie durchflogen soeben den *Friedhof*, der jetzt so sicher war wie eine ländliche Wiese, weil die gesamte Flotte des Basilisken zum Mars unterwegs war.

Dick und Sende wurden Gehilfen des Heck- beziehungsweise des Steuerbordschützen, und der Geschützdrill trug viel dazu bei, die Anspannung von

Dick abgleiten zu lassen. Die Stimmung an Bord war durchzogen von Schwermut und böser Vorahnung; Cobbett, dessen Gehilfe Dick geworden war, machte seiner Verbitterung lautstark Luft. »Was hat es für einen Sinn, uns in Spielzeug-Raumschiffen zum Mars zu hetzen, nur damit wir dort abgemurkst werden? Genauso gründlich könnte man uns erledigen, wenn man uns bitten würde, vierzig Meilen über der Erde aus der Luftschleuse zu hüpfen – und das würde noch 'ne Menge Zeit sparen!«

»Nun«, wagte Dick einzuwenden, »vielleicht können wir doch ...« Er unterbrach sich.

»Können wir – was?«, fragte Cobbett sarkastisch. »Schreckliche Fratzen auf den Bug unserer Nussschalen malen und die Piraten damit zu Tode erschrecken? Hah! Ist doch wahr! Wenn du mich fragst, dann ist das wieder eine ganz verfluchte Schweinerei von der Flotte, und ich, Winston Churchill Cobbett, muss dafür abkratzen!«

»Aber vielleicht haben sie ihre Gründe gehabt, warum sie uns losgeschickt haben ...«

Cobbett lachte. »Dick, mein Junge, wenn du mal so lange wie ich bei der Flotte warst, dann hast du auch kapiert, dass da alles möglich ist. Jetzt aber genug mit diesem Geschwätz. Pass auf die Kanone auf.«

»Sie haben die ganze Zeit geredet«, fauchte Dick.

»Gut, gut, vielleicht hab' ich das«, gab Cobbett zu. »Aber ich rechne damit, dass ich in zwei oder drei Tagen meinen Löffel abgeben darf, und bis dahin habe ich noch eine ganze Menge zu sagen. Aber während ich rede, sollst du lernen, wie man diese Erbsenkanone hier bedient, sodass du, wenn ich meine Abberufung in den Himmel oder die Hölle erhalten habe, wie ein Gentleman antreten und das in Empfang nehmen kannst, was dir der Basilisk verpasst...«

Dick lächelte. »Der Basilisk hat schon ein paar Mal versucht, mich zu erwischen, und ich bin trotzdem hier. Vielleicht trifft er wieder vorbei.«

»Vielleicht, vielleicht aber auch nicht. Und jetzt will ich nichts mehr von deinen Angebereien hören. Da draußen – das ist der Sirius. Lass mich mal sehen, wie du in acht Sekunden lädst, zielst und feuerst – Flottenvorschrift... Nur den Auslöser, den lässt du mir hübsch in Ruhe. Wir könnten vielleicht genau diese eine Granate für den Burschen brauchen, der sich Basilisk nennt.«

»Warum benutzen wir denn diese altmodischen Kanonen?«, fragte Dick. »Ich meine, radargesteuerte Raketen wären doch viel effektiver.«

»Gewiss wären sie effektiver«, schnaubte Cobbett. »Bloß – es gibt keine. Wir haben seit der Aufgabe der Sicherheitsbasis keine Waffen mehr produziert. Schließlich ist die Raumflotte erst ein paar Monate alt. Deshalb benutzen wir diese Antiquitäten hier.« Verächtlich schlug er auf das Kanonenrohr.

»Nun, wenn wir keine solchen Raketen haben, dann hat der Basilisk wenigstens auch keine.«

»Das ist ein schwacher Trost«, knurrte Cobbett. »Was macht es schon für einen Unterschied, was für eine Rakete einen in Hölle und Verdammnis befördert? Die Tatsache, dass man dorthin befördert wird, die ist ausschlaggebend. Du kannst mir glauben«, er pochte auf Dicks Brust, »kannst mir, W. C. Cobbett, glauben, dass sich jeder, der dieses Spektakel lebendig übersteht, glücklich schätzen kann.«

Dick zwang sich zu einem Lachen. »Sie sind ein Pessimist.«

»Pessimist? Ich?« Cobbett schien ehrlich erstaunt. »Ich bin überhaupt kein Pessimist. Ich bin nicht einmal ein Realist. Ich habe mich bei der Raumflotte eingeschrieben, weil ich das Universum sehen wollte, wie das das Rekrutierungsplakat verspricht. Ich bin ein Optimist. Ich suche mir von jeder Sache immer die beste Seite aus. Nur – bei dieser Sache sehe ich keine beste Seite. Weißt du, was Commodore Hallmeier neben alle unsere Namen geschrieben hat?«

»Nein«, sagte Dick mit gedämpfter Stimme. »Ich habe keine Ahnung.«

»Nun, dann werde ich es dir sagen. Es ist nur ein einziges Wort, und es lautet: *Entbehrlich.*«

XXI

Kampf

Der Mars leuchtete wie ein Feueropal vor ihnen; das rot und Rotbraun der Wüste, das Grasgrün und Blau der polaren Eisklippen schimmerte in der windigen Atmosphäre. Commander Franchetti saß vornübergebeugt an den Radarkontrollen und beobachtete den Weltraum vor ihnen. »Wir können nicht weit hinter ihnen sein«, murmelte er zu Sende hinüber. »Sie hatten keinen Grund, sich zu beeilen. Sie haben noch immer keinen Grund. Perseverine wird sich ihnen wie eine reife Frucht präsentieren – eine Frucht, die man nur noch zu ernten braucht. Nur die örtliche Polizeitruppe könnte die Piraten aufhalten ...« Düster starrte er auf den Radarschirm. »Wir werden den Basilisken jedenfalls für ein paar Minuten tüchtig beschäftigen ... Er wird hinterher wissen, dass er in einem Kampf war.«

Dick überblickte die gesprenkelte Oberfläche des Mars. »Wo liegt Perseverine?«

Franchetti zeigte es ihm. »Siehst du dort, diese schräge Linie?«

Dick nickte.

»Das ist der Peripher-Kanal. Siehst du, wo er diese niedrige Bergkette zerteilt?«

»Ja.«

»Nun, der kleine, dunkle Punkt dort zwischen dem Kanal und den Berghängen, das ist Perseverine.« Er starrte einen langen Moment durch den Weltraum.

»Wir müssten jetzt eigentlich ziemlich bald auf den Basilisken treffen ...«

»Vorausgesetzt, er hat sich bereits ans Werk gemacht«, bemerkte Sende kühl.

Franchetti zuckte mit den Schultern, kippte den Schalter des Bordsprechgerätes um. »Alle Mann in die Raumanzüge. Kampfstationen – zum Einsatz bereit halten.«

»Warum Raumanzüge?«, fragte Dick.

»Damit uns der Luftverlust nicht umbringt, wenn wir einen Treffer kassieren.«

Dick marschierte zum Spind – die Korvetten bremsten mit zwei Grav ab ... Dick stieg in seinen Raumanzug.

Die Zeit verging schleppend langsam. Unter ihnen breiteten sich die weiten, staubigen, roten Ebenen des Mars aus. Als Dick auf die Brücke zurückkehrte, standen Franchetti und Sende angespannt vor dem Radarschirm und starrten darauf. Er hörte Franchetti murmeln: »Eigenartig ... Ich verstehe nicht, wohin sie sich abgesetzt haben. Perseverine sieht unversehrt aus ...«

Eine plötzliche Idee ließ Dick zusammenfahren. »Vielleicht haben wir sie überholt – und sie sind jetzt hinter uns«, sagte er aufgeregt.

Franchetti warf ihm einen überraschten Blick zu. Dick bedauerte seine Keckheit schon. Aber nach einem kurzen Zögern sagte Franchetti kleinlaut: »Das wäre eine Möglichkeit.« Er drehte den Kontrollknopf. Der Radarprojektor schwenkte herum und suchte den Himmel achtern ab. Gleich darauf blitzten vier Tupfer orangefarbenen Lichts auf dem Schirm auf. Franchetti brüllte in das Mikrofon der

Sprechanlage: »Kampfstationen, dalli, dalli – zum Feuern bereit machen ... Feind genau achtern ...«

Dick rannte zu seiner Geschützstation, wo Cobbett gerade in aller Ruhe seinen Helm einrasten ließ. »Wir sterben nur einmal«, brummte er. »Und jetzt scheint es bald soweit zu sein.«

Dicks Herz pochte ungestüm, seine Kehle war wie zugeschnürt; er brachte kein Wort heraus.

»Schließen Sie Ihre Sicherheitsgurte!«, kam Franchettis Stimme scharf aus dem Helmlautsprecher. »Wir bekommen es mit ein paar harten Brocken zu tun.«

Dick hatte kaum Zeit, seinen elastischen Sicherheitsgurt an den Haltepfosten zu schnallen, als das Schiff auch schon heftig zur Seite schlingerte. Der Mars rollte wahnsinnig schnell an der Sichtluke vorbei. Dick erspähte achtern ein Flimmern, Sonnenlicht, das von fernen Schiffsrümpfen reflektiert wurde. Cobbett beugte sich über seine Kanone.

Das Schiff drehte sich weiter, die Rümpfe verschwanden wieder hinter dem Heck – unten dehnten sich die gewaltigen Horizonte des Mars aus. »Franchetti hält sich dicht über dem Boden«, erklärte Cobbett. »Da unten können uns die ferngelenkten Geschosse – falls die Piraten doch solche Dinger haben – nämlich nicht gefährlich werden. Obwohl ...«, setzte er hinzu, »wenn sie tatsächlich computergesteuerte Waffensysteme haben und wir auf diesen Antiquitäten sitzen geblieben sind – dann reiche ich meinen Abschied aus der Flotte ein – und zwar mit sofortiger Wirkung.«

»Woher könnte der Basilisk computergesteuerte Waffensysteme haben? Sie werden seit Jahren nicht mehr hergestellt.«

Cobbett schüttelte sardonisch den Kopf. »Dem traue ich alles zu.« Er starrte zu einem großen Schiffsrumpf hinauf, der sich plötzlich dröhnend über Backbord nach achtern heruntersenkte. Aus dem schwarzen Bug flackerte für einen Augenblick ein orangefarbener Funke heraus. »Donnerwetter«, stieß Cobbett gepresst heraus. »Sie nehmen uns unter Feuer. Haben uns verfehlt, schätze ich. Es sei denn ...«

In den Helmempfängern gellte Franchettis Stimme. »Kanoniere – auf jedes Ziel feuern, das in Reichweite kommt!«

Cobbett knurrte zwischen zusammengepressten Zähnen hindurch: »Draußen im Raum ist die Reichweite so weit, wie man sehen kann. Schon gut – also los!« Er schielte durch seinen Bereichssucher, drehte Wählschalter, tippte auf den Auslöserknopf. Die Kanone spie blaues und gelbes Licht aus, und die Korvette erbebte unter dem Rückstoß. Einen Moment später spritzte eine Flammenzunge über das Piratenschiff. »Sie haben getroffen!«, jubelte Dick. »Sie haben sie getroffen!«

»Guter Schuss, Cobbett«, ertönte Franchettis Stimme.

Cobbett murmelte: »Wahrscheinlich haben sie diesen Treffer nicht mal gespürt.« Er winkte Dick ungeduldig beiseite. »Los, mach schon – her mit den Krachern ... Das hier ist kein Sonntagsschulenpicknick!«

Das Piratenschiff schien durch den Treffer tatsächlich wenig berührt. Seine Kanonen erwiderten das Feuer, Lichtblumen zerplatzten vor den dunklen Läufen. Franchetti flog haarsträubende Ausweichmanöver und schaffte es, sich unbehelligt zurückzuziehen.

Die Marsoberfläche kam immer näher. Dick starrte auf rote Staubwolken, die über die Wüsten zogen. Die Korvette sauste in einem so jähen Richtungswechsel empor, dass Dicks Augen getrübt wurden, glitt dann dicht über dem Boden dahin. Längsseits und knapp achtern flog die *Achilles.* Cobbett senkte den Kopf, spähte in den Himmel hinauf. »Franchetti versucht, sie herunterzulocken, damit er sie austricksen kann.« Er schüttelte den Kopf. »Wenn der Basilisk zu einer solchen Balgerei aber keine Lust hat, dann bleibt er einfach oben und nimmt uns aufs Korn, sooft wir in Reichweite kommen.«

»Und was machen wir dann?«

Cobbett zuckte mit den Schultern. »Die Ohren anlegen, ausweichen, einen oder zwei Schüsse abfeuern und dann unsere Bestrafung hinnehmen.«

Dick presste sein Gesicht gegen das Glas der Sichtluke. »Ich sehe zwei, drei Schiffe. Sie warten nur ab. Keines von ihnen folgt uns.«

Ein dunkler Schatten fiel über die Sichtluke. Cobbett zielte und feuerte immer wieder. Dann bebte und ruckte die Korvette, als wäre sie von einem gigantischen Hammer getroffen worden. Luft fauchte an Dick vorbei.

»Sie haben uns erwischt«, stellte Cobbett beiläufig fest. »Nun komm schon, gib mir die Granaten, ich möchte noch ein paar von diesen Teufeln erwischen, bevor ich abtrete ...«

Die Korvette stürzte ab, begann, um ihre eigene Achse zu wirbeln und sich zu drehen. Dick klammerte sich an den Pfosten, war davon überzeugt, dass sein letztes Stündlein geschlagen hatte. Aber knapp eine halbe Meile über der Oberfläche fing Franchetti den Sturz ab und zog den Bug des Schiffes wieder hoch.

»Der Treffer hat die Heckdüsen erwischt«, murmelte Cobbett. »Franchetti balanciert sie aus, muss sich gerade so vorkommen, als würde er auf einem Drahtseil herumhüpfen ...« Er blickte durch die Luke. »Da kommt der Basilisk ... Wir können ihm nicht mehr entwischen. Wir können nicht mehr kreuzen, wir können nur noch unsere Erbsenkanonen abfeuern.«

Schweiß strömte über Dicks Stirn und in seine Augenwinkel. Draußen sah er zwei der Piratenschiffe bedächtig und drohend näher schweben.

Cobbett blickte in seinen Sucher, justierte seine Zielvorrichtung mit bestmöglicher Präzision, wobei er die ganze Zeit über verhalten murmelte. Er schoss. Die Brücke auf dem unmittelbar vor ihnen im Weltraum hängenden Schiff explodierte. Cobbett brüllte in wildem Triumph. »Eines hätten wir erledigt! Donnerwetter, jetzt werde ich glücklich sterben!«

Das Piratenschiff driftete zur Seite weg, senkte sich majestätisch langsam zum Mars hinunter. Das andere schwenkte heran, die Geschützluken leuchteten in zornigem Orange auf.

Dick spürte ein blendendes weißes Licht, taumelte zurück. Irgendetwas zerrte an seiner Mitte und riss ihn beinahe entzwei. Für einen Moment war er blind, wie betäubt. Er schlug mit den Armen um sich und zerrte sich hoch. Das Reißen in seiner Körpermitte ließ nach. Im Hintergrund klaffte ein großes, unregelmäßig gezacktes Loch im Rumpf. Zu seinen Füßen lag Cobbett, und ein speerförmiges Metallbruchstück ragte aus einer Brust.

Dick hinkte zum Geschütz. Er drückte eine Granate in den Verschluss. Da – ein Piratenschiff, unverschämt nahe. Dick berührte den Auslöser, sah die Granate vor einer der Geschützluken explodieren.

Die Korvette taumelte und schlingerte, was das Zielen verteufelt erschwerte. Dick bemerkte, dass die andere Korvette, knapp unterhalb, wie ein Herbstblatt in die Tiefe segelte. Aber mittlerweile hingen nur mehr drei Piratenschiffe am Himmel. Cobbetts Schuss hatte eines hinuntergeschickt.

Benommen lud Dick nach, zielte und feuerte, lud, zielte, feuerte. Er spürte einen Stoß von unten – ein weiterer Treffer. Ein Wunder, dass das Schiff überhaupt noch gesteuert werden konnte.

Die Piratenschiffe standen jetzt in einer Linie, die Geschützluken präsentierten sich wie eine Reihe schwarzer Zähne.

Dick riss die Augen auf. Was war das da hinten? Er blinzelte. Ein silberner Zylinder griff in die Schlacht ein, raste heran, ein Schiff, um die Hälfte größer als das größte Piratenschiff. Es sauste auf Parallelkurs zu den Piraten heran. Aus einer Reihe bescheiden aussehender Rohre fauchten weiße Rauchwolken. Einen Augenblick später verhüllte sengende Weißglut den Himmel.

Dick spürte einen Druck in seinem Rücken. Er blinzelte, wandte den Kopf und starrte aus halb blinden Augen über die Schulter. Sende stand hinter ihm. »Was ... was ist das für ein Schiff?«, krächzte Dick.

»Ich nehme an«, knurrte Sende, »der neue Flottenkreuzer... Sie haben sich offenbar ziemlich beeilt, ihn fertig zu bekommen und gerade rechtzeitig in Dienst gestellt.«

Draußen war der Kreuzer jetzt nur noch mit zwei Schiffen konfrontiert. Wieder blitzten die weißen Wölkchen auf. Dick schirmte seine Augen ab. Der Lichterblitz stach sogar durch die geschlossenen Lider.

»Zwei erledigt«, hörte er Sende sagen. »Ich wüsste zu gern, auf welchem Schiff der Basilisk war.«

Dick spähte nach unten. Die rosaroten Sandwinde des Mars wirbelten dicht unter dem Rumpf. Nicht weit entfernt lag das Wrack des Schiffes, das Cobbett abgeschossen hatte. Aus der Rettungsbootschleuse huschte ein kleines, graues Etwas, wie eine Nadel geformt – übergroße Düsen ragten aus dem Heck.

»Da flieht er doch!«, brüllte Dick einer plötzlichen Eingebung folgend. »da unten – in dem Schiff ist der Basilisk!« Er wankte zu dem Geschütz, justierte die Zielvorrichtung ein, doch Sende stieß ihn weg. Er schwenkte das Rohr herum, zielte über Kimme und Korn, ohne viel einzustellen, und drückte auf den Auslöser. Eine Zeitspanne verging, in der man gerade einen Atemzug machen konnte. Dann verwandelte sich das graue Rettungsboot, das über die Wüste flitzte, in einen Feuerklecks, ein Wölkchen schmutzigen Rauchs. Und von oben her blendete ein dritter und letzter Blitz den Himmel.

XXII

Ein Blick in die Zukunft

Durch den Mount Helion vor den Äquatorwinden geschützt, vom Peripher-Kanal mit Wasser versorgt, kam Perseverine Dick vollendet schön und friedlich vor. Niedrige Häuser, weiß und hellblau und grün, ragten verstreut inmitten von schwarzgrünen marsianischen Federbäumen, graugrünen Hügeln, zottigem Moos-Rasen und gurkengrünen Agaven empor, die, von der Erde importiert, auf dem Mars zu enormer Größe heranwuchsen.

Im Hintergrund erhob sich rötlich der Mount Helion; auf den Hängen erstreckten sich die Ruinenfelder der alten Marsstadt Kron – Steinbögen, Kolonnaden, Terrassen, Mauern, sanftgrau und mürbe, die jetzt verfielen.

Dicks allererste Handlung war, über den jetzt wieder funktionierenden Sender Perseverines eine Trans-All-Nachricht an seinen Vater zu schicken. Ins Hotel Grand-Laurent zurückgekehrt, in dem die unverletzten Überlebenden der Schlacht einquartiert worden waren, nahm Dick in einer zehn Fuß langen und vier Fuß breiten Wanne ein heißes Bad. Ein Gebläse, aus dem warme, wohlriechende Luft strömte, trocknete ihn. Als er dann in sein Schlafzimmer zurückkehrte, fand er drei komplette neue Anzüge auf dem Bett ausgebreitet. Er entschied sich für einen weichen, blauen Anzug, kleidete sich an und ging durch den Arkadengang ins Foyer, wo er Sende traf.

Sende betrachtete Dick von Kopf bis Fuß. »Sieht so aus, als würde man sich ziemlich gut um dich kümmern.«

»Es ist wunderbar«, erwiderte Dick. Dann betrachtete er seine neuen Kleider mit plötzlicher Skepsis. »Aber ich habe keine Ahnung, wie ich das alles bezahlen soll.«

Sende lachte. »Selbst mit vorgehaltener Pistole könntest du niemanden in Perseverine zwingen, Geld von dir zu nehmen.«

Dick blickte sich unbehaglich im Foyer um. »Ich mache mir nichts aus diesem ... diesem ganzen Rummel.«

»Du gewöhnst dich besser daran. Im ganzen Sonnensystem bringen die Zeitungen die Geschichte vom Basilisken; du hast eine Menge guter Publicity bekommen.

Dick verzog das Gesicht. »Ich habe gehofft, meine Mutter würde nicht allzu viel von dem erfahren, was geschehen ist.«

Sende lachte wieder. »Keine Chance. Wenn du nach Miracle Valley zurückkehrst, wirst du vom Schiff aus direkt in die Dick-Murdock-Woche geraten ...«

Dick schüttelte entschieden den Kopf. »Nicht, wenn ich etwas dagegen unternehmen kann. Ich will nichts damit zu tun haben.«

»Manchmal bleibt einem keine Wahl.«

Commodore Hallmeier betrat das Foyer und winkte in einer so eleganten Handbewegung, dass es beinahe wie ein Salut aussah. »Nun, Dick, ich sehe, du bist wieder in Form.«

»Ja, Sir.« Commodore Hallmeier war ein großer, hagerer Mann mit eiszapfengrauen Augen, eine

Persönlichkeit, die Dick ziemlich Ehrfurcht einflößte.

»Du bist uns eine große Hilfe gewesen. Ich möchte jetzt nicht zu viele Worte machen, aber ich beabsichtige, dafür zu sorgen, dass du eine angemessene Anerkennung bekommst... Du hast sie dir redlich verdient.«

»Mir ist, als hätten Ihnen die Zeitungen diese Sache bereits abgenommen«, bemerkte Sende.

Die Augen des Commodore zwinkerten, und plötzlich wirkte er weniger streng. »Ja, ich denke auch, dass sie nicht viel ungesagt lassen werden. Dennoch gibt es da vielleicht ein paar Worte, die ich hier und dort einfügen kann.«

»Wirklich, Sir«, platzte Dick heraus, »das sollten Sie lieber nicht tun.«

Der Commodore schüttelte den Kopf. »Bescheidenheit ist eine altmodische Tugend – in unserer heutigen Welt ein wenig fehl am Platze, fürchte ich. Nun, das steht jetzt aber nicht zur Debatte.« Er betrachtete Dick einen Augenblick lang. »Ich habe gehört, du bist zu einer Astronomen-Laufbahn entschlossen?«

Dick überlegte nur kurz. »Ich habe es mehr oder weniger als gegeben angenommen«, sagte er langsam, »aber ich weiß noch nicht genau, ob ich mein Leben wirklich so verbringen will.«

»Spannende Abenteuer zu bestehen liegt dir wohl mehr, habe ich Recht?«

»Ich glaube schon, ja. Nicht, dass Astronomen keine Abenteuer erleben würden, aber ich würde die Sterne viel lieber besuchen, als sie nur durch ein Teleskop betrachten.«

Commodore Hallmeier ließ seinen Blick durch das Bogenfenster in die purpurnen Weiten des Mars hinausschweifen. »Und das ist gewiss unser nächster Schritt – der Schritt hinaus zu den Sternen. Wir haben noch Hunderte von Problemen zu lösen, aber so sicher, wie der Mensch nie mit den Grenzen der Erde zufrieden war, so sicher wird er auch nie mit den Grenzen des Sonnensystems zufrieden sein.«

»Jetzt dürfte es nicht mehr allzu lange dauern«, warf Sende ein.

»Neue Städte werden entstehen, neue Schiffe, die Frachten transportieren, die wir uns nicht einmal vorstellen können. Unsere Raumflotte steckt noch in den Kinderschuhen, aber wir bauen sie konsequent auf. Noch bevor die Siedler und Händler und Bergleute zu den fernen Planeten aufbrechen, wird die Flotte bereits an Ort und Stelle gewesen sein, um zu erforschen, zu experimentieren und mit allen Rassen in Kontakt zu treten, die dort zufällig bereits existieren sollten.«

Dicks Augen leuchteten, er hielt den Atem an, wollte gleich darauf etwas sagen, doch der Commodore fuhr fort.

»Es wird Hunderte von Patrouillenschiffe geben, Dutzende von Marinestationen. Wir werden eine Menge Leute für die Raumflotte brauchen – die besten Männer und Frauen, die wir finden können.« Er blickte Dick geradewegs in die Augen. »Astronomen sind sehr nützlich und wichtig, aber ich denke, du könntest der Erde und dir selbst in der Raumflotte mehr von Nutzen sein.«

Dick setzte wieder zum Sprechen an. Der Commodore hob die Hand. »Gib mir jetzt noch keine Antwort.

Du hast noch ein paar Jahre Zeit. Kehre ins Observatorium zurück, besprich es mit deinem Vater. Sag ihm, dass dir Commodore Hallmeier die Bestallung zum Marineleutnant angeboten hat, dass er, nachdem du die vorgeschriebene Ausbildung an der Raumakademie von Las Vegas bestanden hast, einen Platz in seinem persönlichen Stab für dich bereithält. Sprich es mit ihm durch, überleg dir alles noch einmal ganz genau, dann schreibe mir einen Brief.«

Dick machte einen tiefen Atemzug. »Commodore, ich werde das alles tun, aber ich weiß schon jetzt, wie die Antwort ausfallen wird. Ich möchte Ihr Angebot wirklich gern annehmen, und ich weiß, dass mein Vater einverstanden sein wird.«

Commodore Hallmeier lächelte sanft. »Also gut, Dick. Dann meldest du dich an deinem siebzehnten Geburtstag bei mir, und ich werde deine Berufung in die Akademie für dich bereithalten.«

»Vielen Dank«, sagte Dick.

»Bedanke dich nicht bei mir«, erwiderte Commodore Hallmeier. »Ich werde stolz darauf sein, dich in meinem Stab zu haben.« Er wandte sich ab. »Dann also bis in etwa zwei Jahren.« Er grüßte lässig und ging durch das Foyer davon.

Ende

Für alle Freunde von
David Webers HONOR-HARRINGTON-Reihe

Esmay Suiza hat keine großen Ambitionen: Alles, was sie in der Sternenflotte sucht, ist ein ruhiger Hafen, in dem sie sich geborgen fühlen kann. Die Chancen, dass sie Karriere machen und zur Admiralin aufsteigen wird, sind mehr als gering. Doch eines Tages findet sich Esmay mitten in einer Raumschlacht wieder – und als dienstälteste Offizierin in einer Gruppe Meuterer, die sich gegen ihren verräterischen Captain auflehnt …

ISBN 3-404-23245-3

BASTEI LÜBBE